가벼운

맞선

# 가벼운 맞선

**초판 1쇄 인쇄일** 2016년 4월 26일
**초판 1쇄 발행일** 2016년 4월 28일

**지은이** | 강영주
**펴낸이** | 김기선
**편집장** | 김은지

**펴낸곳** | 와이엠북스(YMBOOKS)
**출판등록** | 2012년 7월 17일 (제382-2012-000021호)
**주소** | 서울시 도봉구 노해로 379, 1005호(창동, 대성빌딩)
**전화** | 02)906-7768 / **팩스** | 02)906-7769
**E-mail** | ymbooks@nate.com

ISBN 979-11-322-3715-0 03810

**값 9,000원**

# 가벼운 맞선

강영주 장편소설

BOOKS

# 차 례

프롤로그

"자세히 말해봐. 언제부터 그런 거야."

재원의 음성은 주변을 얼어붙게 할 만큼 냉소적이었다. 하지만 익히 그런 그의 성격을 누구보다 잘 아는 선호는 별 대수롭지 않게 여기며 소파 등받이에 털썩, 기대었다.

그런 그를 바라보는 재원의 짙은 눈썹이 미세하게 꿈틀댔다.

"……뭐야. 박 팀장."

"아무래도 내가 직접 가서 세입자를 만나봐야 할 것 같아. 태진 오피스텔 건물주가 세입자한테 시달리나 봐. 우리더러 가서 세입자를 설득하라고 하네."

"그게 말이 돼?"

"알잖아. 건물주 성격."

"알지. 알다마다."

그 오피스텔 리노베이션 맡은 걸 두고두고 후회하는 중이니까.

애초 그가 제출한 계획서와 예산안을 수용하기로 하고 막상 공사가 들어가자 건물주가 예산 부족을 이유로 저렴한 것들로 원재료를 바꾸기를 요구했었다. 그런 바람에 재원과 건물주 간에 마찰이 있었고, 결국 선호가 중재해서 간신히 공사를 마무리할 수 있었다.

"정확히 뭐가 문제래."

"내 생각엔 리노베이션할 때, 기존의 것들을 그대로 두고 부분 교체하면서 생긴 문제 같은데, 일단은 가봐야 알 것 같아."

역시나 우려했던 부분이었다.

"좋아. 어쨌든 우리가 리노베이션한 책임도 있으니 직접 만나보도록 하지."

우리나라 인테리어 업체 1위 자리를 고수하고 있는 원 인테리어는 철저한 사후 관리로도 유명했다. 중간에 불상사가 있긴 했지만, 그의 회사에서 리노베이션한 것이 사실이니만큼 고객들의 불만을 해소하는 것도 그들이 해야 할 일이었다.

"가보자고."

재원은 가죽 의자에 걸쳐진 슈트 재킷을 집어 들며 사장실을 나섰다.

"직접 가게? 강원도 별 다섯 개짜리 호텔 스위트룸 리노베이션도 급하다고 했잖아. 그런데 이런 일에 직접 나설 이유 있어?"

"안 나서면. 처음부터 이런 말 안 나오도록 했어야지. 뭐가 문젠지 내 눈으로 똑바로 확인해야겠어."

"굳이 그럴 필요는 없는데."

재원은 사장이기 이전에 선호와 같은 학교를 나온 동기였다. 그 래서 평소 둘만 있을 땐 격식을 차리지 않고 편안하게 대했지만, 오늘같이 날 선 모습을 할 때면 아무리 선호라도 힘들었다.

그냥 있어주는 게 도와주는 건데.

선호는 입맛을 다시며 뒤를 따랐다. 재원은 같은 남자가 보아도 뽐내대는 카리스마는 대단했다. 게다가 옷걸이가 좋으니 아무거 나 걸쳐도 멋이 났다. 평소 현장에서 입는 작업복을 입어도 그의 명품 몸매는 유감없이 드러났다.

오늘따라 짙은 색 슈트를 입은 재원은 영락없는 유능한 사업가 의 모습이었다. 실제로도 지독한 워커 홀릭인 그는 서른세 살이 되 도록 일에만 미쳐 있었다.

이 녀석 곁에 있다간 같이 노총각으로 늙어갈 것 같은 불길한 예감이 들었다.

그런데 저런 녀석이 맞선을 본다고? 아무래도 강 사장님이 생 각을 잘못하신 거 아닌지 몰라.

같은 업계에 있는 강 사장님이 자신의 외동딸과 맞선을 보게 하 려고 무척 애쓴 모양인데, 아마 한 시간도 안 돼서 파투를 내고 나 올 게 뻔했다. 선호는 벌써 저만치 걸어가고 있는 재원을 향해 고 개를 절레절레 저었다.


두 사람은 태진오피스텔 지하주차장에 차를 세운 뒤 엘리베이 터로 향했다. 건물주와 세입자가 서로 연락을 했다고 했으니, 세입 자는 집에 있을 것이다.

"재원아, 먼저 올라가 1005호야. 난 전화 좀 받고 갈게."

선호는 전화받는 시늉을 하며 그를 먼저 엘리베이터에 태웠다. 말없이 엘리베이터를 탄 재원이 10층을 눌렀다. 그리고 입속으로 1005호를 되뇌며 그곳으로 향했다.

그가 초인종을 두 번 꾹꾹 눌렀다.

멜로디가 울려도 안에선 아무런 기척이 없었다.

없는 건가?

재원은 다시 한 번 더 초인종을 눌렀다. 그러곤 나직한 목소리로 말했다.

"실례합니다. 태진오피스텔에서 나왔습니다."

"어, 잠시만요!"

안에서 그제야 반응을 해왔다. 뭔가 부산스럽게 후다닥거리는 소리가 들리더니 문이 덜컥 열렸다.

"들어오세요."

순간 재원의 눈썹 한쪽이 위로 치켜 올라갔다. 그의 눈에 들어온 여자의 모습은 물에 빠진 생쥐 같았다. 풀어 헤친 기다란 머리카락에선 물이 뚝뚝 떨어지고 있었다.

뿐만 아니라 샤워를 하던 중 급하게 뛰쳐나온 모양인지 여자가 입고 있는 얇은 셔츠 단추가 한 개씩 밀려진 채로 채워져 있었다.

재원은 여자에게서 시선을 떼어내며 예리한 눈빛으로 집 안을 쓱 둘러보았다.

"건물주 아저씨가 안 오고 다른 분이 오셨네요."

여자는 제법 간깐한 목소리로 그에게 따지듯 말했다. 팔짱을 낀 채 한 발짝 물러난 모습을 보니 잔뜩 경계하는 것이 느껴졌다. 하긴 여자 혼자 사는 집에 낯선 남자가 왔으니 그럴 만도 했다.

그런데 긴 머리카락이 얼굴을 가리고 있어서 얼굴을 제대로 볼 수가 없었다. 대충 목소리로 봐서는 20대 중반쯤 같았다.

"저는 태진 사장님 부탁으로 어떤 하자가 있는지 직접 보러 왔습니다. 여기, 제 명함입니다."

재원은 재킷 안주머니에서 명함을 꺼내 여자에게 내밀었다. 우리나라에서 이름만 대면 알 만한 인테리어 회사 사장이니만큼 여자가 그것을 보며 안심하기를 기대했다.

그런데 여자는 명함을 받자마자 그냥 테이블 위에 올려두더니 팔짱을 끼며 말을 하기 시작했다. 재원의 미간이 슬쩍 구겨졌다.

"네, 알겠어요. 그럼 믿고 말씀드릴 테니 꼭 시정해주세요."

건물주 말대로 세입자가 보통내기가 아닌 것 같긴 한데, ……그럼, 저 단추는 뭐란 말인가.

재원은 잘못 채워진 셔츠 단추에 시선을 두며 비딱하게 입꼬리를 올렸다.

"누가 리노베이션을 했는지 모르겠지만 정말 마음에 안 들어요. 아무리 세입자들이 1, 2년 살다가 나갈 곳이라 해도 이런 식으로는 곤란하죠."

"계속하시죠."

차가운 목소리가 실내에 흘렀다.

"건물주가 와야 하는데, 일단 그쪽이 대신해서 왔다고 하니 말하죠. 여기 온수 보일러는 고장이 분명해요. 차가운 물과 뜨거운 물이 제대로 조절되지 않아요. 샤워하다가 갑자기 찬물이 나오는 경우 때문에 깜짝 놀랄 때가 한두 번이 아니에요. 그리고 여기 보시면 창문이 제대로 닫히지 않아요. 벌어진 틈이 보이시나요? 황소바람이 불어오는데 코가 시려서 잠을 잘 수가 없어요."

이 모든 것이 저예산을 고집하던 건물주 때문이었다. 기능적인 부분을 고려하지 않고 겉모습만 멀쩡하게 바꾸라더니 이런 문제가 생기는 것이다. 재원의 인상이 점점 굳어졌다.

"여기 보시죠. 싱크대도……. 음, 잠시만요. 전화 좀 받을게요."

여자는 하던 말을 멈추고 휴대폰 통화 버튼을 눌렀다.

"니들 먼저 만나고 있어. 조금 늦을 거 같아. ……아잉, 그러기 있기 없기? 지금 하자보수 때문에 사람이 왔거든. 응, 마음에 안 들어도 어쩌겠어. 일단 고쳐서 살아야지. 쿡, 그래."

여자는 살짝 비켜선 채 비스듬히 고개를 돌려 전화를 받고 있었다. 그 모습을 무심한 시선으로 바라보던 재원은 여자의 통화가 길어지자 짜증이 나기 시작했다. 생각 같아선 당장 자리를 박차고 나가고 싶었다.

"죄송해요. 제가 어디까지 했죠?"

"싱크대."

낮게 가라앉은 목소리엔 불편한 심기가 고스란히 드러났다.

"아, 맞다. 싱크대도 문 한쪽이 제대로 닫히지 않아요. 여기 보이시죠? 그리고 여기, 욕실 환풍기도 문제예요."

여자는 욕실 쪽으로 가서 문을 열었다. 막 샤워를 하고 나온 탓에 수증기가 자욱했다. 그리고 여자가 사용하는 샤워용품인지 꽃

향기 비슷한 냄새가 코에 훅 끼쳐왔다.

"환풍기가 제대로 작동하질 않아요. 상태가 저 정도면 새것으로 교체하든지 해야 하는데 아무런 말씀이 없으시네요. 그리고 세면대도 코팅이 벗겨져서 물때가 빨리 끼고 위생적으로도 좋질 않아요."

재원은 팔짱을 낀 채 그녀가 하는 말을 듣고 있었다. 그때 마침 선호가 제대로 닫히지 않은 현관문을 빼꼼히 열어보더니 재원이 있는 것을 확인하고서는 안으로 들어왔다. 욕실에서 나오던 여자는 선호를 보며 눈을 동그랗게 떴다.

"누구시죠?"

"같은 회사 사람입니다."

"아."

"안녕하십니까. 저는 디자인 팀장입니다."

"네."

좁은 현관 앞에 세 사람이 나란히 서 있기에는 무리였다. 재원이 안으로 걸음을 옮기려는데 막 들어서던 선호가 신발인지 문턱인지 뭔가에 걸려 몸의 균형을 잃었다. 딴에는 몸을 바로 하려다가 무지막지한 힘으로 여자의 등을 밀쳤다.

"어, 어!"

"어마!"

왜소한 여자를 저 큰 덩치가 밀쳤으니 온전할 리가 없었다. 여자가 떠밀리다시피 앞으로 꼬꾸라졌다. 그 순간 재원은 본능적으로 여자가 넘어지는 것을 막기 위해 몸을 움직였다. 팔을 뻗어 여자를 받친 것이다.

쿵!

좁은 탓에 재원의 발도 미끄러져 여자를 안고 그대로 뒤로 나자 빠졌다. 눈에 불이 번쩍할 만큼 통증이 느껴졌다.

끙, 제길!

간신히 정신을 차린 재원은 순간 제 얼굴 위로, 그러니까 정확히는 제 입술 위에 폭신하게 와 닿은 것의 정체를 깨닫고서는 숨을 멈추었다.

여자의 입술이었다. 젖은 머리카락이 얼굴 위로 쏟아지며 달콤한 향기가 훅 끼쳤다. 아찔한 향기에 머릿속이 어질어질했다.

재원은 여자를 떼어놓을 생각도 못 하고 완전히 얼어붙어 버렸다.

순간 당황한 선호가 얼른 몸을 다가와서 여자를 일으켜 세웠다. 넘어질 때 부딪힌 모양인지 여자는 고개를 숙인 채 무릎을 만져댔다. 재원은 상체를 일으키며 선호를 향해 무시무시한 눈빛을 쏘아댔다.

"조심 안 해?"

"하필이면 발이 걸려서는. 괜찮아?"

재원은 선호가 내미는 손을 쳐내며 자리에서 몸을 일으켰다.

제길, 입술박치기라니.

재원은 제 입술을 손등으로 문지르며 닦아냈다.

"어디 안 다치셨어요?"

선호가 여자에게 묻자 고개를 푹 숙인 채 있던 여자는 재원보다 더 격렬하게 입술을 닦아냈다.

"아, 뭐, 괜찮아요."

그 모습에 어이가 없어진 재원은 싸늘하게 얼굴을 굳히며 여자를 노려보았다.

내 입술이 똥이야. 왜 저렇게 닦아내는 거야. 기분 나쁘게.

"그럼 빨리 사람을 보내 처리하도록 하겠습니다."

재원은 더는 할 말이 없다는 듯 단호하게 내뱉으며 현관으로 향했다. 그 뒤를 선호가 따르며 연신 여자를 향해 고개를 숙였다.

"그럼, 이만 가보겠습니다."

"빨리 고쳐주기나 하세요."

"네, 물론이죠."

등 뒤로 현관문이 닫히고 복도에는 정적만이 감돌았다. 재원이 선호를 향해 날카롭게 내뱉었다.

"너, 조심 안 해?"

"하하, 미, 미안해. 뭐, 그럴 수도 있지. 사람이 살다 보면 말이야."

"그래, 그럴 수 있다 치자. 그런데 리노베이션은 왜 그따위로 한 거야."

"그거야 예산에 맞추다 보니 그랬지. 사실 저것도 최선을 다한 거야. 마룻바닥 재도 층간 소음을 줄인 PVC로 시공했고, 조명도 LED에……."

"아무튼, 저 여자 말에 다 일리가 있어. 우리가 리노베이션했으니, 책임지고 손봐줘야 할 거야."

"알겠어. 그런데 너 괜찮아?"

선호가 재원의 얼굴을 살폈다. 딱딱하게 굳어진 재원이 선호에게서 한 발짝 물러섰다.

"……뭐, 어떻다고?"

"입술 부었어."

"죽고 싶지. 박선호."

재원이 선호를 잡아먹을 것처럼 으르렁거리자 선호는 잡히기 전에 잽싸게 엘리베이터 쪽으로 도망쳤다.

재원은 여자가 입술을 요란스럽게 닦아내던 모습이 떠오르자 모욕감에 더욱 인상이 사나워졌다.

누군 뭐, 기분 안 나쁜 줄 아는 모양이지.

재원은 여자가 사는 현관문을 노려보다 천천히 자리를 떴다.

제1화

가볍게 나간 맞선

"그게 말이 돼?"

"자식이 말이야, 아버지한테 대드는 것 좀 봐."

"아빠!"

이영이 소리를 버럭 지르며 자리에서 일어났다. 그녀가 그러는 데는 다 이유가 있었다. 갑작스러운 맞선이라니!

이영이 짧은 머리카락을 마구 헝클어뜨리며 아버지 주식을 향해 눈을 흘겼다.

"나, 싫거든!"

"이 자식이, 아버지한테 저렇게 예쁘게 눈을 뜨면 어쩌자는 거야. 그런 애교는 네 남편 될 사람한테 해야지. 그리고 머리는 왜 그렇게 자른 거야. 남자들이 긴 머리카락을 얼마나 좋아하는데. 선머슴도 아니고."

"아빠!"

"쯧쯧, 저렇게 예쁜 마누라 얻을 놈이 누군지."

주식은 혀를 차며 고개를 절레절레 저었다. 그런 주식을 향해 화를 내는 것은 소용없단 생각에 이영은 애교 작전을 펼치기로 하고 팔에 매달리며 꼬리를 살랑살랑 흔들었다.

"아빠아아아. 응? 나 오늘 밤에 친구들이랑 여행 가야 한단 말이야. 그런데 갑자기 맞선이라니. 아빠, 응? 갔다 와서 보면 안 될까?"

"맞선 보고 같이 가, 아예."

"정말 너무한 거 아니야? 인권이 없어. 이건 비인간적인 처사라고."

"늙은 아버지 부려먹는 건 비인간적인 처사 아니고? 나도 이제 최 여사 볼 낯이 없어. 너 시집가기 전에는 죽어도 같이 못 살겠다는데, 이젠 양보 못 해."

"아빠! 내가 최 여사님 만나서 말할게. 응? 내가 빌게. 제발 취소해줘."

"자금줄이고 뭐고 다 끊어놓을 테니까 그렇게 알아. 그리고 너 사는 오피스텔도 빼버릴 거야. 앞으로 국물도 없을 줄 알아."

"아빠, 그 오피스텔도 내가 얼마 전에 사람 불러서 다 손봤거든? 하자투성이던데, 뭐."

"그래서 싫어? 빼?"

"아니, 말이 그렇다는 거지."

주식의 표정을 보아하니 그냥 넘어갈 것 같진 않았다. 백수인 그녀에게 돈 가지고 협박을 하면 어쩔 도리가 없었다. 어림없다는 표정으로 딸을 바라보는 강 사장의 얼굴에는 이전과 달리 각오가 단단했다.

"도대체 누군데 그러는 거야! 나를 정말 시집보내고 싶어?"

"자식이, 그럼 내가 한평생 너 끼고 살 줄 알았어? 최 여사 보기도 민망해. 어서 시집가."

인테리어 회사를 하는 주식은 최 여사와 커피숍 인테리어를 맡게 되면서 알게 된 사이였다. 하자보수 때문에 몇 번 만나더니 결국 사귀는 사이가 되고 말았다. 주식은 이영이 아주 어릴 적 아내와 사별했고, 지금까지 혼자서 이영을 키워왔다. 자신이 재혼하면 행여나 계모한테 차별이나 구박을 당할까 싶어 재혼 생각은 꿈도 꾸질 않았던 것이다. 그런데 이젠 이영도 제 앞가림할 나이가 됐으니 그도 제 인생을 찾고 싶었다.

주식은 이영이 대학을 졸업하자마자 오피스텔을 얻어 혼자 살게 내보냈는데, 이틀이 멀다 하고 집에 와서 그를 귀찮게 했다. 이제 제대로 된 짝을 만나게 해서 시집을 보내는 길밖에 방법이 없을 듯했다. 하지만 이영이 어울려 다니는 친구라고 해봤자 다들 영양가 없는 녀석들뿐이었다.

나이 차도 제법 나는 믿음직한 사위를 보고 싶은 욕심이 있는 그로서는 이번 맞선이 꼭 성사됐으면 싶었다. 뭐니 뭐니 해도 남자는 남자가 볼 줄 안다. 주식은 정 사장과 이번 맞선을 성사시키기 위해 얼마나 공을 들였는지 모른다.

정 사장은 요즘 젊은이답지 않게 뚝심이나 추진력이 대단한 사람이었다. 인테리어 바닥에서 자수성가한 그는 전도유망한 실력파였다. 작은 인테리어 가게부터 시작해서 지금은 디자이너만 해도 오십 명에 달하는 기업형 인테리어 회사의 사장이기도 했다.

사실 주식은 그를 잠깐 데리고 있을 때부터 이영의 짝으로 눈독을 들여왔었다. 그래서 자식처럼 더 신경 쓰고 하나라도 더 가르쳐주려고 애를 썼었다. 특히 인테리어 가게를 열 때 주식이 물심양면으로 도와줬었다.

역시 그의 예상대로 정 사장은 주식이 부탁하는 맞선을 거절하지 못했다. 몇 년 동안 공을 들인 일인데 저 녀석이 그 심각성을 전혀 모르니 답답할 노릇이었다.

"제대로 준비해서 나가. 아버지 눈에는 예뻐 보이지만, 정 사장 눈에는 어떻게 보일지 장담 못 하니까."

"알았어. 나가면 될 거 아니야."

풀이 꺾인 목소리로 대답한 이영은 제 방으로 들어갔다. 주식은 제 딸이지만 눈에 넣어도 아프지 않을 만큼 예쁘고 사랑스러운 모습에 저절로 미소를 지었다.


결국 이영은 주식의 말을 따를 수밖에 없었다. 자가용은 위험하다고 절대로 운전을 못 하게 하는 주식 때문에 택시를 타고 호텔 앞에서 내린 이영은 제 꼴을 보며 한숨을 내쉬었다. 맞선이 끝나는 대로 친구들 여행에 합류할 작정으로 야상점퍼와 배낭을 메고 나타난 것이다. 오래전부터 잡힌 약속이거니와 맞선 때문에 못 간다는 말을 차마 하지 못해 이렇게 입고 올 수밖에 없었다. 하지만 이건 누가 보더라도 맞선에 임하는 복장이 아니었다.

이영은 얼마 전 짧게 자른 헤어스타일이 아직 익숙지 않아 어색함을 달래려 머리카락을 매만지며 호텔 로비로 들어섰다. 저만치 커피숍이 보였다. 약속 시각보다 일찍 도착한 이유는 먼저 자리에 앉아서 그를 기다리는 편이 낫겠다는 생각에서였다. 상대방이 야상점퍼에 청바지를 입은 모습을 아래위로 훑어 내리는 상상만으로도 낯 뜨거워졌다.

커피숍 안에 들어선 그녀는 확실히 눈에 띄는 존재였다. 남자들은 그녀와 눈이 마주치자 얼른 시선을 피해버린다. 아마 저런 여자가 제 맞선 상대가 아니길 바라는 마음일 것이다.

이영은 콧방귀를 뀌며 아무 곳에나 먼저 자리를 잡고 앉았다.

먼저 도착한 사람이 문자를 보내기로 했었다. 이영은 주식에게서 받은 폰 번호에 문자를 보냈다.

그래, 가볍게 맞선을 보면 되는 거야.


**[먼저 도착했어요. 창가 쪽 두 번째 테이블입니다.]**


재원은 테이블 위에 올려둔 휴대폰이 진동음으로 몸체를 부르르 떨어대자 그것을 들어 확인했다.

역시나였다.

그는 약속 장소에 먼저 와 있었다. 그러니까 정확히는 저 여자가 들어서기 5분 전에 말이다. 재원은 대각선으로 마주 보는 자리에 앉아서 여자가 폰으로 문자를 보내는 것을 지켜보았다. 그리고 곧 제 폰에 문자가 오는 것을 확인할 수 있었다.

옅은 화장에 곱슬거리는 짧은 머리카락, 솜털이 보송보송할 것 같은 새하얀 얼굴에 오동통한 뺨이 먼저 눈에 들어왔다. 대학생처

럼 보이는 차림은 전혀 격식을 찾아볼 수 없었다. 아마 맞선 따위
는 마음이 없다는 뜻이리라.

강 사장님의 금지옥엽이라고 하더니 딱 보기에도 철부지 공주님
같았다. 아무리 제 눈에 안경이라 하더라도 저 여자 어디가 저와 어
울린단 말인가. 차라리 애를 한 명 키우라고 하면 더 맞을 듯했다.

재원은 팔짱을 낀 채 눈을 가늘게 뜨고 여자를 쳐다보며 어떻게
할지 고민했다.

'선배, 차나 한잔하고 와요. 그럼 되겠네. 가볍게 생각하면 되지
뭘 그렇게 심각하게 고민해? 한 시간이면 충분하잖아요. 그럼 난
밖에서 기다릴게요. 오늘 대관령 가야 하는 거 알죠?'

인테리어 디자이너 중 한 명인 지수의 말대로 그렇게 하는 편이
나을 것이다. 심각하게 생각하지도 말자. 어차피 저 여자도 그와
마찬가지로 이 맞선에 큰 뜻은 없어 보였다.

재원은 마음을 굳히고 자리에서 몸을 일으키며 기다란 다리를
뻗어 그녀가 앉은 자리로 향했다.

그사이 이영은 친구들과 단체 대화방에서의 문자를 확인하고
있었다. 남자가 오기 전까지 시간이 있을 것 같아 재빨리 문자를
읽어 나갔다.

'이것들이 진짜.'

그녀가 슬쩍 눈꼬리를 치켜세우며 사악한 미소를 지었다.

'그래, 내가 빠지면 재미가 있겠니.'

이영은 저를 찾는 문자 내용에 기분이 들떴다. 친구 중 가장 부
유한 태주가 대관령 팰리스 호텔의 스위트룸 숙박권이 있다며 오

래전부터 예약해놓은 터였다. 친구 여섯 명이 날을 맞춰 함께 모이는데, 혼자 빠질 수 없는 노릇이 아니겠는가.

　생각 같아서는 맞선 따위는 때려치우고 당장 눈 내리는 대관령으로 달려가고 싶었다.


　[니들, 꼼짝 말고 기다려. 나 한 시간 안에 간다.]
　[맞선녀는 빠져라.]
　[야, 차동훈, 너 죽을래? 뻔히 사정 다 알면서 그러기야?]
　[둘이 싸우려면 따로 나가서 싸워. 여기서 이러지 말고.]


　혜선이 단체방에서 엄중히 경고를 날렸다.


　[그래. 어디서 모일 건지 말해줘. 나중에 확인할게.]
　[너, 올 거야?]


　동훈이었다.

　이 자식은 왜 자꾸 날 따돌리는 거야. 맞선 보는 게 무슨 죽을죄라도 돼?


　[그래, 간다. 너 딱 기다려.]
　[맞선 잘 봐라.]


　허, 뭐, 이런 놈이 다 있어.

이영은 일단 나중에 다시 확인하기로 하고 문자창을 닫았다. 그런데 그녀 앞으로 커다란 남자 한 명이 다가와서 섰다.

뭐가 이리 커?

키가 족히 190센티미터는 될 것 같았다. 날렵하게 빠진 몸매는 마치 육상 선수처럼 보였다.

"강이영 씨?"

그가 나직한 목소리로 이름을 불렀다.

맙소사. 이 남자가 맞선 상대야?

이영은 남자의 얼굴 보자마자 눈을 동그랗게 떴다. 지난번 오피스텔로 찾아온 그 남자였다. 흔들리는 눈동자를 얼른 내려뜨리며 차분하게 대답했다.

"네, 제가 강이영인데요."

그래도, 알겠지? 설마 못 알아챈 건가?

그때도 느꼈지만, 남자는 지나치게 잘생긴 데다가 남자다운 강렬한 인상을 풍겼다.

저절로 주눅이 들 만큼 카리스마 넘치는 목소리에 이영은 바짝 얼어붙었다.

"맞네."

그는 혼잣말인 듯 낮게 내뱉더니 기다란 다리를 굽히며 의자에 앉았다. 그리고 우아하게 다리를 꼬며 소파에 팔을 걸쳤다.

설마, 알아챈 건가? 이영은 핼쑥해진 얼굴로 마른침만 꼴딱 삼키며 바라보았다. 사실 그날 좀 진상짓을 부렸던가. 일부러 더 깐깐하게 지적을 해대며 세면대 코팅이 벗겨진 것까지 시비를 걸었었다. 그리고 마지막에 남자와 입술박치기까지. 그 생각만으로도 얼굴이 화끈 달아올랐다.

"앉지."

이영은 의자에 앉으며 몸을 비스듬히 틀었다.

"나이가 스물여섯이라고 했던가?"

"넵."

마치 교수님 앞에 앉아 있는 기분이었다.

"스무 살이라고 해도 믿겠는데, 이건 뭐."

칭찬이야, 욕이야? 그나저나 모르는 거 맞지? 하긴 헤어스타일이 바뀌었으니 모르겠지?

남자는 턱 끝을 매만지며 그녀를 유심히 살폈다. 맹수처럼 번뜩이는 눈빛은 긴가민가하는 것 같았다. 이영은 숨죽인 채 그의 입에서 무슨 말이 떨어지길 기다렸다.

"강 사장님 부탁에 나오긴 했는데, 그쪽도 마찬가지로 억지로 나온 것 같은데. 맞지?"

"네, 그, 그렇죠."

"커피나 한잔 마시고 일어나지."

"네."

그의 표정이나 태도로 볼 때 전혀 알아보질 못하는 모양이었다. 그제야 조금 마음이 놓인 이영은 앞에 놓인 커피 잔을 들며 한 모금 입에 축였다.

그런데 처음부터 다짜고짜 반말에 저 거만한 시선이라니.

하긴 그날 오피스텔에 왔을 때도 알아봤었다. 최대한 인내하듯 꾹꾹 화를 눌러 참는 표정을 눈치채지 못할 리가 있겠는가. 역시나 성질이 보통이 아닌 모양이었다. 어차피 오늘 보고 다신 안 볼 남자였다. 그러니까 굳이 이렇게 기죽어 있을 필요는 없지 않겠는가.

"정재원 씨? 나이가 어떻게 되세요?"

이영의 질문에 그가 짙은 눈썹을 꿈틀대며 똑바로 바라보았다.

쏟아질 것처럼 강렬한 눈빛에 움찔 손이 떨렸다. 달달 떨리는 손으로 잔을 내려놓으며 침을 꼴딱 삼켰다.

"서른셋."

"아, 많네요."

적어도 스물여덟? 그쯤으로 봤는데 뜻밖이었다.

"우리 집 막둥이가 스물여덟이지."

"아, 네."

이건 뭐, 말 걸어놓고 본전도 못 건진 것 같은 기분이었다. 이영은 슬 약이 올랐다.

"형제가 많으신가 보네요."

"내 아래로 남동생 둘."

"여동생은 없나 보죠?"

질문에 그가 고개를 끄덕이더니 지나가는 투로 말을 붙였다.

"천만다행이지."

그러면서 이영을 훑어대는 시선이 마치 너 같은 여동생 없어서 다행이라고 말하는 것 같았다.

뭐야, 이 사람.

이영은 황당하다 못해 어이가 없었다.

"저도 천만다행이라 생각해요. 나이 많은 오빠가 없어서요."

너 같은 오빠가 없어서 다행이라는 뜻을 알아들은 모양인지 그의 눈매가 살짝 치켜 올라갔다.

그러더니 팔목을 흔들어 시계를 쳐다보며 거만한 투로 말했다.

"일어나지. 피차 시간 죽일 필요 없잖아."

"아, 네."

이영이 배낭을 들고 자리에서 일어났다. 그가 배낭을 힐끔 쳐다보더니 입매를 비틀었다.

"설마, 나를 팔아먹고 놀러 갈 생각이라면 안 그러는 편이 좋을 거야."

"네?"

"우린 정확히 30분 같이 차를 마셨고, 그 뒤 헤어진 거야. 강 사장님한테 그렇게 말할 생각이니까. 아, 물론 말할 기회가 온다면 말이야. 일부러 고자질할 생각은 없어. 친구들과 몰려다니며 사고 치지 마. 특히 오늘은. 귀찮은 건 질색이니까."

황당한 표정으로 그를 바라보던 이영은 눈을 흘기며 쏘아붙였다. 그냥 가려고 했는데 도저히 안 되겠다.

"그거 알아요?"

커피숍을 나서며 묻자 그가 눈썹을 휘며 눈으로 물었다.

"그쪽, 정말 재수 없다는 거."

아무리 재수가 없다 한들 대놓고 면전에서 재수 없다고 한 여자는 이 쥐방울만 한 여자가 처음이었다.

"……모르죠? 자신이 그렇다는 거."

그래, 알면 저러겠어. 이영이 한마디 더 내뱉고서는 도도하게 턱을 쳐들고 멀어져갔다.

뭐, 저런 것이.

재원은 한동안 자리에서 움직이질 못했다. 그런데 알게 모르게 낯이 익었다. 강 사장님의 따님이라서 그럴 수도 있겠지만, 그것과는 달리 묘하게 목소리가 친숙했다. 재원은 날카로운 시선으로 여자의 뒷모습을 바라보다 휴대폰을 꺼내 지수에게 전화를 걸었다.

"어디야."

-벌써 나온 거예요? 주차장이에요. 로비로 나와 있으세요.

재원은 생각보다 일찍 대관령에 도착할 것 같다고 생각하며 차갑게 인상을 굳혔다.

그의 SUV 차량을 몰고 나타난 지수는 운전석에서 내렸다. 재원은 입고 있던 재킷을 그녀에게 건네고 운전석에 올라 벨트를 맸다.

"왜, 마음에 안 들었어요?"

옆자리에 앉은 지수는 재원의 표정을 살피며 물었다.

"글쎄."

짧게 대답한 재원은 차를 출발했다. 입을 굳게 다문 그를 쳐다보던 지수는 얕은 한숨을 내쉬며 창밖을 쳐다봤다.

"내가 그렇게 재수 없는 인간이야?"

갑자기 튀어나온 말에 지수는 눈을 크게 뜨고 그를 쳐다봤다.

"누가 그랬어요? 설마, 맞선녀가?"

"……"

대답이 없단 말은 그렇다는 뜻이었다. 세상에 어느 정신 나간 여자가!

"저기 있네."

그가 툭 던진 말은, 그러니까 그 여자가 저기 있단 소리였다.

재수 없다고 한 여자가.

그가 말한 곳으로 시선을 돌린 지수는 유심히 여자를 쳐다봤다.

자그마한 여자는 도톰한 야상점퍼를 입고 어딘가로 걸어가고 있었다. 눈에 띄는 미인은 아니지만 곱고 예쁘장해 보였다. 짧은 머리카락이 바람에 휘날리자 귀찮은 듯 머리카락을 쓸어 넘겼다. 그때 자동차 헤드라이트에 비친 여자의 자그마한 얼굴이 다 드러났다.

지수는 날카롭게 여자의 얼굴을 훑었다. 같은 여자가 봐도 사랑스러울 만큼 예쁘장한 얼굴이었다. 만지면 녹아내릴 것 같은 우윳빛의 부드러운 살결은 멀리서 봐도 충분히 매력적이었다.

"미성년자 같아요. 꼭."

"믿기지 않게도 스물여섯."

나이를 말하는 재원의 입매가 부드럽게 휘어져 있었다. 그 미소에 지수의 심장 어귀가 덜컥 소리를 내며 떨어졌다. 지수는 떨리는 눈으로 그를 바라보며 표정을 놓치지 않으려 애를 썼다. 여전히 앞만 바라보며 운전하는 그는 그녀의 시선 따위는 안중에도 없다는 듯 굴었다.

핸들을 잡은 그의 손은 규칙적으로 까닥이며 뭔가를 골똘히 생각하는 모습이었다.

"다시 만나기로 했어요?"

"……."

대답이 없는 그를 보자 불안감이 밀려왔다. 여자 보기를 돌같이 하던 그가 아니었던가. 너무 방심하고 있었던 걸까. 그는 아무리 예쁜 여자가 눈앞에 있어도 신경조차 쓰질 않았다. 그래서 늘 곁에 있을 수 있는 저가 유리하다고 생각했었는데, 오늘은 뭔가 달랐다.

오래도록 그를 마음에 담아온 지수는 뭔가 알 수 없는 불안감에 입술을 잘근거렸다.

"팰리스 호텔 스위트룸 리모델링은 가서 보고 결정하자고."

"네."

도심을 가르며 차는 유유히 달렸다.


-강원 영동과 경북 동해안, 강원 산간에는 눈 내리는 곳이 있겠습니다. ……경상남북도 동해안은 동풍의 영향으로 흐리고 비 또는 눈이 오겠습니다. 특별히 운전에 조심하시기 바랍니다.

라디오의 일기예보를 듣던 재원은 핸들 위에 놓인 스위치를 눌러 잔잔한 클래식으로 바꿨다.

"눈이 점점 굵어지고 있어요."

지수는 불안한 눈으로 주위를 둘러보며 말했다.

그들이 가는 곳은 강원도 평창에 있는 팰리스 호텔이었다. 평창에 동계올림픽 유치가 확정되면서 그 주변의 크고 작은 호텔들도 리노베이션을 통해 좀 더 나은 호텔로 변신 중이었다.

지난번 맡은 호텔의 리노베이션이 그쪽 업계에 소문이 나기 시작하면서 주문이 밀려들고 있었다. 보통 비성수기에 공사하기 마련인데, 이번 경우엔 특이했다. 스키장도 개장한 지금 공사를 해달라고 하니 서두르지 않을 수가 없었다.

공사 진행을 빨리하기 위해선 부득이하게 그가 갈 수밖에 없는 상황이었다. 그것도 별 다섯 개 호텔의 스위트룸 리노베이션의 경우는 직접 확인해야 했다.

보통의 경우 세 시간 반이면 충분했지만, 눈이 내리는 지금 길이 막히며 도로 사정이 좋지 않았다. 밤늦은 시간에 도착할 게 뻔했다.

"선배, 식사는 어떻게 해요? 휴게소에서 먹고 들어갈 거예요?"

"그러지."

그는 묵묵히 차를 몰 뿐 더는 말이 없었다. 평소 원래 말이 없던 그였기에 크게 개의치 않았다. 지수는 둘만의 여행이라 생각하며 설레는 가슴을 가만히 눌렀다. 재원의 경우 생각보다 예민했고, 그런 쪽으로 조금이라도 감정을 내비치면 단호하게 쳐낼 것이다.

그렇게 나가떨어진 여직원을 수차례 봐온 그녀로서는 제 속마음을 일부러 드러낼 만큼 어리석진 않았다. 하지만 재채기와 사랑은 숨길 수 없다고 했던가. 마음이 깊어질수록 점점 한계에 달해가고 있었다. 특히 오늘같이 그가 맞선을 보러 간다는 사실을 알았을 때는 견디기 어려웠다. 그래서 부득부득 우겨서 호텔까지 따라온 것이다.

둘은 휴게소에 들러서 간단하게 우동으로 식사를 대신하고 다시 차에 올랐다. 고속도로에 들어서자 길의 사정은 더욱 나빠졌다.

"눈이 많이 와요. 운전 안 힘드세요?"

"힘들면?"

때때로 서늘하게 내리꽂히는 말엔 아직도 적응이 안 되는 지수였다.

빈말은 하지 말란 소리였다. 그러니까 운전이 가능한 조 팀장이 이번 출장에 합류했으면 그가 계속 운전대를 잡고 있을 이유는 없었을 것이다. 조 팀장이 가겠다는 것을 극구 말리고 제가 따라나선 탓에 지수는 눈치만 살펴야 했다.

"어, 저기 사고 났나 보네요."

지수가 말한 곳으로 힐끔 시선을 돌렸다. 이미 어둠이 내린 길에 사람들이 나와 있었다. 우등 고속버스 내부에 연기가 가득한 걸 보니 엔진 과열로 차에 불이 붙기 직전에 알아채고 뛰쳐나온 모양이었다.

차는 달팽이가 기어가듯 느릿느릿 움직이고 있었고, 재원은 차 문을 열어 담배를 입에 물었다.

"그쪽도 열어."

재원이 지수 쪽 창문을 가리키며 말했다. 추우니 네가 열고 싶은 만큼만 열라는 소리였다. 재원은 차가운 밤공기 속으로 담배 연기를 내뿜었다. 알싸한 니코틴 향이 번져갔다.

지수는 그런 그의 모습을 슬쩍 훔쳐보며 떨리는 가슴을 움켜쥐었다. 살짝 찌푸린 미간을 한 채 담배를 입에 물고 있는 모습은 잡지 화보처럼 멋졌다. 연예인 부럽지 않은 외모와 능력을 갖춘 그를 보고 있으면 마냥 행복했다.

"얼굴 닳는다."

헉.

갑자기 내뱉는 소리에 지수의 얼굴이 홍당무처럼 붉어졌다.

"왜. 끊으라고?"

그는 지수의 강렬한 눈빛을 불만이 가득한 눈빛으로 해석한 모양이었다. 다행이라면 다행이겠지만, 한편으로는 속이 쓰리다 못해 아렸다.

"제가 끊으라고 하면 끊으실 건가요."

"알면서 왜 물어."

재원은 차창 밖으로 불티를 날리더니 담배꽁초를 재떨이에 넣었다. 그런 재원의 모습을 바라보던 지수는 쓴웃음을 감추었다.

그녀가 입사한 지 얼마 되지 않아서였다. 직원들 복지에 특별히 신경 쓰는 그는 한 달에 한 번씩 카드를 맡기곤 했다. 그날은 재원도 회식에 끝까지 남아 있었고, 다들 술에 거나하게 취했을 때였다.

'선배, 담배를 왜 그렇게 피우는 거예요?'

'사장님이라고 불러. 공식적인 자리에선.'

회식 자리라고 해도 공식적인 자리란 뜻이었다. 재원이 차갑게 내뱉는 소리에 놀란 지수는 당혹감을 감추기 위해 얼른 말을 돌렸다.

'네, 사장님. 그런데 담배 좀 끊으세요. 요즘 담배 피우면 미개인 소리 듣는 거 몰라요?'

서늘한 시선으로 내려다보며 담배 연기를 후우, 내뿜는 그는 전혀 끊을 생각이 없어 보였다.

'이 팀장, 뭘 몰라서 하는 말인데, 사장님은 토끼 같은 마누라가 끊으라고 하면 끊으실 거라던데?'

'네? 토끼 같은 마누라가 어디 있다고요.'

'이 사람이 눈치가 왜 그렇게 없어. 그러니까 안 끊겠단 소리지.'

아마 그때부터였을 것이다. 재원의 토끼 같은 마누라가 되고 싶다고 생각했던 것이.

"젠장. 주차장이 따로 없군."

지수는 재원이 나직이 내뱉는 말에 현실로 돌아왔다. 그의 말대로 차는 움직일 생각을 하지 않았다.

"야, 니들 정말 그럴 거야! 의리 없는 것들. 그렇다고 이 추운 길에 나를 내버려둔단 말이야?"

화가 난 여자의 목소리가 밤공기를 가르며 울렸다. 재원은 소리가 난 쪽으로 고개를 돌렸다. 사람들이 모인 갓길 그곳에 유독 발을 동동거리며 고래고래 고함을 질러대는 여자가 있었다. 그런데 저 여자, 낯설지 않았다.

눈에 익은 야상점퍼, 손에 부드럽게 감길 것 같은 짧은 머리카락, 빨갛게 얼은 오동통한 뺨이 헤드라이트에 비쳤다.

"차동훈! 맞선 남자와는 헤어졌다니까. 지금 여기 대관령 가는 고속도로란 말이야. 추워 죽겠어. 나 얼음귀신 되면 네가 책임질래? 엉? 그래, 니들은 팰리스 호텔에서 따뜻하게 놀고 있다, 이거지? 난 기어서라도 갈 테니까 그렇게 알아!"

씩씩대더니 혼자 앞으로 난 길을 걸어가는 저 용감무쌍한 여자는 정녕코 그의 맞선녀가 분명했다.

대관령의 밤은 매우 춥다. 특히나 이런 날씨는 영하 9도 이하로 떨어질 것이다. 그런데 저렇게 얇게 입고 어딜 간다고?

기가 막혔다.

"선배, 혹시 저 여자? 맞선 본 여자 아니에요?"

눈썰미 좋은 지수가 단번에 알아보며 물었다.

"그런 거 같네."

재원은 쫄랑대며 걸어가는 여자의 뒷모습을 바라보며 얕은 한숨을 내쉬었다.

저 작은 머리통의 생각은 뻔했다. 지금 차가 막혀 꿈쩍도 않고 있으니 차라리 걸어가는 편이 낫겠다고 생각했을 것이다.

분명 강 사장님은 저와 함께 있을 거라 철석같이 믿고 있을 텐데. 난감했다.

강 사장님 딸만 아니라면 그냥 무시하고 지나쳤을 것이다. 하지만 사람 앞일은 정말 모른다. 만약 저 여자가 이 밤길에 혼자 걸어가다가 무슨 사고라도 난다면 앞으로 강 사장님 얼굴을 어떻게 본단 말인가. 팔자에도 없는 여자 뒤치다꺼리를 하게 생겼다.

재원은 책임감 강한 성격답게 핸들을 놓고 옆에 앉은 지수를 쳐다봤다.

"여기. 운전대 잡아."

재원은 차에서 내린 뒤, 갓길 쪽으로 빠르게 걸어갔다. 그 모습을 멍하니 바라보던 지수는 얼른 옆쪽으로 옮겨 와서 핸들을 잡았다.

뭐야, 선배답지 않은 모습이라니.

지수의 눈은 두 사람을 향했다.

"엄마야!"

재원이 이영의 어깨를 잡았다.

"뭐야. 왜 여기 있는 거야."

영혼까지 꿰뚫을 것 같은 새까만 눈동자가 이영의 두 눈을 찔러왔다.

"……설마 나 뒤따라온 거예요?"

이영은 놀란 표정으로 뒷걸음질 치며 물었다.

"누가."

"그, 그럼 왜 여기 있는 건데요? 고속버스 탄 거예요? 못 봤는데. 숨어 있었어요?"

"따라와."

"어머, 왜 이러세요. 놔, 놔요."

크고 단단한 손이 이영의 팔목을 꽉 붙들었다. 맥없이 끌려가는 이영이 그의 손을 떼어내며 소릴 질러댔다. 설마 처음부터 다 알고 있으면서도 시침을 뚝 떼고 있었던 거 아니야? 이영은 불안한 눈빛으로 그를 살폈다.

"팰리스 호텔까지 간다고 그랬나?"

"네에? 그, 그건 어떻게 알았어요?"

"목소리가 좀 커야 말이지. 50미터 내에 있는 사람이라면 다 들었을걸."

하긴 아까는 좀 흥분했었다.

"탈래? 말래?"

"그러니까 우연히 마주친 거란 말이죠?"

재차 확인한 이영은 그가 가리키는 차 안을 들여다보았다. 그 안에는 여자가 운전대를 잡고 있었다.

"난 출장 중이고. 보다시피. 결정해."

"그럼, 팰리스 호텔에 가는 거예요?"

"그래."

"대신 아빠한텐 비밀이에요."

이영의 말에 그는 대꾸 없이 운전석 쪽으로 갔다.

"비켜. 내가 할게."

지수는 다시 옆자리로 옮겨갔고, 그 모습을 보던 이영은 잽싸게 뒷좌석에 올라탔다.

"시, 실례하겠습니다."

쳇, 애인도 있는 사람이 무슨 맞선이야. 하여튼 아빠도 알아줘야 한다니까.

이영은 저와 다르게 늘씬하고 아름다운 여자를 보며 그렇게 단정 지어버렸다.

뒤에 앉아서 둘을 번갈아가며 쳐다보자니 그림이 훌륭했다.

이영은 짧은 머리카락을 습관적으로 헝클어뜨리며 입술을 뿌루퉁하게 내밀었다.

그때 룸미러로 재원과 눈이 딱 마주쳤다. 처음 봤던 오피스텔에서도 느꼈지만 이 남자 눈빛이 만만찮았다. 먹이사슬의 최상층에 있는 포식자처럼 위협하는 눈빛에 슬그머니 기가 죽었다.

지금까지 웬만한 남자한테 기죽어본 적 없는 이영으로서는 여간 당황스러운 것이 아니었다.

"아, 맞다."

이영은 혹시나 동훈이 이쪽으로 오고 있을지도 모른다는 생각에 서둘러 휴대폰을 꺼내 전화를 걸었다. 신호가 떨어지자마자 동훈의 목소리가 울렸다.

-강이영!

"어, 동훈아."

-너, 어디야. 거기 어디냐고. 어지간히 속 썩인다. 맞선 본 여자가 뭐하러 여길 와.

"야아, 나 지금 차 탔거든. 거기 조금 있으면 도착할 거야. 그러니까 나오지 말고 있어."

-강이영, 너 오면 내가 그냥 안 둬. 사람 걱정이나 끼치고. 내가 너 때문에 제명에 못 살아.

"야, 너 왜 그렇게 흥분하고 그래? 날이야?"

-뭐? 계집애가 못 하는 말이 없어. 그래, 나 멘스한다!

"쿡. 생리대 가져간다. 기다려."

-조심해서 와. 기다릴 테니까.

"응. 끊어."

통화를 마무리한 뒤 이영은 룸미러로 저를 째려보는 남자와 또 눈이 마주쳤다.

아주 그냥 눈빛으로 사람을 잡는다, 잡아.

이영은 황급히 시선을 떨구며 눈을 내리깔았다.

"으, 추워."

눈빛이 차갑다 못해 얼려버릴 것만 같았다.

재원은 긴 팔을 뻗어 히터를 높였다. 뒷좌석으로 나오는 히터를 높이는 모습을 지수가 놓칠 리 없었다.

차는 한참을 그렇게 가다 서다를 반복하며 거북이걸음으로 조금씩 앞으로 나아가고 있었다.

재원은 답답한 마음에 또다시 담배를 입에 물었다.

지이잉.

차창이 열리자 차가운 공기가 차 안으로 밀려왔다. 담배 연기가 차 안에 가득 퍼졌다.

"콜록, 콜록."

이영은 담배 연기를 맡고 기침을 해댔다. 주식이 담배를 피우면 자동으로 기침을 해대던 습관 때문에 저도 모르게 기침이 나왔다. 주식은 담배를 피우다가도 이영이 기침을 해대면 슬그머니 담배를 끄곤 했었다.

재원은 룸미러로 이영을 슬쩍 보다가 장초인데도 불구하고 불티를 밖으로 날려버린 뒤 담배를 재떨이에 던져버렸다. 지수는 눈을 휘둥그레 뜨며 재원의 얼굴을 쳐다봤다. 하지만 강인한 입매와 턱 선은 평소와 다를 바 없이 그대로였다. 무슨 일이 있었냐는 듯 무표정으로 앞만 바라보는 재원이었다.

추위에 떨다가 따뜻한 차 안에 들어온 이영은 저도 모르게 꾸벅꾸벅 졸기 시작했다. 게다가 차 안에는 잔잔한 클래식이 흐르고 있었다. 이영은 음악 감상을 핑계 삼아 눈을 감고 있다 잠이 들어버렸다.

"선배, 강 사장님 따님이라고 했어요? 저 여자?"

지수가 자는 이영을 확인한 뒤 작은 소리로 물었다.

"그래서?"

무심한 표정으로 되묻는 말에 지수는 입을 다물었다.

오늘 처음 만난 여자를 차에 태운 것도 그렇고, 담배를 피우다가 꺼버린 것도 그렇고, 모든 것이 지수의 마음에 앙금처럼 남았다.

"특이해."

갑자기 내뱉는 말에 지수가 그를 쳐다봤다.

"멘스하는 남자 친구까지."

지수는 그가 무슨 생각을 하는 것인지 짐작조차 가지 않았다. 전에 없던 그의 새로운 모습에 놀랄 따름이었다.

뒷좌석에 앉아서 세상모르고 자는 저 여자가 여간 신경 쓰이는 게 아니었다.

"일어나. 이봐."

"어, 벌써 다 왔어요?"

"잘도 자는군."

"잠깐 졸았나 보네요. 와아, 멋지다."

이영은 주위를 둘러보며 감탄사를 연발했다.

"고맙습니다, 정재원 씨. 그럼 두 분 즐거운 시간 되세요. 아, 그리고 두 분 잘 어울려요."

이영은 씩씩하게 인사를 한 뒤 배낭을 들고 차에서 내렸다.

이영의 말에 재원은 낮게 한숨을 내쉬었고, 지수는 얼굴을 붉혔다.

눈에 싸인 호텔은 장관이었다. 주차장 주변을 둘러보던 이영은 호텔 입구에서 씩씩거리며 서 있던 동훈을 발견했다.

"어이, 차동훈!"

손을 흔들어 저를 알렸다.

"너, 이 녀석. 죽을래? 왜 이렇게 속을 썩여!"

동훈이 전속력을 다해 달려와서 이영의 목에 헤드록을 걸었다.

"자식, 반가우면 반갑다고 해."

동훈이 이영의 머리카락을 마구 헤집으며 헝클어뜨렸다.

"가자."

"응. 나 오니까 좋지?"

"가방 줘."

둘은 장난을 치며 호텔 안으로 향했다.

그 모습을 차 안에서 지켜보던 지수는 재원을 쳐다봤다.

그의 서늘한 두 눈이 두 사람을 향해 있었다. 그들이 사라질 때까지 차 안에서 내릴 생각을 않던 그가 짧게 한마디 내뱉었다.

"내려."

단호한 목소리는 얼음장 같았다.

"어머, 선배. 재킷이 엉망으로 구겨졌어요."

뒤에 놓아두었던 재킷을 깔고 앉은 것인지, 아니면 가방으로 눌렀던 것인지, 아무튼 재킷이 구겨져 있었다.

"뭐야, 저 여자."

지수가 그의 재킷을 들고 탁탁 털어대며 이영을 씹어댔다.

그것을 받아 든 재원은 다시 뒷문을 열어 의자에 던져버렸다. 그리고 트렁크를 열었다. 그곳엔 그가 현장 작업 때 입는 가죽점퍼가 있었다.

그것을 꺼내 걸친 재원은 목에서 넥타이를 잡아당겨 빼낸 뒤, 셔츠 단추를 두 개 풀었다. 그 모습을 숨죽여 바라보던 지수는 얕은 한숨을 내쉬며 붉어진 얼굴을 숨기려 고개를 돌렸다.

"가자."

"네."

거침없이 앞으로 향하는 그의 모습은 위험한 매력을 풍기는 수 컷의 모습 그대로였다. 호텔 입구와 로비를 거쳐 안내 데스크로 향 할 동안 주위 여자들의 시선이 사정없이 꽂혔다.

이영과 동훈은 호텔 로비를 지나 엘리베이터 앞으로 가서 섰다. 주위를 연신 둘러보며 감탄사를 터트리던 이영은 앞으로 신 나게 놀 생각에 기분이 잔뜩 고조되었다.

"태주 때문에 우리가 완전히 호강한다. 그치?"

이영이 호텔 엘리베이터에 올라타며 말하자 동훈이 청바지에 손을 넣고서는 짧게 고개를 끄덕였다.

"얼굴이 빨간 것이 여간 웃긴 게 아니네, 강이영."

"그렇게 웃겨?"

이영이 제 뺨을 양손으로 감싸며 입술을 삐죽이 내밀었다.

"그 꼴로 맞선 보러 간 거야?"

이영을 내려다보는 동훈이 한심해 죽겠다는 표정을 지었다.

"그럼 어떡해. 집에 갔다가 옷 갈아입고 오면 너무 늦어지니까 어쩔 수 없잖아."

"그건 그렇고, 누가 여기까지 데려다준 거야?"

"아, 그게…… 말하자면 복잡해."

이영이 잠깐 미간을 찌푸리며 어떻게 설명할까 고민했다.

"위험하게 아무 차나 얻어 탄 거야?"

동훈이 진지하게 쳐다보며 물었다. 동갑인데도 동훈은 오빠처럼 느껴졌다. 가끔 심술궂게 굴긴 했지만, 대학 때부터 함께 지내온 탓에 이영에겐 가족처럼 편했다.

"아무나는 아니다?"

"그럼 아는 사람이라도 만났단 거야? 고속도로 한가운데서?"

"아, 몰라. 그렇게 됐어. 생각하기 싫거든. 그러니까 그냥 넘어가자."

"기지배가 겁대가리를 상실했어요. 완전히."

"그래, 상실했다. 어쩔래?"

이영이 턱을 치켜들고 얼굴을 들이밀자 동훈이 검지를 뻗어 이마를 쭉 밀어냈다.

"얼굴 치워라. 혐오 돋는다."

"치. 우리 물주 태주는 뭐 하고 있니?"

"가보면 알겠지. 지금쯤 술판 벌이고 있을 거야."

"그럼, 음주 스키?"

이영이 스키 타는 흉내를 내며 묻자 그 모습을 본 동훈이 피식 웃었다.

"내일 아침에나 타자고 하겠지."

"그것도 좋은 생각이네."

이영은 모처럼 마음껏 먹고 취해보자 생각하며 회심의 미소를 지었다. 그러자 동훈이 이영의 속마음을 훤히 꿰뚫고 있다는 듯 혀를 쯧, 차며 고개를 저었다.

"진상짓 하기만 해. 눈 속에 파묻어버릴 테니까."

"우쭈쭈, 그러셔?"

이영은 동훈의 궁둥이를 팡팡 치면서 히죽 웃었다.

"기지배가 손버릇은."

띵.

엘리베이터가 서자 동훈이 배낭을 어깨에 메며 말했다.

"내려."

"와, 스위트룸이라더니 기대된다. 이 층에 몇 개나 있는 거야?"

"여긴 두 개가 있다나 봐."

"와."

졸업을 앞둔 동훈이나 태주는 학생 신분이었다. 여자 동기들은 다 졸업해서 사회에 나가 있지만, 남자 동기들은 군대도 다녀오고 어학연수도 다녀온 탓에 졸업이 늦었다. 이제 졸업하기 전에 다 함께 뭉치자는 의미에서 이렇게 오긴 했지만, 아직 학생 신분인 그들에게는 금수저인 태주가 아니었다면 꿈도 꾸기 어려웠을 여행이다.

초인종을 누르자 안에서 문이 열리며 태주가 모습을 드러냈다. 안이 시끌시끌했다.

"생각보다 빨리 왔네, 강이영."

"의리 없는 것들. 나 빼놓고!"

"의리 없는 건 너지. 맞선이라니. 우리를 놔두고 그러고 싶니?"

"니들이 어디 남자니?"

이영이 가뿐하게 무시하며 안으로 들어갔다. 90평쯤 되어 보이는 스위트룸은 눈이 튀어나올 만큼 화려하고 고풍스러웠다. 통유리창엔 눈 덮인 야경이 환상적으로 펼쳐져 있었다.

"와, 멋지다."

이영은 감탄사를 연발하며 주위를 뛰어다녔다. 미대를 나온 그녀는 아버지 일을 도와 여기저기 따라다녀 인테리어에 관심이 많았다. 이영은 실내 디자인 쪽을 전공하진 않았지만, 안목이 상당했다.

"강이영, 인사나 하자. 얼굴이나 보여줘."

혜선이 자리에서 일어나 이영에게 다가왔다.

"지금 네 얼굴이 중요하니? 어쩜. 어머, 저거 보이니?"

이영이 쪼르르 어딘가로 뛰어갔다. 그 모습을 바라보던 혜선이 고개를 절레절레 저었다.

"이거 보여? 루이 15세가 살던 그때 커피 잔이잖아. 멋져."

"그건 너나 되니까 알지, 우리는 봐도 몰라. 그나저나 선본 건 어떻게 됐어?"

이영은 점퍼를 벗고 친구들이 모여 있는 거실 쪽으로 다가갔다. 고급 양탄자가 깔린 바닥에 앉아 그제야 찬찬히 눈을 맞추며 친구들에게 인사를 했다.

"음, 시베리아야. 완전."

"그래?"

"애인도 있던데?"

"미친놈 아니야? 애인 있는데 맞선은 왜 나오는 거야."

동훈이 갑자기 끼어들며 툭 내뱉자 이영이 눈을 샐쭉하니 뜨고 흘겨봤다.

"야, 그래도 우리 아부지가 시켜준 맞선인데 설마 미친놈을 간택했겠어?"

"니들은 도대체 만나기만 하면 싸우니?"

"어허, 어디다 같이 묶니? 나는 아니거든?"

이영이 장난스럽게 받아치며 앞에 놓인 잔을 들었다.

"와, 양주야? 오늘 먹고 죽자는 분위기?"

"이제 올 사람 다 왔으니까 신 나게 놀아볼까."

"그래. 먹자."

죽이 척척 맞아떨어지는 6인방이었다.


재원은 지배인과 함께 엘리베이터를 타고 리노베이션할 스위트 룸으로 향했다. 이미 사무실에서 계약 조건이나 사업적으로 처리할 부분에 관해선 이야기를 나눈 뒤였다.

"HBA 디자인 회사 못지않은 실력이라는 소린 들었습니다."

HBA 회사는 세계적으로 유명한 호텔 디자인 회사였다. 그런 곳과 비교를 하는 지배인의 말에 재원이 그를 서늘한 시선으로 쳐다봤다.

"그 정도 퀄리티를 원하시면 합당한 비용을 부담해야죠."

"아, 그, 그게, 아무래도 그 정도 비용이 없으니까 우리가 그쪽에 의뢰한 거 아니겠습니까."

"그 돈이면 우리를 군이 부를 이유가 없단 말로 들리는데, 맞습니까."

직설적인 물음에 지배인이 제대로 대답을 못 하며 버벅거리자 재원은 어딘가로 전화를 걸었다.

"팰리스 호텔 리노베이션 건은 없던 것으로 하겠습니다."

놀란 지배인이 눈을 동그랗게 뜨고 그를 쳐다봤다. 지수도 갑작스러운 재원의 반응에 끙 앓는 소리를 냈다.

그러게 왜 쓸데없는 소릴 붙여서는. 보나 마나 호텔 사장한테 연락한 모양인데, 이것을 수습할 사람은 이제 아무도 없었다.

사장이 당장 나타나서 애걸복걸하지 않는다면 오늘 밤 그냥 내려갈 확률이 100퍼센트였다.

"네, 앞으로 10분. 더는 곤란합니다."

엘리베이터 앞에서 멈춰 선 재원은 지수에게 말했다.

"따라와."

그리고 곧장 몸을 돌려 호텔 로비 쪽으로 향했다.

"저, 스위트룸으로 가보셔야죠."

돌아서는 재원을 보며 당황한 지배인이 다소곳한 자세로 말했다.

"그건 나중에."

하는 수 없이 지수는 사장을 뒤따랐다. 지배인은 이러지도 저러지도 못하고 로비 한가운데 서서 멍청하니 이마의 땀만 닦아댔다.

호텔 밖으로 나오자 찬바람이 불어왔다. 지수는 온몸에 소름이 돋아 코트 깃을 바짝 세웠다. 재원은 점퍼 주머니에서 담배를 꺼내 입에 물었다.

"앞으로 10분. 10분 안에 사장 안 나타나면 그냥 서울로 간다."

"휴우, 네."

"한두 푼 드는 일도 아니고, 지배인더러 뭘 결정하라고 지배인을 보내."

"그러게요."

지수는 익히 재원의 성격을 아는 탓에 그저 동조할 수밖에 없었다. 사무실에서 이야기를 나누다가 뭔가 틀어진 모양인데, 그녀로 서는 짐작조차 할 수 없었다.

최근 들어 여기저기 공사비를 삭감하고 질을 떨어뜨리는 것을 감수하면서까지 계약을 맺으려는 업체가 넘쳐났다. 하지만 재원 은 그런 거래는 될 수 있으면 지양했다. 정정당당하게 금액을 요구 하고 적정 공사비를 받도록 계약을 맺는 대신 그에 따른 책임이나 보상은 완벽하게 해내었다. 공사가 끝난 뒤 문제가 생기거나 하자 로 인한 피해가 생길 경우에는 최대한 저자세로 자신을 낮추며 고 객이 만족할 때까지 최선을 다했다.

"왔네."

"네?"

"사장 말이야."

끼익, 소리를 내며 차를 아무렇게 주차한 사장이 허겁지겁 호텔 로비 쪽으로 달려오고 있었다.

재원은 눈을 빛내며 손에 들고 있던 담배를 주머니에 집어넣었 다. 그리고 기다란 다리를 거침없이 뻗으며 사장을 향해 다가갔다.

"정재원입니다."

"어이쿠, 사장님. 반갑습니다. 제가 그만 바쁜 일로, 죄송합니다."

"직접 보고 결정하죠. 그 스위트룸이란 곳."

"하하. 네, 가시죠."

재원이 엘리베이터 쪽으로 앞장서자 사장이 짧은 다리로 그의 뒤 를 따붙었다. 지배인도 사장의 따가운 눈총을 받으며 뒤를 따랐다.

엘리베이터에서 내린 그들은 복도에 발을 옮겼다. 그때 다른 쪽

룸에서 들려오는 왁자지껄한 소리에 발걸음을 멈추었다.

"방음이 형편없네."

재원이 툭 내던졌다.

"아, 아닙니다. 방음은 확실합니다. 저기, 이쪽입니다."

지배인은 빈 룸으로 그들을 안내했다.

"오늘 여기 하루 머무르면서 어떻게 리노베이션하는 게 좋을지 봐주실 수 있겠습니까."

"글쎄요."

재원은 무뚝뚝하게 대답한 뒤, 날카로운 눈빛으로 주위를 둘러 보았다.

"스위트룸을 직접 이용해보셔야 좀 더 잘 고칠 수 있을 것 같은 데, 부탁합니다. 저희가 워낙 급해서 말입니다."

재원은 여전히 대답이 없었다. 라운지를 중심으로 방사형으로 뻗어 있는 스위트룸은 흔한 구조였다. 턱을 받친 채 곰곰이 생각에 잠긴 재원은 지수를 쳐다봤다. 네 생각은 어떠냐고 묻는 듯했다. 지수는 고개를 끄덕이며 그래도 괜찮겠다는 제 의견을 말했다.

"좋습니다. 이곳은 고풍스럽고 우아하지만 올드해 보입니다. '스 마트 럭셔리'를 표방해서 세계화에 발맞추어야 할 것 같습니다. 탁 트인 전망도 최대한 살리고 말입니다."

재원의 말에 그제야 사장의 안색이 풀어졌다.

"그리고 방음부터 손봐야겠습니다."

그의 신경을 내내 잡아당기는 소리에 재원이 다시 한 번 더 말 을 꺼냈다.

"이상하네요. 보통 옆방 소음 때문에 컴플레인이 들어온 경우는 없었거든요."

지배인이 고개를 갸웃거리자 사장이 얼른 끼어들었다.

"그럼 계약서를 쓰러 가시죠, 정 사장님."

호텔 사장이 서두르자 재원은 고개를 끄덕인 뒤 룸을 나섰다.

복도를 걸어가는데 문제의 옆룸에서 문이 벌컥 열렸다. 복도로 왁자지껄한 소리가 쏟아졌다. 그리고 그곳에서 핑크색에 하트가 그려진 수면바지를 입은 여자와 반소매에 회색 추리닝을 입은 남자가 튀어나왔다.

그들을 바라보던 재원과 지수의 두 눈이 마주쳤다.

맞지.

네, 사장님.

둘은 눈으로 대화를 주고받았다.

"스위트룸 방값부터 올려야겠습니다, 사장님."

재원이 한 여자를 뚫어지게 쳐다보며 음산하게 말을 내뱉었다. 그러자 사장이 얼굴을 붉히며 지배인을 쏘아보았다. 어째서 격에 맞지 않는 저런 손님을 받았느냐고 질책하는 얼굴이었다.

"차동훈, 오늘 너 죽이고 지옥 간다니까."

"아, 진짜, 강이영. 너 오늘 눈에 파묻어버린다고 했지, 내가."

또 문이 벌컥 열리더니 반바지 차림의 남자 한 명이 튀어나왔다.

"참아, 이영아, 저러는 거 하루 이틀이니?"

그리고 또다시 한 명이 튀어나왔다. 자꾸자꾸 나온다. 도대체 저

안에 몇 명이나 들어가 있는 거야.

사장의 눈이 점점 올라가고 지배인의 이마엔 땀방울이 맺혔다.

"니들 어디 가. 나도 같이 데리고 가. 응?"

다들 제정신이 아닌 거다. 다 취했다. 그 잠깐 사이에 얼마나 퍼 마셔야 저렇게 엉망으로 취하는 걸까. 저 여자는 그가 누군지 알아보지도 못했다.

그리고 맞선녀와 똑같은 수면바지를 입은 다른 여자가 그를 뚫어지게 쳐다보며 위아래를 훑어대더니, 음흉한 미소를 지으며 이영을 잡아당겼다.

"야, 저 가죽 재킷 멋지지 않아? 저 기럭지 좀 봐. 쥑인다. 캬아."

엘리베이터 앞에 선 재원은 무심한 시선으로 그들을 쳐다봤다. 마치 개, 소, 닭 보는 듯한 시선이었다.

"……어?"

그제야 그를 알아본 이영이 짧은 손가락을 내밀며 눈을 깜박였다. 잔뜩 풀어진 눈은 반달처럼 휘어 있었고, 짧은 머리카락은 보드라운 수면바지처럼 복슬복슬 헝클어져 있었다. 발갛게 상기된 얼굴로 입술을 뾰로통하게 내밀며 다가왔다. 단내가 뚝뚝 흘렀다.

"아이스맨, 맞져? 와, 반갑네요."

"누구? 누군데 그래?"

이영의 주위에 몰려든 친구들이 너도나도 물어왔다.

"맞선. 오늘 맞선 본 남자야."

"헐, 대박."

혜선이 눈을 동그랗게 뜨고 재원을 쳐다봤다. 잘생긴 남자라면 사족을 못 쓰는 혜선이 진정 즐거워하는 표정을 지어 보이며 한발 다가섰다.

"안녕하세요? 전 이영이 친구걸랑요. 와, 옆에 계신 미인은 누구세요?"

이영의 눈에도 그 여자가 들어왔다. 지금 보니 더 미인이었다. 어째서 저런 여자를 옆구리에 끼고 다니면서 맞선 따위에 나오는 거야. 우리 아빠를 물로 보는 거야, 뭐야?

그렇게 이영은 취하지 않았다면 절대로 하지 못할 짓을 하기 시작했다.

"이봐요, 정재원 씨. 그러는 거 아니에요. 애인도 있으신 분이. 거기가 어디라고 나와요? 우리 아빠가 그렇게 만만해요? 네에?"

재원의 두 눈이 가늘어졌다. 태어나서 이렇게 황당한 경우는 처음이다. 차갑게 굳어가는 재원의 표정을 알아챌 리가 없는 이영은 콧바람을 씩씩 불어대며 짧은 머리카락을 쓸어 넘겼다.

"아가씨, 술을 많이 드신 모양이네요. 저희는……."

지수가 상황을 어떻게든 수습하기 위해 끼어들었다. 그런 지수를 향해 재원이 손을 들어 말을 막았다.

"그만."

재원의 서늘한 두 눈이 꽂혔다.

순간 분위기가 싸하게 식었고, 보다 못한 호텔 사장이 나섰다.

"하하, 정 사장님 아는 분이셨군요. 그럼 저희는 사무실에서 기다리겠습니다."

"따라가."

지수를 향해 나직이 내뱉은 재원은 무시무시한 눈길로 이영을 노려봤다.

재원이 하는 말을 단번에 알아들은 지수는 황급히 그들을 따라 엘리베이터에 올랐다. 먼저 가서 계약 서류를 검토하란 뜻이었다.

"어? 안 가세요? 여자 혼자 보내요?"

먼저 엘리베이터를 타고 사라지는 지수를 보며 소리쳤다.

"조용히 안 해? 입 닫게 해줘?"

어금니를 지그시 깨문 재원이 낮게 읊조렸다.

"내가 왜 입을 닫아요?"

"해봐, 계속."

아무리 술에 취했기로서는 저 음산한 목소리를 눈치 못 챌 사람은 없었다. 동훈도 이영의 옆에 보호자처럼 붙어 있다가 움찔 어깨를 떨었다.

비딱하게 입매를 틀어 올린 재원이 바지 주머니에 손을 넣었다.

"아, 아니에요. 그럼 안녕히 가세요. 전 이만. 야, 가, 가자, 우리."

이영이 비틀거리며 몸을 돌렸다. 자그마한 여자가 우르르 사람들을 몰고 걸어가는 꼴을 보자니 저절로 웃음이 터져 나왔다.

미치겠군, 정말.

저들이 사라지는 모습을 바라보던 재원이 휴대폰을 꺼내 들었다.

"강 사장님. 정재원입니다."

재원의 목소리가 복도를 울렸다.

순간 이영의 발걸음이 우뚝 멈췄다. 이럴 때 필요한 건 뭐? 스피드였다.

이영이 재빨리 친구들을 룸 안으로 밀어 넣은 뒤 현관문을 닫고 재원을 향해 몸을 날렸다.

후다닥, 퍽!

불과 1미터를 앞에 두고 제대로 슬라이딩한 이영은 허공을 향해 손을 뻗은 채로 바닥에 엎어져버렸다. 남자의 휴대폰을 뺏으려 하다가 그만 큰 슬리퍼 때문에 발이 걸려 넘어진 것이다. 그 모습을 무심한 시선으로 내려다보던 재원은 통화를 끝까지 이어갔다.

"……네, 사장님. 제가 다시 전화하겠습니다. ……네, 따님은 잘 만났습니다."

휴대폰을 점퍼 안주머니에 넣은 뒤 천천히 발걸음을 옮겼다. 이영 앞에 한쪽 무릎을 구부리고 앉아서 눈을 맞추었다. 그의 눈빛만큼이나 싸늘한 침묵이 내려앉았다.

한참 뒤에 그가 말했다.

"맞네."

"……?"

이영은 짙은 악마 같은 눈동자에 질렸다는 듯 파르르 눈을 떨었다. 아픈 것도 아픈 거지만 우선 이 남자 얼굴부터 치워야 했다.

"몰래 온 거."

"아, 아니거든요."

"그럼 왜 이렇게 자빠져 있는 건데. 내 폰 뺏으려다 그런 거 아니야?"

아이, 뭐야.

이영은 얼른 몸을 일으키며 배시시 웃었다. 어떻게든 창피한 것을 무마시키려는 흔한 수법이었다. 그런데 어떻게 된 것이 이 남자에겐 통하질 않았다.

"얼마나 마시면 그렇게 되는 거지?"

"무슨 그런 말씀을. 저, 멀쩡하거든요."

이제 더는 물러날 곳이 없어진 이영은 애교 작전을 펼치기 위해 눈을 곱게 접으며 웃었다. 기다란 속눈썹을 팔랑이며 힐끔대는 것도 잊지 않았다.

무뚝뚝하긴.

"아빠한테 말 안 할 거죠?"

"같이 있던 사람들은 누구야."

"아, 쟤네들은 신경 쓸 거 없어요."

이영이 손사래를 치며 호호거렸다.

"누구야."

이런 젠장, 씨알도 먹히지가 않아. 무슨 남자가.

"친구요."

"길게."

뭐, 그러니까 길게 제대로 설명하란 말이야? 허 참, 별 이상한 사람 다 보겠네. 내가 왜 네 말을 들어야 해? 웃겨, 진짜.

"말 안 해?"

"다 큰 성인인데 이러는 거 웃기지 않아요? 그리고 그쪽이 아무리 내 맞선 상대라 하더라도 이미 맞선은 끝났잖아요. 손 흔들고 헤어졌으면 그걸로 끝이지, 치사하게 아빠한테 전화하는 건 뭐예요?"

"머리가 나쁘네."

"뭐라고요?"

"커피숍에서 나오기 전에 분명히 말했지. 나 팔아먹지 말라고. 오늘 사고 치지 말고 조용히 들어가라고."

"그, 그거야."

"왜 자꾸 눈에 띄는 건데."

"이제 앞으로 눈에 안 보이면 되는 거잖아요. 그러니까 신경 끄시죠."

"지켜. 약속."

재원은 더는 신경 쓰고 싶지 않다는 듯 여자의 위아래를 훑어주고서는 엘리베이터를 향해 발걸음을 옮겼다.

동훈이 문을 열고 고개를 삐죽이 내밀며 이영을 향해 손짓했다.

"너 거기서 뭐 해. 안 와?"

"간다, 가."

등 뒤로 두 사람이 나누는 대화가 들려왔다. 재원은 바지 주머니에 손을 집어넣고 네모난 숫자판을 올려다보았다.

너, 내 여동생이었으면 죽었어.

재원은 있지도 않은 여동생 타령을 하며 속으로 낮게 내뱉었다. 그의 입매가 설핏 비틀려 있었다.

제2화

왜 자꾸 눈에 띄는 건데

팰리스 호텔 측과 리노베이션 계약을 마친 재원은 지수와 함께 사무실을 나왔다.

시즌 관광지이니만큼 호텔 로비에는 많은 사람이 붐볐다. 연인들끼리, 아니면 가족 단위로 스키를 타기 위해 놀러 온 사람들이 대부분이었다.

"부럽네요. 누군 신 나게 놀러 다니고……."

지수가 재원의 눈치를 살피며 조심스럽게 입을 열었다. 그런 지수를 말없이 바라보던 재원은 무사히 계약도 마쳤고, 가볍게 맥주 정도는 한잔할 수 있겠다 싶어 갈 만한 곳을 살폈다.

"한잔해?"

"그럼 좋죠."

지수가 눈을 반짝이며 대답했다.

"여기 지하에 바가 있는 모양이네. 거기서 간단하게 하자."

"네."

호텔 지하에 있는 바에 들어서자 여자들의 시선이 재원에게 쏠렸다.

가죽 재킷을 입은 그는 유난히 더 눈에 띄었다. 남자다운 야성과 혈기가 넘쳐나는 모습은 다소 거칠어 보였지만 그런 모습이 오히려 더 여자들을 자극했다.

어딜 가나 주목받는 그임을 알기에 지수는 속으로 신음을 삼켰다. 그나마 다행이라면 그의 옆에 있다는 이유로 그녀도 같이 주목을 받는다는 사실이었다.

그의 옆에 있을 수 있어서 다행이라 여기면서도 빈껍데기인 저가 불쌍하기도 했다. 그는 철벽같은 남자였다.

조도가 낮은 어둠 속에서 푸른 불빛을 받은 그의 두 눈은 더욱 푸르게 빛이 났다. 새카만 눈동자가 일렁일 때마다 지수는 숨을 삼켜야만 했다.

"사진은 다 찍었어?"

갑작스럽게 묻자 놀란 지수는 한 박자 늦게 대답했다.

"아, 네. 나중에 올라가면 빠진 곳 있나 살펴볼게요."

"내일 해."

"그러죠, 뭐."

"이거 받아."

그가 테이블 위에 카드를 툭 던졌다. 그것은 호텔 룸 카드였다.

"왜 이걸……."

"그럼, 너랑 같이 자?"

날카로운 두 눈이 꽂혔다. 지수는 입술을 지그시 깨물며 카드를 받아 넣었다.

스위트룸은 방이 두 개였다. 그럼 각자 하나씩 써도 되니 굳이 따로 방을 잡을 필요가 없었다.

"이지수, 쓸데없이 신경 쓰는 거 싫다. 너 여자 아니야. 나한텐."

언제나 그랬다. 가슴이 뻐근하게 조여왔다. 지수는 흔들리는 시선으로 그를 마주 보았다.

그런 그녀를 똑바로 응시하는 두 눈에는 아무런 감정이 담겨 있지 않았다. 그저 차갑고 건조했다.

"선배, 내가 선배를 좋아하면 어떻게 돼요?"

지수는 혼란스러운 제 마음을 주체할 수가 없어 그에게 물었다. 꿰뚫을 것 같은 시선엔 한 치의 흔들림도 없었다.

"사표 써."

"쿡. 그럴 줄 알았어. 선배는 늘 그래."

"알면 됐어."

그의 얼굴은 냉철했고 빈틈이 없었다. 자신을 여자로 봐주지 않는 그에게 서운하고 아쉬운 마음을 표 내지 않으려 애를 써도 속이 상하는 건 어쩔 수 없었다. 지수는 술을 들이켜며 가만히 속을 달랬다. 아랫입술을 지그시 깨문 채 그녀가 그를 바라보다 더욱 조심스럽게 살폈다.

위스키 잔을 손에 들고 얼음을 살살 녹이는 그는 뭔가 골똘히 생각에 잠긴 모습이었다. 행여나 그의 머릿속에 조금 전 만났던 그 여자가 들어가 있는 건 아닌지 우려되었다.

선배가 맞선이란 것을 본 것은 이번이 처음이라고 알고 있었다. 그에게 이성으로 다가간 여자가 다행스럽게도 철딱서니 없는 부잣집 딸인 거 같아 마음이 놓이긴 했지만, 그래도 사람 인연은 알 수가 없으니 조심해서 나쁠 건 없을 것 같았다.

무슨 생각을 하는지 한참 침묵하던 그가 그녀를 보며 입을 열었다.

"요즘 여자들은 이성 친구들과 단체로 우르르 몰려다니며 잘 노는 모양이지?"

"네? 아, 그거야 사람마다 다르죠. 전 그렇게 놀아본 적이 없어서요."

지수는 순간 당황했다. 그가 묻고 있는 것은 분명 맞선녀에 대한 것이었다. 지금까지 그 여자 생각을 하고 있었던 걸까.

불길한 예감은 늘 적중했다. 어쩌면 쉽게 끝날 인연은 아닌 것 같단 생각에 입안이 바싹 말라왔다.

지수는 얼른 다른 곳으로 화제를 돌리고 싶은 마음에 그의 주된 관심사인 인테리어에 대한 이야기를 슬그머니 꺼냈다.

"여긴 마치 산장 같아요."

지수의 말에 그가 슬그머니 입꼬리를 올렸다.

"어디? 알프스 산장?"

재원은 원목으로 인테리어가 된 바를 예리한 시선으로 둘러보았다. 원목 특유의 향이 실내에 은은하게 배어 있었다. 사장이 돈은 많은데 제대로 쓸 줄 모르는 모양인지 호텔 전체적인 인테리어가 통일성이 부족했고, 너무 개성이 튀었다.

"네, 맞아요, 알프스 산장."

재원의 물음에 지수가 맞장구를 쳤다.

"지상에 있어야 할 산장이 지하에 있으니 빛을 발하질 않잖아."

"그러네요. 창밖으로 눈 덮인 풍경이 펼쳐져야 하는데, 사방이 막혀 있으니 답답하네요."

지수는 다시 술잔을 기울이며 재원의 말에 동조했다. 그런 지수는 어딘지 모르게 묘한 느낌으로 풀어져 있었다. 지수를 바라보던 재원이 낮게 읊조렸다.

"일어나."

"좀 더 있으면 안 돼요?"

"여기 왜 왔는지 잊었어?"

"하아, 네에. 일어나야죠."

지수가 말꼬리를 길게 빼며 흐느적거리듯 자리에서 일어났다. 그 모습을 말없이 바라보던 재원은 싸늘한 침묵만큼이나 서늘한 눈빛으로 돌아섰다.

지하 바를 나와 엘리베이터 앞으로 간 재원은 엘리베이터가 도착하자 올라가는 버튼을 누르고 지수를 쳐다봤다.

"안 타?"

"선배는요."

"먼저 가."

지수는 재원의 무심한 얼굴을 바라보다 힘없이 안으로 들어갔다. 그제야 버튼에서 손을 떼어낸 재원은 바지 주머니에 손을 넣고 문이 닫히길 기다렸다.

재원은 고개를 숙인 채 발끝을 내려다보는 지수를 무표정한 얼굴로 쳐다봤다. 지수가 그의 시야에서 완전히 사라진 뒤에야 막 도착한 옆 엘리베이터로 발걸음을 옮겼다.

21층을 누르려던 재원은 로비 층을 눌렀다. 룸에 들어가기 전 담배나 한 대 피우고 들어갈 심산이었다.

호텔 로비 밖으로 나오자 서울에서 느낄 수 없는 청량한 공기가 폐 깊숙이 들어찼다. 새하얀 눈이 온 세상을 뒤덮고 있었다. 나무들도 하얀 눈꽃을 피워낸 채 나트륨 등의 불빛을 받아 반짝였다.

재원은 재킷에서 담배를 꺼내 입에 물며 산책로처럼 난 길을 따라 걸었다. 곳곳에 눈이 얼어붙어 미끄럽긴 했지만, 그럭저럭 운치를 즐길 만했다.

담배 끝에 말려 있는 재를 툭 털어내며 다시 깊숙이 빨아당겼다. 코로 입으로 희뿌연 연기가 뿜어져 나와 공기 중에 흩어졌다. 뽀드득뽀드득, 눈 밟는 소리만이 밤의 정적을 깨우며 함께했다.

그런데 그 소리 외에 또 다른 미세한 소리 파동이 전해져 왔다. 재원은 걸음을 멈추며 소리의 진원지를 향해 시선을 돌렸다. 점점 소리가 크게 들려왔다.

"하아, 난 정말 나쁜 딸이 맞아."

차가운 바람결에 실려 온 목소리는 촉촉이 젖어 있었다.

"그걸 이제 알았어?"

더욱 낮은 음성은 남자의 목소리였다.

"그러시는 너님은 철이 들었고요?"

이젠 사람의 형체가 정확하게 보였다. 산책로를 따라 띄엄띄엄

세워진 가로등의 낮은 불빛이 둘을 비추었다. 누가 보더라도 다정한 연인처럼 보였다.

하하, 낮게 웃던 남자는 그런 여자가 마냥 사랑스럽다는 듯 팔을 뻗어 여자의 정수리를 흩트렸다.

"자꾸 그러지 마. 강아지가 된 거 같으니까."

"이렇게 귀여운 강아지 있으면 한 마리 기르고 싶다."

"뭐?"

"춥다. 들어가자."

"응. 그런데 동훈아, 울 아부지가 나 자꾸 시집보내려고 그러는데 난 그게 왜 그렇게 서운하니? 최 여사님 만나는 것도 싫어. 엄마 생각도 나고."

"뚝. 또 그런다. 눈 속에 파묻으려다 참았더니. 계속 울 거야?"

남자가 발걸음을 멈추고 여자의 얼굴로 손을 옮겼다.

"어쭈, 차동훈. 까분다?"

"자식. 춥다, 어서 들어가자."

"응."

재원은 눈을 가늘게 뜨고 점점 다가오는 두 인영을 보았다. 그의 시선은 두 사람이 맞잡은 손으로 향했다. 그리고 천천히 가슴을 지나 얼굴 쪽으로 옮겨갔다. 둘 사이가 보통은 아닌 것처럼 보였다.

애인이 있으면서 선 자리에 나온 저 맹랑한 여자를 보니 슬그머니 부아가 치밀었다. 그의 금쪽같은 시간을 의미 없이 낭비했단 생각이 들자 저도 모르게 눈초리가 올라갔다.

거리가 좁혀져도 그들은 앞에 서 있는 재원의 존재를 알아채지 못했다. 재원의 눈빛 속에는 조소가 흘렀다.

틱!

재원은 그들을 향해 담배 불티를 날렸다. 담뱃재는 어둠 속에서 반딧불처럼 명멸했다. 그제야 그의 존재를 알아챈 두 사람은 멈칫하며 발걸음을 멈추었다.

"……어!"

촉촉이 젖은 눈망울이 커다래졌다. 그를 알아본 모양이었다. 당황한 이영이 먼저 입을 열었다.

"여자분은 어딜 가고 혼자예요?"

"……."

재원이 대답이 없자 이영은 그의 주위를 둘러보며 다시 물었다.

"주무시나 봐요?"

"니가 왜 궁금해하는 건데."

"……네에? 아, 저는 그냥."

상대방을 압도하는 눈빛에 당황한 이영은 어쩔 줄을 몰라 했다.

"말씀이 지나치시네요."

보다 못한 동훈이 끼어들었다. 그 모습에 재원이 피식 웃음을 흘렸다.

"그래도 맞선 본 상대면서 그렇게 무례하게 굴어도 되는 겁니까."

"넌 뭐야."

바짝 날이 선 삼엄한 눈빛이 동훈에게 꽂혔다.

"친굽니다."

"친구? 지나가는 개가 웃겠네."

"보자 보자 하니 정말 경우가 없으시네요."

"제대로 말 안 해? 친구 맞아?"

"네, 친구예요."

이영이 불쑥 끼어들었다.

"말 안 해?"

재원의 시선은 여전히 동훈에게 꽂혀 있었다. 그에겐 동생보다 더 어린 동훈이었다. 그러니 당연히 존대할 이유도 없었다.

한편 동훈은 제 속마음을 꿰뚫어 보는 듯한 시선에 흠칫하며 입을 열 수가 없었다.

"왜 말 못 해? 친구 아니잖아. 스물여섯이나 된 남자 여자 사이에 무슨 친구야. 안 그래?"

"어머? 얘는 그냥 단순히 정말 남자 친구거든요? 우린 스물여섯이 아니라 서른이 넘어도 친구예요. 죽을 때까지."

"얘는 그렇다는데, 너는? 너도 그래?"

동훈은 입술을 깨물며 주먹을 꽉 움켜쥐었다.

"제 여자라고 여기면 맞선 따위에 내보내면 안 되는 거야. 그게 진짜 수컷이야. 알아?"

재원은 먹이를 앞에 둔 맹수처럼 눈을 번득이며 이영을 쳐다보다가 천천히 돌아섰다.

"어휴, 뭐, 저런 싸가지가 다 있어. 정말 웃겨."

이영이 재원의 뒤통수에 대고 작은 소리로 속닥거리며 씩씩거렸다.

"야, 넌 뭐 하고 있어? 안 들어가?"

동훈은 딱딱하게 굳어진 얼굴을 한 채 서 있다 이영에게 끌리다시피 발걸음을 옮겼다. 동훈은 강력한 해머로 뒤통수를 가격당한 기분이었다.

로비에 들어가자 그가 엘리베이터 앞에 서 있었다. 이영은 그를 보자 오기가 치밀었다. 그래서 일부러 더 당당하게 동훈을 이끌고 그 옆에 가서 섰다.

엘리베이터가 도착하고 세 사람이 함께 올랐다. 동훈은 엘리베이터 모서리를 뚫을 것처럼 노려보고만 있었고 남자는 여유가 넘치는 자세로 비딱하게 기대어 서서 이영과 동훈을 쳐다봤다.

띵.

엘리베이터가 서자 그가 먼저 내렸다. 그제야 이영은 깊은 한숨을 내쉬었다. 논스톱으로 올라오는 그 짧은 시간 동안에 남자가 뿜어대는 압박감에 압사당할 뻔한 이영은 동훈을 잡아끌며 얼른 밖으로 나왔다.

"와, 뭐, 저런 인간이 다 있어. 숨 막혀 죽을 뻔했네."

이영이 호들갑을 떨어도 동훈은 무슨 충격을 받은 사람처럼 굳어 있었다. 그는 재원이 바로 옆 스위트룸으로 들어가는 것을 말없이 노려볼 뿐이었다.


재원은 옷을 훌훌 벗어 던지고 샤워부터 했다. 뜨거운 물줄기 아래 몸을 대고 있으니 노곤한 피로감이 몰려왔다. 샤워를 마치고 하얀 타월로 허리만을 가린 채 욕실을 나온 재원은 미니바로 가서 시원한 맥주를 꺼냈다. 알 수 없는 갈증이 계속해서 밀려왔다.

맥주를 따자 거품이 올라왔다. 단숨에 캔을 비워낸 재원은 천천히 주위를 둘러보았다. 아니, 정확히는 이것과 똑같은 구조로 생겼을 옆 스위트룸의 모습을 머릿속으로 떠올렸다.

다들 잠이 든 걸까, 조용한 정적만이 감돌았다. 그 대책 안 서는 여자는 어디서 자고 있을까.

맞선녀를 어디선가 본 듯한데 생각이 잘 나질 않았다. 세상에는 비슷한 사람이 있다고 하지만 오피스텔 리노베이션 때문에 찾아갔던 그 여자와 자꾸 느낌이 겹치는 것이 기분이 이상했다.

당시 여자의 얼굴을 자세히 보지 못했기 때문에 더욱 그럴 수도 있었다. 그때 그 여자는 머리카락이 제법 길었었다. 그러니 아닐 확률이 높았다. 그리고 그 여자가 맞다면, 저를 못 알아볼 리가 없을 것이다.

그래, 아니겠지.

재원은 샤워가운을 걸치고 내부를 구석구석 돌아보았다.

탕! 탕!

문을 두드리는 소리에 재원이 발걸음을 멈추었다.

문밖에서 뭐라 하는 소리가 들렸다. 이 늦은 시간에 누구지? 혹시 지배인인가?

재원은 느릿하게 현관으로 걸어가서 문을 열었다.

그런데 눈앞에 서 있는 사람은 지배인이 아니라 솜털이 보송보송한 맞선녀였다.

"뭐야."

낮은 목소리가 밤공기를 울렸다.

"도와주세요."

눈도 제대로 맞추질 못하는 여자는 황당한 소릴 했다.

뭘 도와줘?

재원의 짙은 눈썹이 꿈틀댔다.

"제대로 말 안 해?"

핑크색 수면바지 아래 살짝 드러난 새하얀 발가락이 꼼지락대고 있었다.

재원은 시선을 들어 그녀의 새하얀 목덜미와 뺨을 훑었다. 무심함을 가장한 그의 눈빛이 무섭게 반짝였다.

"저, 들어가서 말하면 안 돼요?"

"……어딜 들어와."

"부탁이에요. 도와주세요."

이영이 강아지 같은 눈망울로 그를 올려다보다 양손으로 그의 가슴팍을 밀치고 안으로 들어왔다.

맨살에 닿은 그녀의 작은 손에 흠칫 몸이 굳어버렸다. 그 순간을 파고들어 미처 말릴 새도 없이 안으로 들어왔다. 이영은 행여나 쫓아낼까 봐 얼른 소파 쪽으로 가서 엉덩이를 걸쳤다.

쥐방울처럼 쪼르르 달려가는 뒷모습에 헛웃음을 삼켰다.

"혼난다?"

"일단 혼나더라도 우리 아부지한테 전화 좀 해주세요. 도무지 믿질 않아요."

재원의 짙은 눈썹이 위로 치켜 올라갔다.

"내가 왜."

"그게, 제가 지금 그쪽하고 같이 있다고 해버렸어요. 그랬더니 아빠가 거짓말이면 그냥 안 둔다고. 지금 당장 전화하라고……."

제 입으로 말하고도 부끄러웠던 모양인지 시선을 제대로 맞추지 못하는 그녀였다. 재원은 무섭게 얼굴을 일그러뜨리며 다가갔다.

"분명 말했지. 나 팔지 말라고."

일부러 보란 듯이 씹어 먹을 것처럼 으르렁거렸다.

"했죠. 했는데, 그게. 그런데 어쩔 수 없었어요. ……사실 같이 있는 것도 맞잖아요. 물론 옆방이지만."

재원은 숨을 몰아쉬며 그녀를 노려보았다. 저 의도는 분명했다. 구구절절하게 말하지 않아도 알 수 있었다.

"그래서 내가 강 사장님한테 지금 따님이랑 호텔 방에 함께 있습니다, 그렇게 말해야 해? 그게 가능할 거라고 생각해?"

단호한 시선으로 그녀를 쳐다봤다.

"안 나가? 끌어내?"

"제, 제발요. 그냥 지금 저랑 같이 심야 영화를 보고 있다고 해주시면 되잖아요. 부탁해요. 제발. 뒷일은 제가 수습할게요."

"도대체 그 조그만 머리통엔 뭐가 든 거야."

불가사의한 것을 바라보는 시선으로 내려다보았다.

"애인분한테는 정말 미안하지만, 이번 한 번만 살려주세요. 그렇게 어려운 일 아니잖아요. 안 그럼 저는 정말 앞으로 살 일이 까마득해져요."

붉어진 눈으로 입술을 앙다물며 그의 대답을 기다리는 모습은 처연하기까지 했다.

재원은 1인용 소파에 앉으며 다리를 겹쳤다. 그러자 가운이 살짝 벌어지며 탄탄한 허벅지가 드러났다.

"헉. 눈 둘 곳을 못 찾겠네요. 옷 좀 입으시죠?"

"내가 왜. 남자 벗은 몸 처음 봐?"

"그, 그건 아니지만……."

그러고 보니 동훈이나 태주의 반나체 모습을 많이 봐왔지만, 이렇게 노골적이거나 원색적으로 느껴진 적은 없었다.

재원의 입술이 비딱하게 비틀렸다.

"나가."

단호하고 냉정한 목소리였다.

"내가 어떻게 하면 해줄래요? 네? 제발 부탁해요."

강아지처럼 처량한 눈망울을 한 채 앵앵거리는 그녀를 물끄러미 쳐다보았다.

"뭐든?"

"네, 뭐든 할게요."

이영이 주먹을 불끈 쥐고서는 자리에서 일어났다. 마치 그의 다리라도 잡고 늘어질 기세였다. 그런 이영을 바라보는 재원의 심정은 황당하다 못해 씁쓸하기까지 했다. 도대체 강 사장님은 저를 뭘로 보고 이런 철딱서니 없는 딸을 소개해준 건지. 저를 보모쯤으로 본 게 아닌가 싶었다.

아무리 저에게 은인인 강 사장님이라 하더라도 이건 너무한 게 아닌가.

하!

여자가 당돌한 적의로 눈을 빛내며 다가오고 있었다.

어쩌려고? 바짓가랑이라도 잡고 늘어지게? 그런다고 들어줄 나도 아니지만, 어? 요것 봐라.

슬금슬금 다가오는 모습에 실소를 머금으며 자리에서 몸을 일으키려 했다. 하지만 여자가 더 빨랐다.

"윽!"

"어, 엄마야!"

소파 아래 깔린 러그에 발이 걸린 모양인지 정신을 차리고 보니 그녀가 그의 품에 안긴 채 입술을 맞대고 있었다.

가슴에 체중을 실은 채 맞닿은 입술은 지난번 느꼈던 아찔함과 똑 닮았다. 그리고 코끝을 스치는 향기.

재원은 이영의 팔목을 움켜잡고 몸에서 떼어냈다. 그리고 화들짝 놀란 표정으로 그를 쳐다보는 이영의 얼굴 구석구석을 핥듯이 바라보았다. 이제야 알 것 같았다. 왜 이 여자가 익숙한 느낌이었는지.

맞지?

재원은 오피스텔에서 봤던 여자가 분명하다고 확신했다.

발갛게 물든 뺨을 한 채 시선을 제대로 맞추지도 못하고 벌벌 떠는 이 여자를 어떻게 할까 잠시 고민하며 몸에서 떼어놓았다.

"저, 정말 죄송해요."

"너, 뭐야."

재원이 눈을 가늘게 뜨고 이영을 바라보았다.

"미안해요. 왜 자꾸 입술을! 정말 고의가 아니었어요."

얼굴이 벌겋게 달아오른 여자는 뒷걸음질 치더니 그에게 잡히기 전에 잽싸게 룸을 빠져나가버렸다.

하!

벌써 두 번째였다. 입술박치기가.

재원은 여자의 입술이 닿았을 때 느껴졌던 간질간질함을 털어내려는 듯 엄지로 제 입술을 세차게 비벼댔다.

"하, 뭐, 저런 물건이."

재원은 계속해서 남아 있는 그녀의 은은한 향과 감촉 때문에 쉽게 잠이 들지 못했다.


한편, 이영은 그에게 잡히기 전에 부리나케 자신의 룸으로 뛰어들었다.

왜 하필이면 거기서 넘어져서는!

이영은 제 입술을 이로 마구 물어뜯으며 이불을 뒤집어썼다.

"넌 이 밤에 어딜 갔다 오는 거니?"

옆에서 잠을 자던 혜정이 구시렁댔다.

"그러게. 그나저나 괜찮겠지? 아빠한테 이르거나 하진 않겠지? 으악, 못 살아!"

이영이 머리를 쥐어뜯으며 발을 굴렀다.

"강이영, 제발. 내일 신 나게 스키 타려면 자야 하지 않겠니?"


안절부절못하며 뜬눈으로 밤을 지새운 이영은 새벽녘이 되어서야 간신히 잠이 들었다.

지이잉. 지이잉.

"이영아, 전화 오잖아. 전화받아."

혜선이 베개로 얼굴을 덮으며 웅얼거렸다. 다크서클이 턱까지 내려온 이영은 울려대는 휴대폰을 멍하니 쳐다봤다. 언제 날이 밝았는지 창에 두껍게 쳐진 암막커튼 사이로 환한 빛이 새어 들어왔다. 보나 마나 아빠일 것이다.

이영은 속으로 '죽었다'를 세 번 복창한 뒤 전화를 받았다.

"응, 아빠."

애써 태연한 척하며 목소리를 가다듬었다.

-그래, 네 아버지다.

주식의 목소리가 낮게 쫙 깔린 것이 심상찮았다. 들킨 게 분명했다. 거짓말한 것이.

"굿모닝, 아빠."

-굿모닝 못 하니까 당장 돌아와. 당장!

이영은 눈을 질끈 감았다.

"네, 그럴게요."

이영은 다 기어들어가는 목소리로 대답한 뒤 전화를 끊었다. 이영은 힘없이 모로 누워 팔베개를 했다.

"혜선아, 나 들켰어. 당장 돌아오래."

듣거나 말거나 혼잣말을 하듯 고백했다.

혜선이 얼굴을 가렸던 베개를 치워내더니 게 눈처럼 가늘게 뜨고 쳐다봤다.

"너 뭐 때문에 그렇게 분위기 쫙 까는 건데? 불안하게."

"짐 싸서 가야 해."

"그게 무슨 말이야. 오늘부터 신 나게 보드도 타고 놀 생각인데. 모처럼 낸 휴가 망치지 말아줄래?"

"나도 그러고 싶진 않은데, 우리 아부지가 보통 화가 나신 게 아니야. 맞선 본 지 30분 만에 헤어져서는 그대로 강원도로 달아 뺐으니 화나실 만도 해."

"그래서 지금 돌아가게?"

"응."

혜선이 옆에서 자는 미주를 발로 툭툭 쳤다.

"야, 미주야. 일어나봐. 지금 이영이가 자다가 봉창 두드리는 소리 하는데, 왠지 불길하거든? 어서 일어나 봐, 이 잠탱아."

미주가 부스스한 몰골을 한 채 몸을 일으켰다.

"아이, 귀찮아. 자는데 왜 깨우고 그래."

"서울 가게 생겼어, 지금."

"뭐? 무슨 일 있어?"

미주가 이영을 보며 묻자 이영이 영혼이 빠져나간 표정으로 되물었다.

"같이 갈래, 아니면 나 혼자 갈까?"

"장난이지? 응?"

이영의 표정이 평소와 달리 매우 심각한 걸 눈치챈 미주가 혜선을 쿡쿡 찔러댔다.

"으이구, 내 팔자에 무슨 스키장. 가자, 가. 웬수가 따로 없어, 그냥."

혜선이 벌떡 일어나 소릴 질러대며 옆방에서 자는 남자 세 명을 깨웠다.

"야, 니들도 다 일어나. 당장 짐 싸."

그렇게 이영은 친구들의 원망을 들으며 모두를 이끌고 서울로 향했다. 영문을 모르는 친구들의 따가운 눈총이 이어졌지만, 그게 문제가 아니었다. 이영은 죽을 맛이었다.

서울에 다 와갈수록 이영의 얼굴이 시커멓게 죽어갔다. 그 꼴을 보다 못한 동훈이 몸을 틀며 이영을 쳐다봤다.

"왜 그러는 거야, 강이영. 이유나 알자."

"하아. 몰라도 돼. 그냥 내버려둬 줄래?"

"설마, 어제 아저씨 전화 왔었는데, 그것 때문이야?"

"뭐? 우리 아버지가 너한테 전활 했어?"

"응. 그래서 강원도라고 했는데."

동훈의 말에 이영이 도끼눈을 한 채 노려보았다.

"내가 너랑 두 번 다시 같이 여행 가나 봐. 이 미련한 것아, 내가 강원도에 있다고 하면 어떡해!"

"내가 알았어? 알았냐고!"

동훈이 답답한 듯 머리카락을 쓸어 넘기며 낮게 투덜거렸다.

"원래 동훈이가 눈치가 없잖아. 이영이 니가 이해해."

혜선이 옆에서 거들었다.

"저런 것도 친구라고 내가 진짜, 말을 말아야지."

이영은 사실 친구들 입단속을 시키지 않은 제 잘못이 크다는 것을 알고 있었다. 동훈에게 억지를 부리며 화를 내긴 했지만, 누구도 아닌 제 탓이었다.

이영은 한숨을 내쉬며 창밖으로 시선을 돌렸다.

"그래, 다들 입 다물어. 산소 부족해. 가뜩이나 좁아 죽겠는데."

미주가 덧붙였다. 하긴 그럴 만도 했다. 뒷자리에는 네 명이 간신히 궁둥이를 붙이고 앉아 있었다. 여자 세 명은 그렇다 치더라도 동훈까지 뒤에 앉은 탓에 자리는 말할 수 없이 불편했다.

"내가 니들이랑 여행 가면 앞으로 성을 간다, 갈아."

운전대를 잡은 태주가 으르렁거리며 말하자 옆에 앉은 철민이 한 소리 했다.

"지키지도 못할 말은 하지 말지?"

"어떻게 스위트룸 이용권을 얻었는데, 그걸 그냥 날려!"

"쪼잔하게 왜 그래? 금수저답지 않게."

다들 불편한 심기를 그런 식으로 드러내며 차 안에서 투닥거렸다. 하지만 워낙 허물없는 사이이다 보니 그러려니 했고 차 안은 어느새 조용해졌다.

동훈은 옆에 앉은 이영의 얼굴을 가만히 바라보다 옅은 한숨을 내쉬었다. 어제 이영과 맞선 봤다는 남자의 말이 내내 머릿속을 떠다니는 통에 여간 심기가 불편한 게 아니었다. 그 남자는 이렇게 생기다 만 저 같은 놈하고는 비교할 수 없을 만큼 잘난 남자였다. 아직 졸업도 못 한 저로서는 경쟁 상대가 되질 않았다. 자신이 졸업을 한다 해도 기반을 잡으려면 족히 몇 년은 걸릴 것이다.

"야, 동훈아. 옆으로 좀 가봐. 나 찌그러지겠어."

이영이 동훈의 몸을 밀치며 투덜거렸다. 작고 보드라운 몸이 그의 팔에 닿자 동훈의 얼굴이 벌게졌다.

"그, 그러게 내 무릎 위에 앉으라고 했잖아."

당황한 동훈이 더듬대며 말을 내뱉자 이영이 정색하고 떠들기 시작했다.

"내가 아무리 작기로서는 네 무릎 위에 앉으면 내 목은 어쩌고. 선루프 위로 목 빼놓고 가?"

"야, 아예 트렁크에 들어가. 그게 낫겠어."

혜선이 거들며 투덜댔다. 그렇게 옥신각신하다 보니 어느새 서울에 도착했고, 태주는 넌더리 난다는 듯 소리쳤다.

"야, 이제 다 왔어. 차례대로 내려. 가까운 지하철역 앞에 내려줄 테니까."

서울에 도착한 뒤 그렇게 한 명씩 내리고, 제일 마지막으로 이영이 차에서 내렸다. 태주에게 손을 흔들어 보이며 잘 가라는 인사를 하고 아파트를 향해 걸었다.

이영은 집에 다 와갈수록 덜덜 떨려왔다. 불안한 마음을 누르며 현관문을 열고 들어가자 주식이 장승처럼 떡하니 버티고 서 있었다.

지금 시간이면 회사에서 일하고 있어야 할 주식이었지만, 출근도 미룬 채 딸이 나타나기만을 목이 빠지게 기다리고 있었다. 이영은 그 기세에 밀려 흠칫 몸을 떨며 뒷걸음질 쳤다.

사실 집에 오기 전까지 주식에게 어떻게 사정을 설명하고 빌어야 할지를 수천 번도 더 생각했었는데, 막상 얼굴을 보자 머릿속이 새하얗게 바래져 아무것도 떠오르질 않았다.

"어쭈? 도망가?"

"아부지, 내가 잘못했어. 거짓말했어. 사실 친구들과 함께 간 거야."

이럴 땐 무조건 잘못했다고 비는 게 상책이었다.

"그래? 그럼 정 사장이랑은 언제 헤어진 거야. 아버지가 그 맞선을 잡느라 얼마나 애썼는지 알아?"

"그, 그게."

이영이 뜸을 들이며 머뭇거리자 주식이 휴대폰의 액정에 정 사장의 번호를 띄우며 물었다.

"내가 직접 정 사장한테 물어봐?"

"아빠, 내가 거짓말 하나도 안 보태고 다 말할게. 응?"

이영은 주식 앞으로 파바박 무릎걸음으로 다가와서 매달렸다.

"그래. 우리 딸 하는 말, 좀 들어보자."

주식은 소파에 앉으며 들을 자세를 취했고, 이영은 주식 맞은편에 앉았다.

한숨을 폭 내쉰 이영은 모든 것을 사실대로 말했다. 맞선부터 시작해서 대관령에 간 것까지 하나도 빠짐없이 이실직고했다. 만약 조금이라도 의심 가는 구석이 있으면 당장 그에게 확인 전화를 하고도 남을 주식이었다.

이영의 이야기를 다 듣고 난 주식은 소파에 느긋하게 등을 기대었다.

"딸, 정 사장이 어떤 사람인지 모르지?"

"모, 모르지, 나야."

"하는 짓도 아버지 딸 아니랄까 봐 어쩜 그렇게 예쁜 짓만 골라서 하는지, 원."

쯧쯧, 혀를 차며 주식이 고개를 내저었다. 그런 주식의 눈치를 살피던 이영이 제 속마음을 드러냈다.

"그러니까 내 나이에 시집가는 사람이 어디 있어. 그리고 난 시집 안 갈 거야."

"그만한 사람 있는 줄 알아?"

"그 사람 애인 있어. 그날 같이 왔더라고."

이영의 말에 주식의 얼굴이 슬쩍 구겨졌다.

"사실이야?"

"내가 어느 안전이라고 거짓말을 해. 맞아, 엄청 미인이던데."

"그곳에 간 이유가 있을 거야. 사업차 갔던 거면 분명 디자이너 중 한 명이겠지."

"아니야. 내가 애인이라고 하니까 부인 안 했어."

"그래? 그건 아버지가 차차 알아보면 될 테고, 앞으로 회사에 나가서 일해. 쓸데없이 영양가 없는 녀석들과 어울리지 말고."

"그건 지금도 하고 있잖아."

"그 정도로는 부족해. 리노베이션 현장에 가서 직접 몸으로 뛰어."

"그럼 맞선도 없는 거로 하는 거야? 응?"

"좋아. 그러니까 일이나 열심히 해."

이영은 미술 전공자의 안목을 십분 발휘했다. 아트 프린트나 아트 퍼니처를 오브제처럼 활용해서 감각적으로 공간을 꾸미는 데 탁월한 실력이 있었다. 그 점을 익히 알고 있던 주식은 이번 기회에 확실히 일을 시켜볼 생각이었다.

"아버지는 최 여사 만나러 갈 테니까, 푹 쉬어. 내일부터 일해야지."

"응. 다녀와요."

제 방으로 들어가는 이영을 보며 주식은 속으로 중얼거렸다.

자식, 이제 제대로 고생할 테니, 지금 푹 쉬어둬.


충별 이백 평 정도 규모의 사무실은 대부분 그레이와 화이트 톤으로 꾸며져 있었다. 이곳은 재원이 세운 인테리어 회사였다. 모던한 분위기의 회사는 디자이너들이 최상의 공간에서 일할 수 있도록 설계되었고, 종종 잡지에 소개될 만큼 인테리어가 훌륭했다.

엘리베이터를 타고 3층에 내리면 1층처럼 대리석이 깔린 로비가 나오고 그곳을 지나면 사장실이 있었다.

직원들 사무실은 1층과 2층에, 재원의 사무실은 3층에 있었다. 아침 일찍 출근한 재원은 셔츠 소매를 걷어붙인 채 얼마 전 방문했던 강원도 팰리스 호텔의 스위트룸에 대한 시뮬레이션을 돌려보고 있었다.

지수가 밤새도록 준비한 자료를 토대로 며칠에 걸친 회의를 해서 전체적인 스타일링 계획을 세웠고 시뮬레이션도 완성했다. 그런데 그의 눈에 뭔가 만족스럽지 못했다.

"박선호 좀 불러와."

재원은 인터폰을 들어 비서에게 지시를 내렸다. 선호는 재원이 회사를 세울 때부터 함께해온 친구였다. 이번 총괄 책임을 선호가 맡았는데, 다이닝룸으로 이어지는 공간 벽면에 약간의 문제가 발견되었다.

하드 워커인 재원의 스타일을 아는 직원들은 그가 직책을 생략하고 누군가를 호출할 때면 사안이 급하다는 것을 알아채고 재빨리 움직였다. 아니나 다를까, 선호는 부른 지 1분도 채 되지 않아 나타났다.

"불렀어?"

선호가 귀에 제도용 펜을 꽂은 채 들어섰다.

"이거 왜 이래?"

컴퓨터 화면에 시선을 고정한 채 한 곳을 가리켰다. 옆으로 다가온 선호가 그것을 보며 고개를 갸웃거렸다.

"어때서 그래?"

"짙은 코발트블루 계열은 안 어울려."

"내 생각엔 포인트가 될 것 같은데."

"천장이 높아서 그 벽면을 전부 다 블루로 하면 어두워 보일 거야."

리노베이션의 귀재라고 불리는 재원이 지적한 사항이니만큼 그의 안목이 맞을 것이다. 선호는 순순히 수긍했다.

"그래? 좋았어. 그럼 다른 색으로 바꿔볼게."

그뿐 아니라 직접 가서 현장을 보고 온 재원의 말이니 틀리지 않을 것이다.

"욕실도 건식으로 하는 편이 나을 거야."

"흐음, 그래?"

"외국 귀빈들이 주로 머물 텐데, 그편이 나을 거야. 그리고 독일 친환경 바닥재 마이스터로 하는 거 알지?"

"물론이지. 그럼 그것만 고쳐서 다시 시뮬레이션 돌려봐?"

"그래."

선호는 사장실을 나서려다가 우뚝 걸음을 멈추고 되돌아왔다.

"맞선 어땠어? 강 사장님 따님이라며."

"신경 꺼."

재원은 무슨 말인가 했다가 맞선 이야기에 이내 관심 지우며 화면에 집중했다. 그런 재원을 가만히 바라보던 선호가 말을 이었다.

"이 팀장은 노코멘트라고 하던데. 그래?"

그제야 재원은 화면에서 시선을 떼어내며 선호를 직시했다. 깊이를 모를 검은 눈동자는 차가웠다.

지수로부터 대충 뭔가를 들은 모양인데 아무리 친한 친구라 하더라도 그런 이야기는 나누고 싶지 않았다. 입단속을 시켰어야 했다는 생각이 들었다.

"입 싼 직원 별론데."

"지금 지수보고 하는 말이야?"

선호의 얼굴에 언짢은 기색이 역력했다.

"왜 흥분하고 그래?"

"지수가 어째서 그냥 직원이냐고. 네 후배잖아. 내 후배이기도 하고."

"그래서?"

재원이 차갑게 되묻자 선호도 표정을 굳히며 정색했다.

"그냥 그렇고 그런 직원 아니라고."

재원은 표정이 싸늘해졌다. 입가에 비딱한 미소가 걸렸다.

"마음 있으면 제대로 잡아."

"재수 없는 놈."

"이제 알았어?"

재원이 매력적으로 입꼬리를 올리자 선호는 기가 막힌다는 듯 허탈한 웃음을 터트리며 사장실을 나섰다. 그런 선호의 뒷모습을 바라보는 재원의 표정이 차츰 굳어졌다.

사람 마음이 의지대로 흘러가는 게 아니라지만, 지수의 마음이 어디로 향하고 있는지 알고 있는 그로서는 점점 불편해져 왔다.

왜 하필 지수를 좋아해서는. 본의 아니게 친구의 마음을 심란하게 한 것 같아 속이 뒤틀렸다.

조만간 지수를 만나 담판을 지어야겠다 생각한 재원은 다시 일에 집중했다.

똑똑.

한참 일에 빠져 있던 그는 노크 소리에 건성으로 대답했다.

"네."

김 비서가 문을 열고 들어와서 손님이 왔음을 알렸다.

"사장님, 강주식 사장님 오셨습니다."

재원은 강주식이란 말에 천천히 시선을 들었다. 순간적으로 그의 머릿속엔 강이영이란 여자의 얼굴이 파노라마처럼 스쳐 갔다.

"……안으로 모셔."

"네, 알겠습니다."

재원은 자리에서 일어나 문 쪽으로 향했다. 재원에겐 은인이나 다름없는 강 사장님이었다. 지금의 원 인테리어가 있기까지 그의 도움은 절대적이었다.

"어서 오십시오, 사장님."

"정 사장, 잘 있었어?"

언제 봐도 사람 좋아 보이는 미소를 짓고 있는 강 사장이었다.

그러고 보니 그 여자, 친탁한 모양이었다. 강주식 사장의 부드러운 인상이 똑 닮았다.

"네, 저야 늘 그렇습니다. 앉으시죠."

재원은 강 사장이 왜 이곳에 왔는지 대충 짐작이 갔다. 아마도 맞선을 본 것 때문에 궁금해서 직접 찾아 나선 것이리라. 하지만 그의 입장에서는 딱히 할 말이 있는 것도 아니었기에 일단 그가 하는 말을 들어보자 싶었다.

"내가 왜 왔는지 궁금하지? 말 돌려서 못 하는 거 아니까 그냥 바로 말할게."

"네, 그러시죠."

"지난번에 사람 하나 알아봐 달라고 했잖아. 정직원 말고 단기간 계약직으로 일할 사람 말이야."

순간 재원은 제 예상이 완전히 빗나갔음을 알고 얼굴을 살짝 붉히며 헛기침을 했다.

"크흠, 네, 그렇습니다. 좋은 사람 있습니까?"

"있어. 미술 전공자야. 이쪽으로 경력도 있고, 감각적으로 공간을 꾸미는 데 탁월하니까 많은 도움이 될 거야."

"고맙습니다."

"그런데 말이야, 나랑 좀 가까운 사람이야. 그래도 부담 갖지 말고 했으면 하는데. 가능하겠지?"

"물론입니다."

"하하, 고마워. 실력은 장담하네."

강 사장이 저토록 확신하는 사람이라면 괜찮을 것 같았다.

"내일부터 오라고 하면 될까?"

"네. 그런데 이력서부터 먼저 봤으면 합니다."

"여기 가져왔어."

테이블 위에 편지봉투를 내밀었다. 그 안에는 이력서가 들어 있었다.

"이건 나중에 보기로 하고. 일단 내가 궁금한 게 있어서 말이야."

"네, 말씀하세요."

"자네, 내 딸 어떻든가?"

드디어 올 것이 온 모양이었다. 재원은 망설임 없이 대답했다. 이런 문제일수록 맺고 끊음이 분명해야 한다.

"죄송합니다."

"음. 아니야, 아니야. 일이 한창 좋을 때지. 사실 내 딸도 그렇고. 아직 철딱서니가 없어서 말이야."

주식이 재원의 눈치를 살피며 말을 이었다.

"결혼 생각이 없다는 녀석을 내가 그렇게 밀어붙였으니. 잘될 턱이 있나."

"다행입니다."

"그래서 말인데, 그 이력서 한번 열어보게."

재원은 봉투를 열어 이력서를 꺼냈다. 그것을 펼쳐 드는 순간 얼굴에 놀라움이 스쳤다.

"내 딸일세. 어차피 둘 다 결혼 생각은 없으니 껄끄러울 것도 없을 거고. 괜찮겠지? 내가 밑에 데리고 있으니 다른 직원들 눈치가 보여서 말이야. 명색이 사장 딸인데 어디 마음 놓고 일을 시키겠어?"

재원은 예상치 못한 상황에 놀라기도 했지만, 분주하게 머리가 돌아가기 시작했다.

"믿고 맡김세. 회사도 녀석이 물려받아야 하는데, 그러려면 아무래도 경험이 중요하단 말이지. 자네도 회사 차리기 전에 내 밑에서 많이 배웠지?"

강 사장님에게 은혜를 입은 것은 분명했고, 어떤 식으로든 갚아야 할 일이었다.

"그럼 자네만 믿고 가네. 조만간 한잔함세."

"네. 조심해서 들어가십시오."

강 사장이 가고 난 뒤 재원은 이력서를 다시 한 번 더 꼼꼼히 살폈다. 오피스텔 하자 때문에 만났을 때도 보면 뭔가를 잘 아는 것처럼 보였었다. 똑 부러지게 제 할 말을 다 하며 지적을 해대던 모습이 눈에 선했다.

그래, 한번 지켜보지, 뭐.

재원은 이영의 이력서를 보며 짧게 코웃음을 쳤다. 이력서에 있는 사진은 얌전한 요조숙녀 같은 모습이었다.

어디서 사기를.

빙그레 미소를 그린 재원은 사진을 한동안 뚫어지게 쳐다봤다.

제3화
지금부터 널 지켜볼게

"어떻게 오셨습니까."

"강이영입니다. 사장님 만나뵈러 왔습니다."

평소에도 아버지 밑에서 간간이 일을 돕긴 했지만, 다른 회사에서 정식으로 출퇴근하며 일해야 한다는 말에 펄쩍 뛰었었다.

하지만 훗날 회사를 키워나가기 위해선 규모가 큰 회사에서의 경험도 실력 못지않게 중요하다는 주식의 말은 꽤 설득력이 있었다. 맞선 대신 일을 하겠다고 나섰으니 이왕이면 큰물에서 노는 것도 좋을 것 같았다. 이렇게 기회가 왔을 때 경험해보는 것도 나쁘지 않을 것이다. 막상 와보니 아버지 회사와 이곳은 구멍가게와 대형마트처럼 간극이 심했다.

이영은 으리으리한 회사를 둘러보며 두려움과 기대감으로 뛰어대는 가슴을 지그시 눌렀다.

"이리로 오시죠."

비서는 인터폰으로 확인하더니 자리에서 일어나 그녀를 안내했다. 늘씬한 비서와 비교할 수 없는 외모였지만, 그래도 나름 신경을 썼다.

주식이 제대로 갖춰 입고 가야 한다고 하도 난리를 치는 바람에 짙은 색 모직스커트 정장을 입고 머리도 단정하게 붙였다. 화장도 제법 짙게 한 이영은 스스로 자신감을 불어넣으며 사장실로 발을 내디뎠다.

탁.

등 뒤로 문이 닫히는 소리가 들렸다. 이영은 일단 소리 내서 90도로 허리를 숙여 인사했다.

"안녕하십니까, 강이영입니다."

천천히 고개를 들어 상대방을 쳐다봤다. 그런 자신을 바라보는 깊고도 서늘한 눈동자와 마주하는 순간 이영은 비명을 삼켰다.

저 사람이 왜!

심장이 바닥에 툭 떨어진 자신과 달리 그는 태연했다.

"왜 그렇게 놀라지?"

"……?"

"마치 몰랐다는 것처럼 구는데, 그러면 좀 더 나아?"

그녀는 당황한 눈꺼풀을 깜박이다 휙 돌아섰다. 그리고 떨리는 손으로 문고리를 잡았다.

문을 열고 나가야 하는데, 차마 그럴 수가 없었다. 아버지가 모든 것을 작정하고 꾸며놓은 게 분명했다. 입술을 가만히 깨물며 눈을 꾹 감았다가 떴다. 그리고 다시 천천히 돌아섰다.

"정식으로 인사하겠습니다. 강이영입니다. 잘 부탁합니다, 사장님."

그런 그녀를 바라보는 재원의 눈빛은 불가해한 것을 보는 듯 짙게 반짝였다.

재원은 의자 깊숙이 몸을 묻으며 팔짱을 꼈다. 이영을 바라보는 시선에 짙은 호기심이 어려 있었다.

어디, 실력이 어느 정도인지 알아볼까.

재원은 비뚜름하게 입꼬리를 올리며 손짓했다.

그러자 이영이 천천히 다가왔다. 이력서에 나와 있는 모습과 흡사한 차림으로 나타난 그녀는 꽤 조신해 보였다. 짧은 머리카락은 뭘 발랐는지 차분하게 가라앉아 있었다. 그리고 몸매는 커다란 야상점퍼를 입었을 때와 판이했다.

"포트폴리오."

재원은 팔꿈치를 책상 위에 댄 채 손바닥을 까딱이며 어서 내놓으라는 식으로 쳐다봤다.

이영은 가방을 뒤적이며 포트폴리오라고 하기에 뭣한 것을 꺼냈다. 혹시나 해서 챙겨 왔는데, 그냥 왔으면 큰일 날 뻔했다. 이 바닥에서 실력을 평가하기 가장 쉬운 것은 바로 포트폴리오였다.

비록 실내 디자인을 전공하진 않았지만, 짬짬이 만들어놓은 것이 있었다.

"여기 있습니다."

그가 그녀가 내민 것을 받아 들고 한 장씩 넘겨보기 시작했다. 그는 도통 무슨 생각을 하고 있는지 알 수가 없었다. 살짝 비틀린 입술 선을 바라보며 그의 입에서 무슨 말이 나오길 기다렸다.

재원은 포트폴리오북을 끝까지 넘겨본 뒤 탁 소리 나게 덮으며 아무렇게나 책상 위에 던졌다.

"미대 나왔다더니, 기본적인 스케치는 그럭저럭 봐줄 만하네. 캐드는 직접 한 거지?"

이영의 입매가 저도 모르게 비틀어졌다. 사람을 뭐로 보나 싶어 대답하지 않았다. 대답할 가치도 없는 질문 아닌가.

그런 그녀를 바라보는 재원의 짙은 눈썹이 딱딱하게 굳어지며 눈매가 날카롭게 올라갔다.

"대답 안 해?"

"네, 직접 했습니다."

이영은 어금니를 꽉 깨물고 대답했다. 그 모습에 조소를 머금은 재원이 선심 쓰듯 툭 내뱉었다.

"좋아. 믿어주지."

"믿어주는 게 아니라 당연히 그러셔야죠."

이영이 붉어진 얼굴로 그를 노려보았다.

"당연히? 그건 내가 판단할 문제지. 안 그래? 특히나 너라면 말이야."

입술을 앙다물고 쏘아보자 그는 서랍에서 담배를 꺼내 필터를 책상 위에 톡톡 두어 번 두드린 뒤 불을 붙였다. 마치 너 따위는 상관없다는 식으로 무시하는 태도에 이영은 오기가 치밀었다.

"인테리어의 완성은 뭐라고 생각해?"

그가 연기를 내뿜으며 물었다.

"이런 식으로라면 면접 보고 싶지 않습니다."

이영은 주먹을 꽉 움켜쥔 채 단호하게 말했다. 아무리 사장이라도 면접 보는 직원을 앞에 세워놓고 담배를 피워 물기까지. 기본적으로 예의가 없는 인간이었다.

"여기 디자이너로 들어오기 위해 얼마나 많은 사람이 대기하고 있는지 알아?"

"그러니까 낙하산처럼 아버지 부탁으로 들어온 저는 사람 대우를 받지 않아도 된다는 말인가요? 그럴 거면 애초에 거절하지, 왜 이렇게 치사하게 굴어요?"

이영이 재빠르게 쏟아냈다.

"인테리어의 완성은 뭐라고 묻는 것이 예의 운운해야 할 일이야?"

그는 의자에 깊숙이 몸을 묻으며 담배를 빨아당겼다.

후우, 연기가 그녀에게 쏟아졌다.

"말 안 해?"

"오늘, 나름 기대를 하고 왔는데, 이곳에 싹수없고 재수 없는 맞선남이 앉아 있을 것이라고는 생각지도 못했어요. 안녕히 계세요. 이것이 내 대답이에요."

이영은 터져 나오려는 기침을 참으며 간신히 말을 마쳤다. 그리고 더 볼 것 없다는 듯 돌아섰다.

"거기 안 서?"

재원이 뒤에서 불렀다. 낮게 깔린 목소리에 움찔 떨던 이영은 모른 척 문 앞으로 향했다.

그런 그녀를 뒤에서 쏘아보던 재원이 담배를 재떨이에 비벼 끄며 자리에서 일어났다.

"말 안 들어?"

"내가 왜 당신 말을 들어야 해요?"

이영이 문을 열고 나서려다 억울한 감정에 할 말은 다 하고 가자 싶어 다시 돌아섰다.

"이거…… 쓰레기통에 버려도 돼?"

짙은 눈이 가늘게 휘어지며 그녀를 응시해왔다. 이영은 부들부들 떨리는 발걸음으로 그에게 다가갔다.

손을 뻗어 포트폴리오를 집어 들려고 하자 그가 그것을 뒤로 잡아 뺐다.

"말 안 해?"

"줘요, 좋은 말 할 때."

"인테리어의 완성은 뭐라고 생각하는지 말해봐."

집요한 남자였다. 이영은 눈을 반짝 빛내며 입꼬리를 올렸다.

"……좋아요. 인테리어의 완성은 그 집을 사용할 사람이죠. 아무리 훌륭한 인테리어로 완성된 집이라 하더라도 그 가치를 모르는 사람이 살면 소용없는 것 아니겠어요?"

이영의 목소리 끝이 갈라졌다. 그를 비유해서 비꼬았지만 남자는 말귀를 못 알아들은 것인지, 아니면 그런 척하는 것인지, 그것도 아니면 아예 무시하는 것인지 그가 묻고자 하는 것을 집요하게 되물었다.

"그 전에. 격에 맞는 사람이 산다 치고. 그 전 단계 말이야."

'내놓으란 말이야, 이 변태, 말미잘, 사이코 놈아!'라고 쏘아붙이고 싶은 것을 간신히 참으며 그녀가 부들거리는 입술로 대답했다. 살면서 지금처럼 인내심을 요구했던 적은 없었다.

"조. 명. 조명이라고 생각합니다. 적재적소에 조명을 배치하면 공간이 더욱 풍부해지니까요."

"……"

둘 사이에 약간의 침묵이 흘렀다. 깊고 검은 눈동자가 서슴없이 파고들었다.

"내일부터 출근해."

묘하게 미소를 머금은 그가 포트폴리오를 내밀었다. 팽팽한 공기가 조금 느슨해지는 기분이었다.

재원은 이영을 어느 부서에 넣어야 할지 이미 결정을 내렸다. 포트폴리오를 보면 그 사람이 갖춘 실력을 한눈에 볼 수 있다. 포트폴리오에 나와 있는 작품 중 유독 그의 눈길을 끄는 것이 있었다. 단순한 색감으로 포인트를 준 것이 아니라 비슷한 계열의 색상으로 된 미술 작가의 작품을 벽에 코디해서 강렬한 인상을 전한 것이다.

선호와 다이닝룸으로 이어지는 공간 벽면에 이런 식으로 하면 어떨지 의논을 해봐야겠단 생각이 스쳤다. 코발트블루로 포인트를 준 것보다 이렇게 작품을 거는 것이 훨씬 세련되어 보일 것이다.

게다가 마지막 답변이 흡족했다. 인테리어에 대해 나름 철학이나 생각이 있다는 뜻이었다.

이영은 천천히 팔을 뻗어 그것을 받아 들며 도도하게 고개를 쳐들고 사무실을 나왔다.

"……치명적인 척하긴."

문이 닫히기 전 혼잣말로 중얼거렸다.

그 소리가 재원의 귀에 들리지 않을 리 없었다. 그리고 밖에 있는 김 비서에게도.

놀란 비서 미현이 눈을 휘둥그레 뜨며 이영을 쳐다봤다. 그런 그녀를 향해 이영이 다가갔다.

"앞으로 잘 부탁해요. 그리고 진심으로 존경해요. 저런 상사를 모시고 있다니. 어디서 그런 인내심이 흘러나와요? 잠깐 동안에도 평생 써야 할 인내심을 다 끌어모은 것 같은데. 아, 내 이름은 강이영이에요."

이영은 특유의 사랑스러운 미소를 지으며 미현에게 인사를 건넸다.

"아, 전 김미현입니다. 디자이너이신가 봐요?"

"네. 내일부터 출근하라네요. 그럼 수고해요."

이영은 대리석 바닥을 조심스럽게 디디며 사장실을 빠져나왔다.

그런 이영의 뒷모습을 바라보던 미현은 슬그머니 입가에 미소를 머금었다.

치명적인 척이라니.

카리스마 넘치는 사장을 대놓고 저렇게 말한 사람은 저 여자가 처음일 것이다. 그리고 사장 면접만 보고 디자이너를 뽑다니.

상당한 실력가이거나, 아니면 상당히 사장 마음에 들었단 소리였다. 미현은 호기심 가득한 눈빛으로 집무실을 쳐다봤다.

한편 재원은 한참 일을 하다가도 문득 떠오르는 말에 슬며시 미소 지었다. 재원은 이영이 나가면서 흘린 말에 터져 나오려는 웃음을 참느라 혀를 깨물어야만 했었다. 허를 찌르는 말에 그도 수긍했기 때문이었다.

"……치명적인 척이라."

외동딸이면서 귀하게 커서 그런지 제 할 말은 똑 부러지게 내뱉는 것이 여간내기가 아닌 듯했다.

똑똑.

이영을 생각하던 재원은 노크 소리에 생각을 멈추며 대답했다.

"네."

문이 열리고 지수가 들어섰다.

"누가 왔었어요?"

"그것보다 네가 무슨 일로 왔는지가 먼저 아니야?"

"아, 3DMAX 작업(2D캐드의 도면을 불러와서 실제 사진처럼 작품을 만들어 쉽게 알아보도록 하는 그래픽 과정)한 거 보셨나 해서요."

"아직."

그의 냉랭한 말투에 지수는 어깨를 으쓱하며 무안함을 감추려 했지만, 쉽지 않았다. 김 비서의 말에 따르면 젊은 여자가 디자이너 특채로 채용됐다는 말에 앞뒤 가리지 않고 사장실에 뛰어들었다. 그런데 재원의 얼굴이 평소와 달리 어딘가 모르게 부드럽게 풀어져 있었다. 그래서 그게 더 신경 쓰였다.

"사장님, 디자이너 채용했어요?"

컴퓨터 화면을 들여다보던 그가 짙은 눈썹을 위로 치켜세우며 쳐다봤다. 느슨하게 풀어진 얼굴이 단번에 굳어졌다.

"소문 빠른데? 누가 그래?"

"아, 뭐. 김 비서한테 들었어요."

말해놓고 보니 김 비서에게 어떤 불이익이 가진 않을지 슬 걱정되었다.

"3DMAX, 지금 보니까 괜찮아. 그대로 진행해."

"네."

지수는 아랫입술을 질끈 깨물며 금방이라도 목구멍에서 튀어나오려는 말을 꾹 눌러 참았다.

"안 나가?"

그런데 도저히 이대로 나갈 수가 없었다. 지수는 눈을 질끈 감고 물었다.

"강이영이라고 하던데, 맞아요? 그 여자?"

"맞선 본 여자냐고?"

그는 아무렇지 않은 표정으로 되물었다.

"그래. 그런데 뭐? 문제 돼?"

"아, 아니에요."

그가 뿜어대는 묵직한 압박감에 지수는 기가 눌렸다.

어째서 저런 남자를 좋아하는 것인지. 스스로를 자책하며 꾸짖어봐도 소용이 없었다. 그저 가슴 설레는 두근거림만 안고서 그 방을 나올 수밖에 없었다.

마음이 착잡하게 가라앉았다. 그녀가 기억하는 강이영은 솜사탕처럼 부드럽고 사랑스러운 여자였다. 톡톡 쏘는 청량감에 주변 사람들도 그렇게 만드는 여자.

감당할 수 없는 질투심에 심장이 타들어갔다.

"하아."

복도를 걸어가던 지수는 걸음을 멈추고 무거운 한숨을 내쉬었다.

"그러다 땅 꺼지겠어, 이 팀장."

선호가 복도를 걷다 지수를 발견하고 다가왔다.

"아, 선배."

"저녁이나 같이하자."

"어쩌죠. 약속 있어요."

"누가 오늘이래? 다른 날도 괜찮아. 언제 시간 비워봐."

선호는 가볍게 어깨를 두드린 뒤 갈 길로 걸어갔다. 그런 선호를 바라보는 지수의 얼굴엔 아쉬움이 가득했다.

저 사람이 재원 선배라면 얼마나 좋을까. 닿을 수 없는 곳을 바라보기만 해야 하는 제 처지가 선호 선배와 비슷해 보여 안타깝기만 했다.

아무튼, 이영이란 여자가 그녀의 괴로움을 배가시킬 것 같은 불안함이 몰려왔다.


이영은 주식과 함께 저녁을 먹고 있었다. 식탁 위엔 이영이 차린 음식이 보기 좋게 담겨 있었다. 혼자 사는 오피스텔은 놔두고 또 이렇게 본가에 와서 비비적대는 이영이었다.

"우리 딸, 된장국 끓이는 솜씨가 점점 느는 것 같은데?"

주식이 한 숟가락 떠먹으며 말하자 이영이 표정을 굳혔다.

"이거 된장국이 아니라 찌개거든?"

"자식이, 아버지 딸 아니랄까 봐 우기긴. 이게 어떻게 찌개야? 국이지."

"국이거든?"

"그래, 국."

"아, 말이 헛 나왔어. 찌개라니까."

"우기긴. 난 최 여사가 끓여주는 찌개 먹고 싶으니까, 너 여기서 이러지 마. 응? 아버지 연애 좀 해보자."

이영이 숟가락을 식탁 위에 내려놓으며 주식을 쳐다봤다.

"아빠, 정말 최 여사님이랑 결혼할 거야? 나 시집보내려고 일부러 그러는 거 아니야?"

"최 여사 들으면 큰일 날 소리 하고 그래, 자식이."

주식은 오십이 넘은 나이에도 30대처럼 차려입고 다녔다. 청바지에 폴라티셔츠를 입은 모습은 제 나이보다 훨씬 젊어 보였다. 그런 아빠에 비해 최 여사는 그냥 제 나이를 먹어가는 평범한 중년 여성이었다. 카페를 하고 있지만 지나치게 수수하고 나이도 많아 보여서 아버지와 조합이 이뤄지지 않았다.

주식이 그런 이영의 마음을 다 알고 있기라도 한 듯 씩 웃으며 말했다.

"아버지 나이가 되면 여자 보는 눈이 달라져. 알아?"

"거짓말하지 마."

"아버지 밥 먹다가 체하겠다. 그나저나 오늘 갔던 일이나 말해 봐. 정 사장이 뭐래?"

"내일부터 출근하래."

"그럴 줄 알았어. 우리 딸은 나 닮아서 어딜 가나 인정받을 거야."

"인정은 무슨. 그 사람 사이코 아니야?"

"내가 보기엔 너도 만만찮으니까 괜찮아. 암, 네가 그런 말 할 처지는 아니지."

"아빠! 사실은 그 사람 전에 본 적 있어."

"정 사장을 말이야?"

"응. 오피스텔 하자보수 때문에 내가 건물주를 좀 괴롭혔거든. 그랬더니 저 사람이 왔더라고. 책임감은 강한 모양인지 다음 날 바로 사람 보내서 고쳐줬어."

"아, 그 오피스텔 리노베이션을 원 인테리어에서 했나 보네."

"그래서 그런가?"

"그렇지. 거봐, 아버지가 사람은 확실히 본다니까. 너 그 사람 놓치면 평생 후회할 거야."

"후회는 무슨. 평생 아빠랑 살면 돼. 뭐가 걱정이야."

"자식이, 아버지는 최 여사가 있다니까 그러네. 너 이제부터 여기 오지 마. 아버지 애정 생활에 지장 있어. 너 있으면 최 여사가 여길 안 오려고 해서 말이야. 편안한 집 놔두고 아버지가 호텔 전전해야 하겠어?"

주식의 말에 이영의 얼굴이 홍당무처럼 빨개졌다.

"무슨 아버지가 저래."

"자식이. 너도 진한 사랑을 해봐. 아버지처럼 안 되나."

"몰라. 나 갈래."

"잘 생각했어. 설거지는 아버지가 할 테니까 그냥 가도 돼."

팩 토라진 이영이 코트를 걸치고 현관으로 향하자 주식이 큰 소리로 말했다.

"회사 열심히 다니고. 아버지 얼굴에 먹칠하면 안 돼. 알겠지?"

"몰라."

이영이 투덜대며 현관문을 닫고 나가자 주식은 애틋한 눈으로 이영이 사라진 문을 바라보았다.

눈에 넣어도 아프지 않은 딸이었다. 지금도 마찬가지다. 하지만 그렇다고 늘 품에 껴안고 살 수 있나.

언제일지 모르지만 죽음이 다가와 영영 이별을 감당하기 위해선 지금부터 떼어놔야 한다. 좀 더 단호히.

첫 생리를 할 때도 그저 무서워 울고만 있던 이영을 생각하면 지금도 가슴이 미어지는 주식이었다. 살뜰하게 챙긴다고 해도 먹고 살기에 바빠 늘 혼자 내버려두다시피 했던 그였다. 이영이 일부러 더 철딱서니 없게 행동하고 애교를 부리는 것을 모르지 않았다. 그가 조금이라도 우울해할까 봐 애써 웃음 역할을 담당하는 이영을 생각하면 지금도 안쓰러웠다.

초등학생 때 고사리 같은 손으로 밥을 짓고, 국을 끓이고, 반찬을 해서 아버지 밥상이라고 차려놓은 것을 보며 얼마나 울었던가. 늦은 밤 그것들을 눈물로 삼켰었다.

모쪼록 정 사장과 잘되기를 바랄 뿐이었다. 훌륭한 짝을 지어줘야 나중에 이영 엄마를 만나도 부끄럽지 않을 것 같았다.

지금이야 정 사장도 별생각이 없겠지만, 이영과 같이 자꾸 부대

끼다 보면 딸아이가 가진 매력을 알게 될 것이라 자신했다.


정식으로 출근하기로 한 날, 이영은 제대로 복장을 갖춰 입고 출근 준비를 서둘렀다. 이왕 하기로 한 거 야무지게 해내자 싶었다.

이영은 지하철에서 내려 그의 회사 앞으로 걸어갔다. 로비를 지나 어느 부서로 가야 할지 망설이다 엘리베이터를 타고 어제 갔던 3층 사장실로 향했다. 아직 부서를 배정받지 못했기 때문에 어쩔 수 없었다.

조금 이른 시간이어서일까. 사장실 입구 데스크에는 아무도 없었다. 비서인 미현 씨조차 출근 전인 모양이었다.

이영은 어제와 달리 찬찬히 주위를 둘러보았다. 엘리베이터 앞에 붙어 있는 빌딩 안내도를 보니 5층짜리 건물은 전부 인테리어 회사에서 쓰고 있었다.

젊은 나이에 이만큼 일궈낸 그가 사람 같아 보이질 않았다. 친구 태주처럼 금수저를 물고 태어나지 않은 다음에야 이렇게 사업을 확장하기가 쉬운 일은 아닐 것이다.

건물 내부도 어디 하나 빠지는 곳 없이 제대로 구색을 갖춰 꾸며져 있었다. 비서실만 봐도 그랬다. 그레이 톤의 책상은 대리석 바닥과 철제 파티션에 아주 잘 어울렸다.

아버지 회사와 저절로 비교되었다. 이영은 가방에서 스케치북을 꺼내 재빨리 스케치하기 시작했다. 이곳과 비슷하되 그녀의 생각이 가미된 로비와 데스크를 그려갔다.

"뭐 하는 거지?"

헉.

언제 왔니?

귀신같이 소리도 없이 나타난 재원을 보며 놀란 이영은 얼른 자리에서 일어나 인사를 했다.

"안녕하세요, 사장님."

"따라와."

그는 사장실 문의 비번을 누르고 도어록을 해제했다. 저벅저벅 걸어가는 그의 뒤를 따라 안으로 들어갔다.

그는 코트와 재킷을 한꺼번에 벗고서는 넥타이를 느슨하게 잡아당기며 셔츠 단추를 한 개 풀었다. 그리고 소매 단추도 똑, 똑 풀며 한 번, 두 번 걷어 올렸다.

그런데 그녀에게서 절대로 눈을 떼질 않는다. 새카만 눈동자에 꿰뚫릴 것만 같아 조바심이 났다. 무슨 눈빛이 짐승 같아.

바람직한 몸매를 구경이라도 해보고 싶었건만 자신에게서 시선을 떼질 않으니 그저 살그머니 눈을 내리깔 수밖에.

"뭘 그리고 있었지?"

"네?"

"말 안 해?"

다짜고짜 또 저런다.

"그거 알아요?"

그가 짙은 눈썹을 꿈틀대며 말해보라는 표정을 지어 보였다.

"그러는 거 상당히…… 재수…… 이, 있어 보이는 거."

차라리 입을 다물지, 말도 못 할 거면서 뭔다고 입을 열어, 열긴.

"이제 알았어?"

그는 묘하게 입매를 비틀었다.

"치명적이기도 하지."

"아, ……네에."

덧붙이자면 싸가지도 없고, 밥맛이죠.

"김 비서가 오늘 늦으니까 내가 자릴 안내할 테니, 실수하지 않도록."

"저는 실수를 가급적이면 하지 않으려고 노력하는 편입니다."

"사기에 능숙한가 봐?"

"네?"

"오늘도 변장 수준이잖아. 핑크색 수면바지 입고 뛰어다니던 여자는 어딜 간 거지?"

"그, 그건…… 제가 그렇게 쉽게 파악되는 여자가 아니거든요."

"듣던 중 제일 웃긴 말이네."

재원은 피식 비웃음을 던지며 자리에서 일어났다.

사람 반병신 만드는 기술이 아주 탁월한 그였다.


이영은 그에게 자리를 소개받고 대충 직원들과도 인사를 나누었다. 꿔다놓은 보릿자루처럼 앉아서 오전 내내 아무것도 하지 않고 있던 이영은 사내 식당에서 점심을 먹은 뒤 슬그머니 자리에서 벗어났다. 원래부터 타고난 친화력으로 사람들과 쉽게 친해지는 편이긴 했지만, 여기 직원들 분위기를 보니 쉽지 않을 것 같았다. 낙하산이라고 소문이 쫙 나버린 모양인지 이영을 보는 눈이 여간

까칠한 게 아니었다.

답답한 마음에 비상구를 열고 계단으로 나온 이영은 혜선에게 전화를 걸었다.

"혜선아, 나야."

-응, 일하는 건 어때? 오늘 첫 출근이지?

"그렇긴 한데, 지금 기분이 말이 아니야."

-왜? 그 사람들이?

"아니, 내가 말이야."

-사실 그 사람들 기분이 더 안 좋을 것 같은데? 넌 낙하산이잖아.

"그래, 낙하산이라서 완전 찌그러져 있거든?"

-설마. 네가 찌그러져 있을 리가 없잖아. 그리고 넌 사장 백이잖아. 평소처럼 해.

"말이 쉽지. 내가 그렇게 뻔뻔하진 않거든?"

-뭐, 어때. 곧 사람들이 너 좋아할 거야. 그나저나 사장은 잘해주니?

"잘해주긴. 완전히 사람 반병신 만드는데, 웃기지도 않는 거 있지?"

-움. 네가 좀 병맛이긴 하잖아.

혜선의 말에 이영이 버럭 소릴 질러댔다.

"야, 넌 내가 힐링 좀 하겠다는데 친구란 것이 꼭 그래야 해?"

-점심시간 끝났잖아. 아니야?

"아직 10분 남았거든."

-그 사장도 전생에 무슨 죄를 지었다니? 너랑 이렇게 엮이면 결국 괴로운 사람은 니가 아니라 그 사람이야. 알아?

"너, 지금 어디야?"

-왜, 나 잡으러 오게? 어, 과장이 부른다. 그럼 끊어.

이영은 약이 오를 대로 올라 씩씩거렸다.

피해자 모드로 이야기 좀 해보려 했더니 그것도 마음대로 안 됐다. 이제 슬슬 점심시간도 끝나가니 다시 사무실로 들어가야 했다.

직원들의 냉랭한 시선 속에 오후를 보내야 한다고 생각하니 힘이 빠졌다. 그런데 그중에서도 그 사장 애인이라는 여자가 제일 불편했다.

그래, 유유상종이라, 이거지.

이영은 한숨을 폭 내쉬며 제자리로 찾아갔다. 시끌시끌하던 사무실 분위기가 그녀가 들어가자 갑자기 조용해졌다.

"강 선생 포트폴리오 보고 아이디어 얻어 다시 시뮬레이션 만들었는데, 볼래요?"

선호가 다가와서 이영에게 먼저 말을 걸었다.

어머, 어쩜 저렇게 훈남이 다 있을까.

이영은 그를 향해 눈을 반짝이며 밝게 대답했다.

"정말요? 네, 보고 싶어요."

이영은 오전 내내 입에 거미줄을 치고 있다가 잠깐 점심때 혜선과 통화한 게 다였다. 그래서 선호가 자신에게 관심을 두는 것이 반갑고 기뻤다.

"그럼 따라와요."

선호는 특유의 웃음기 담긴 목소리로 말하며 그녀를 제 사무실로 데리고 갔다.

유리 벽면으로 된 팀장실은 블라인드를 내리면 밖에서 안을 볼 수 없게 되어 있었다. 서글서글한 인상의 선호는 이영에게 시뮬레이션을 보여주었다.

"여기, 보이죠? 이 부분을 참작했어요."

이영이 다이닝룸 벽면을 장식했던 포트폴리오와 확실히 유사했다.

둘은 마치 오래전부터 알고 지낸 오빠 동생처럼 금방 친해졌다. 평소 사람과 친화력이 뛰어난 이영이 그런 선호를 만났으니 둘은 죽이 잘 맞을 수밖에 없었다. 하지만 두 사람은 이영의 오피스텔에서 만났었단 사실을 전혀 모르고 있었다. 선호는 이영의 헤어스타일이 완전히 바뀐 탓에 그녀일 거란 생각조차 하지 못했고, 이영은 재원과의 입술박치기로 인해 선호의 존재감 따위는 남아 있지도 않았다.

"뭘 이렇게 묻히고 다니는 거예요?"

선호가 이영의 머리카락에 묻은 먼지 조각을 발견하고 가까이 다가왔다. 모니터를 보고 있던 이영이 움찔하며 가만히 있자 그가 손을 뻗어 먼지 조각을 떼어냈다.

"가만히. 움직이지 말고."

그가 대담하게 눈을 맞추며 바라보자 이영은 저도 모르게 얼굴을 붉혔다.

"뭐 하는 거지?"

낮게 깔린 목소리가 저승사자의 목소리처럼 울렸다. 이영은 그 목소리의 주인공을 너무나도 잘 알았다. 기척을 숨기고 나타난 사장이 이젠 사람으로 안 보였다. 비딱하게 문에 기대어 선 채 물어왔다.

"어, 사장님께서 무슨 일로 직접 여길 다 오시고?"

선호가 반색하며 그를 쳐다봤다.

"그럼 전 이만 나가볼게요, 팀장님."

"그래요. 그럼 수고해."

이영은 서둘러 웃음기를 거두며 사무실을 빠져나갔다. 그런 이영의 뒷모습을 말없이 바라보던 재원이 선호에게 물었다.

"왜 전화 안 받아?"

"응? 전화?"

그러고 보니 책상 위 인터폰의 수화기가 들려 있었다. 책상 앞에 서 있던 두 사람의 모습을 떠올린 재원이 서늘한 눈동자로 책상 위를 훑었다.

재원은 거침없고 대담한 시선으로 사내 본성을 숨김없이 드러냈다. 그것을 모를 리 없는 선호는 어깨를 으쓱하며 아무렇지 않게 말했다.

"보다시피 수화기가 떨어져 있네."

"무슨 짓을 했길래."

"아무것도."

"시뮬레이션 그대로 진행해."

재원은 그 말만 남긴 뒤 사무실을 나왔다. 팀장실 밖에는 디자이너들의 책상이 독립된 파티션으로 구분되어 있었다. 그가 제일 바깥쪽에 앉아 있는 이영을 보며 그곳으로 다가갔다. 그녀는 얌전히 앉아서 뭘 하는지 모니터를 뚫어지게 쳐다보고 있었다.

재원이 파티션에 팔을 걸친 채 그녀를 내려다보았다.

"원래 그래?"

놀란 이영이 그를 쳐다보며 목소리를 낮췄다.

"뭘요?"

"원래 다른 남자한텐 그러나 보지?"

"네에? 그러니까 뭘요?"

"연한 배처럼 구나 보지?"

연한 배라니!

그게 뭘 말하는 건데!

이영은 사라져가는 그의 뒤통수를 쏘아보았다.

이런 식으로 며칠을 버틸 수 있을지 벌써부터 골이 띵한 것이, 눈앞이 암담했다. 이영은 짙은 한숨을 내쉬며 모니터를 주시했다.

창에 띄워놓은 화면은 사내 홈피였다.

그곳에는 그간의 영업실적이나 수상경력 등이 빠짐없이 기록되어 있었다. 마우스를 클릭하며 꼼꼼히 살펴본 결과 사장이 새삼 새롭게 보였다. 그는 생각보다 훨씬 더 유명하고 잘나가는 사장이었다.

그러니까 저렇게 당당하고 오만한 거겠지. 그건 인정.

딱히 맡은 업무가 없어 그렇게 오후 시간을 보내는데 책상 위에 놓인 인터폰이 요란하게 울렸다.

저한테 온 전화가 맞는지 잠시 고민하던 이영은 조심스럽게 전화를 받았다.

"네, 강이영입니다."

-잠시 나 좀 봐요.

다짜고짜 나 좀 보자니? 누군지 알고?

"저, 실례지만, 제가 직원들 이름이랑 목소리를 다 익히지 못해서요. 죄송합니다. 누구시죠?"

-지금 나랑 장난해요?

"네? 아, 이지수 팀장님이세요? 금방 가겠습니다."

앙칼지게 쏘아대는 목소리를 들어보니 귀에 익었다. 자신에게 이렇게 노골적으로 적의를 드러내는 사람은 단 한 명, 디자인 2팀의 이지수 팀장이었다. 디자인뿐만 아니라 마케팅도 함께하는 모양인지 그녀의 위상은 도도하다 못해 하늘을 찌를 듯했다. 게다가 사장이 애인이니 뭐가 두려울 것이 있겠는가.

사실 누구 하나 자신에게 조직에 대해서 알려주는 사람이 없으니 뭐가 어떻게 돌아가는지 잘 알 수가 없었다. 나중에 박선호 팀장한테 물어봐야겠다 생각하며 일단 자리에서 일어났다.

나란히 팀장실이 붙어 있었다. 그중에서 한 곳은 조금 전 가봤던 박선호 팀장의 사무실이고, 그 옆이 이지수 팀장의 사무실이었다.

똑똑.

반코팅이 된 유리문을 노크하자 안에서 대답하는 소리가 희미하게 들려왔다.

이영은 문을 열고 안으로 들어갔다. 팔짱을 낀 채 의자에 앉아 있던 이지수 팀장이 자리에서 일어났다. 그리고 그녀 앞으로 다가왔다.

다시 봐도 상당한 미인이었다. 서구적인 마스크와 늘씬하게 뻗은 몸매는 보는 여자 기죽이기에 충분했다.

"포트폴리오 있죠? 가져와요."

갑자기 포트폴리오? 다시 면접을 보는 건가?

이영이 머뭇거리며 조심스럽게 물었다.

"그건 왜 갑자기……?"

"포트폴리오가 상당히 훌륭한가 봐요? 사장님이 그걸 단번에 활용하는 걸 보면."

"그, 그게 아니라, 그냥 허접해요."

"지금 이곳이 그냥 허접한 걸 가져다 쓸 만큼 형편없는 곳이라고 생각해요?"

"아니에요. 그런 뜻이 아니라……. 지금 보시겠다면 가져올게요."

"가져와요. 기다릴 테니."

"네."

눈에서 레이저를 발사할 것처럼 쳐다보는 것을 보니 무슨 오해를 하는 모양이었다. 사장하고 맞선을 봤다는 이유 말고도 낙하산이라는 이유가 더 있겠지만, 날을 세우고 대하는 태도에 피곤함이 몰려왔다.

이 몰골을 보고도 저러고 싶을까.

이영은 제 외모 어디에도 XY 염색체를 가진 인간을 현혹시킬 만한 요소가 없다는 사실을 잘 알고 있었다. 지금이야 조금 얌전하게 화장도 하고 정장을 차려입긴 했지만, 평상시는 자신이 봐도 한숨이 나올 만큼 세련미라고는 전혀 찾아볼 수 없는 촌스러운 외모였다.

살면서 그나마 귀엽단 소린 제법 들어봤지만, 혜선이 말로는 귀엽단 소린 못생겼단 소리와 같은 꼴이라고 했다.

아무튼 맞선 볼 때도 마찬가지였고, 그날도 자신의 모습을 다 봤을 텐데 저렇게 질투심에 쩌는 모습이라니. 바람직하지 못한 반응이다.

그리고 솔직히 저 외모에 왜 사장이랑 사귀어? 사장이 잘난 것은 인정하지만 연인으로서는 성격적인 결함이 다분히 있지 않은가.

이영은 서랍 속에 들어 있던 포트폴리오를 꺼내 들고 그녀 방으로 향했다.

지수는 그것을 빼앗듯이 받아 들더니 동그란 테이블 위에 올려놓고 앉아서 보기 시작했다. 이영은 또 벌서는 자세로 다소곳이 손을 모으고 서서 그녀가 다 보기를 기다렸다.

이 회사는 터가 그런지 사람을 세워놓고 뭘 해도 하는 모양이었다.

지루하게 시간은 흐르고, 달리 할 게 없었던 이영은 여자의 정수리부터 갸름한 뺨과 목덜미, 풍선 같은 가슴, 잘록한 허리를 차례대로 훑었다.

그런데 같은 여자가 봐도 참 예쁘다.

이영은 예쁜 여자를 좋아했다. 엄마도 없고, 언니도 없어서 더욱 그런지 모른다. 특히 언니뻘 되는 여자를 보면 스스럼없이 다가갔다. 그래서일까. 까칠하게 구는 이 팀장도 제 눈에는 마냥 예쁜 언니 같았다.

"왜 그렇게 빤히 보는 거예요? 내가 보면 안 되는 거라도 있나요?"

다 보고 나서 하는 소리 좀 봐라. 언니면 언니답게 좀 너그러우면 좀 좋아?

"아니요. 그게 아니라, 예뻐서요. 팀장님이."

순간 여자가 입을 다물었다.

칭찬은 고래를 춤추게 한다고 했었다. 만고의 진리를 떠올린 이영은 곧 있을 우호적인 분위기를 생각하며 입가에 미소를 머금었다.

"강이영 씨, 사람 무서운 줄 모르는 모양이네요. 어떻게 바로 앞에 두고 그렇게 비아냥거릴 수 있죠? 그렇게 안 봤는데, 순진하게 생긴 얼굴을 하고 하는 짓은 영 딴판이네요. 나가봐요."

"아, 저 그게 아니라, 뭔가 오해가 있으신 거 같아요. 전 진심으로 말한 건데요."

"그만. 아버지가 강주식 사장님이라고 했죠? 아버지 백 믿고 너무 설치는 거, 보기 안 좋아요."

"그, 그게 아니라……."

"내 말 안 들려요? 나가라고요."

갑자기 언성을 높이며 소릴 지른다. 당황한 이영은 얼굴이 벌게진 채로 팀장실을 나왔다.

그러곤 문을 닫고 앞에 서서 긴 한숨을 내쉬었다.

이영은 제자리로 가서 휴대폰을 들고 비상구로 향했다. 눈물이 나려는 것이 서럽기도 하고 억울하기도 하고, 한마디로 단정할 수 없는 복잡한 감정에 울컥했다. 지금 이 시각에 전화를 받을 사람은 미주밖에 없었다. 이영은 미주의 번호를 찾아 통화 버튼을 눌렀다.

-이영아, 일한다지 않았어?

"그래, 회사야."

-이렇게 전화할 시간도 있어?

"있어."

-목소리가 왜 그래? 무슨 일 있는 거야?

연애엔 젬병이지만, 그래도 눈치는 빠른 미주였다. 그건 저도 마찬가지지만 말이다.

"나 어디 가서 왕따 같은 거 당할 사람 아니라는 거 잘 알잖아. 그런데 여긴 정말 내 애교도 안 통하고, 귀여운 외모도 안 통하는 거 있지."

-그런 소리 하려거든 끊자.

"야, 그게 아니라 들어봐. 나 심각해."

-진작 그렇게 나왔어야지.

"사장 애인이 있는데, 그 여자가 나를 오해하나 봐. 내가 여기 사장이랑 맞선 봤잖아."

-그런데 너보고 뭐라 그래? 이상하네. 네가 그다지 경쟁심을 불러일으키는 스타일은 아니잖아.

"그거 욕이니?"

-아니, 진실이야.

"그나저나 들어봐. 그런데 내가 사장 애인한테 그랬거든. 예쁘다고. 그랬더니 짜증 내는 거야. 나 참, 기가 막혀서. 예쁘다고 해줘도 그러니? 칭찬은 고래도 춤추게 한다고 했잖아."

-흐음, 그 여자 예뻐?

"어. 엄청 예뻐."

-그럼 네가 잘못했네.

"뭐?"

-누가 너더러 '눈이 두 개네요.'라고 말하면 기분이 어떨 거 같아?

"당연한 소릴 하고 있네 생각하겠지."

-그 여자는 그런 칭찬을 수도 없이 들어왔을 거고, 당연한 소릴 해대니 짜증이 났을 거야. 그런 여자한텐 씨알도 안 먹히는 소리인

거지. 우리 같은 사람한테야 예쁘단 소리가 감사하는 마음을 저절로 불러일으키지만, 그 여자한테는 오히려 역효과일 거야.

"너 좀 똑똑하다?"

-호호, 무슨. 나 요즘 인터넷에서 유명해.

"뭐로 유명해?"

-블로그 하잖아. 연애 상담.

"네가? 너나 나나 뭐가 다르다고?"

-원래 서울 안 가본 놈이 이긴다는 말도 있잖아. 그거 꼭 해봐야 잘하는 거 아니다?

"이름이 뭐야?"

-블로그 이름? 안알랴줌이야.

"내가 너랑 이런 이야기를 주고받는다는 것 자체가 왠지 모욕적으로 느껴진다. 끊어."

이영은 전화를 끊어버렸다.

"이느무 기지배. 내가 다신 전화하나 봐. 그나저나 왜 이렇게 소름이 돋는 거야. 암만 생각해도 여기 터가 이상한 거 같아."

이영은 혼잣말을 내뱉으며 부르르 진저리를 치고서는 재빨리 비상구를 빠져나갔다.

그런 그녀를 한 층 위의 계단에서 말없이 내려다보던 재원은 나직이 내뱉었다.

"생각보다 민감하네, 강이영."

그제야 입가에 물고 있던 담배에 불을 붙이며 깊게 빨아들였다.

"후우, 왕따라……."

담배 연기를 내뱉으며 입속으로 중얼거렸다.

지금부터 내가 널 지켜볼게, 강이영.

눈을 가늘게 뜨고 생각에 잠긴 재원은 단호한 걸음으로 비상구를 빠져나갔다.


압구정동에 있는 술집 리노베이션 견적을 뽑으러 사람을 보냈는데, 생각보다 사장이 까다로워서 계약이 힘들겠다는 연락을 받고 재원이 직접 나서려던 중이었다. 그런데 그가 혼자 가려던 마음을 바꿔 먹고 디자인실로 향했다. 몰랐으면 모를까, 왕따를 당하는데 그냥 내버려 둘 수가 없었다.

"강이영 씨, 퇴근 준비해서 나와."

"네에?"

마침 제 방에서 나오던 지수가 재원을 발견하고서는 환한 미소를 지으며 다가왔다.

"사장님, 여긴 어쩐 일로 오셨어요?"

"외근 나갈 거야."

"누구랑요? 이영 씨요?"

지수가 입술을 깨물며 이영을 쳐다봤다.

"그래. 안 돼?"

그가 지수를 보며 비딱하게 묻자 지수는 어색한 미소를 지었다. 입가가 경련이 일었다.

"누가 우리 둘을 애인 사이라고 생각하는 모양이던데. 그런 헛소문이 왜 도는 거지?"

재원이 지수를 보며 묻자 당황한 지수가 얼굴이 벌겋게 된 채 시선을 떨구었다.

"그런 소문 질색이니까 단속해."

"네."

이영은 두 사람이 나누는 대화를 들으며 속으로 뜨끔 찔려 했다.

뭐야. 둘이 사귀는 거 아니었어?

이영은 갑자기 나타난 사장 때문에 영문도 모른 채 벗어놓은 코트를 걸치고 퇴근할 준비를 했다.

"나와."

"저, 그럼 먼저 퇴근하겠습니다."

이영이 지수를 향해 고개를 숙인 채 인사하자 지수가 차갑게 쳐다봤다.

"그래요."

그제야 이해가 갔다. 이 팀장이 혼자 사장을 좋아하는 모양이었다. 그렇다고 저렇게 딱 잘라 거절하면 당하는 입장에서는 쥐구멍에라도 숨고 싶어질 것 같은데, 어떻게 된 게 이 남자는 봐주는 것이 없었다. 오히려 이 팀장이 측은하게 느껴질 정도였다.

얼떨결에 그를 따라나선 이영은 그가 이끄는 대로 말없이 따랐다. 복도를 지나 엘리베이터를 타고 지하 2층에서 내렸다. 그는 주차장에 주차된 차를 가리키며 말했다.

"타."

전에 타본 적 있던 차였다. 그래서 저도 모르게 뒷자리로 향하자 그가 낮게 쫙 깔린 목소리로 말했다.

"앞으로 안 와?"

"네?"

"옆으로."

기다란 팔을 뻗어 운전석 옆자리를 가리켰다.

"아, 네."

조용히 달리는 차 안에서 둘은 말이 없었다. 이영은 그가 뿜어대는 위압감만으로도 숨이 막혔다. 좁은 공간 안에 둘만 있자 압박감이 더 심했다.

그녀가 핸들 위에 올려진 커다란 손과 꿈틀대는 허벅지를 슬쩍 쳐다보다 얼른 시선을 돌렸다.

짐승이야. 완전히.

"안 물어?"

그가 옆 눈길로 쳐다보며 말했다. 갑자기 무슨 말이지?

"뭘 물어요? 저 개 아니거든요?"

재원은 그녀의 대답에 순간 숨을 참았다.

어딜 가는지 궁금해할 것 같아서 물어봤더니 하는 소리가 저 소리다. 어이를 상실한 재원이 툭 내뱉었다.

"후천적이야, 아니면 선천적이야? 뭔가 결핍된 거 같아 보이는데."

"네에?"

갑작스러운 말에 이영이 눈을 동그랗게 뜨자 그가 픽 소리 내며 웃었다. 역시 어딘가 모자란다.

아니면,

"컨셉이 백치미야?"

그의 전 생애를 통틀어 이런 여자는 처음이었다. 진심으로.

"사장님 컨셉은 가가멜이죠?"

"가가멜? 설마 스머프 가가멜 말이야?"

또박또박 말대꾸도 재밌다.

"네. 스머프를 죽도록 괴롭히는 어리바리 연금술사요."

"어리바리?"

막 나간다, 이 여자. 재원은 곧바로 눈살을 찌푸리며 쳐다봤다.

"대답 안 해?"

"듣고선 뭘 또 물어요?"

쥐방울만 한 여자가 절대로 지는 법도 없다. 나이 서른셋에 어리바리 소리나 듣는 멍청한 놈이라니. 기가 막히는데 자꾸 웃음이 나오는 건 왜지?

"우리 아빠가 그랬어요. 남자는 나이 팔십이 넘어도 애라고."

어째 이 여자와 이야기를 하다 보면 점점 유치해지고 쪼잔한 놈이 되는 것 같았다.

"지금 나보고 어리바리한 애새끼라고 했어?"

일부러 인상을 찌푸리며 묻자 당황한 기색이 역력했다. 표정이 금방 드러나는 얼굴은 보고 있으면 재미있다.

한마디도 안 지면서 반응하는 것이 신선했다. 대부분 그가 인상을 쓰고 말하면 겁에 질려 입을 다무는데 이 여잔 달랐다.

한편 이영은 사장을 보며 진단을 내렸다. 조울증 초기라고.

아까진 심각하게 사람을 잡아먹을 것처럼 쳐다보더니 지금 차 안에서는 실실 놀려먹으며 웃고 있다.

"제가 볼 땐 사장님은 갱년긴 거 같아요."

끼이익!

몸이 앞으로 출렁할 만큼 차가 급정차를 했다. 깜짝 놀란 이영은 눈을 동그랗게 뜨고 그를 쳐다봤다. 탄탄한 근육질의 팔이 그녀 앞으로 쭉 뻗어 나와 있었다. 다행히 벨트를 해서 몸이 앞으로 튀어 나가진 않았지만, 그의 팔에 가슴이 닿을 뻔했다.

건널목 앞에 급정차한 사장은 앞으로 쏠린 머리카락을 쓸어 넘겼다. 그리고 이영을 향해 뻗은 팔을 서서히 거둬들였다.

이노무 조동아리 때문에 제명까지 못 살지 싶었다.

새카만 눈동자가 그녀를 직시했다. 숨을 몰아쉰 그가 말했다.

"미안해. 갑자기 사람이 튀어나왔어."

그러고 보니 밖에 사람들이 웅성거렸다. 낮술을 한 남자가 비틀거리며 건널목을 건너고 있었고, 다른 차선의 차도 급정차를 해서 멈춰 서 있었다.

이영은 벨트를 다시 고쳐 매며 옷을 똑바로 했다.

"괘, 괜찮아요."

놀라서 그런지 가슴이 두근두근 뛰어댔다.

"정말 괜찮은 거 맞아?"

"네."

짙은 눈으로 쳐다보던 그가 다시 천천히 차를 출발시켰다.

운전하면서 이렇게 놀랐던 적이 있었을까. 재원은 입이 바짝 말라왔다. 가슴을 더듬으며 재킷 안주머니에 있는 담배를 찾던 그는 갑자기 손을 멈추었다.

옆에 앉은 이영을 힐끔 쳐다봤다. 담배를 피우면 어김없이 기침을 해대던 그녀였다.

제길.

담배 피우는 것을 포기한 채 생수병을 들어 단숨에 비워냈다.

"지금 가는 곳은 압구정동에 있는 술집이야. 리노베이션한다는데, 한번 둘러보고 의견을 말해줘."

"네."

이영은 차분하게 대답하며 입을 다물었다.

"왜 그래? 어디 아픈 거 아니야?"

재원의 목소리에 걱정이 실렸다.

"아, 아니에요. 그냥 입조심하려고요. 특히 운전하실 때는요."

재원은 쓴웃음을 삼켰다. 그러니까 그의 운전 실력을 못 믿는다는 소리였다. 여간내기가 아니었다.

잠깐, 그러고 보니 아까 이 여자가 뭐라고 했었지?

갱, 갱년기?

50대 주부에게 찾아오는 그 갱년기?

재원은 저도 모르게 실실 웃었다. 생각할수록 기가 막히고 코가 막혔다.

이영은 그런 그를 진정 두려운 눈으로 쳐다봤다.

"그런데 궁금한 게 있어요."

이영이 그를 향해 슬그머니 질문을 던졌다.

"하지 마."

재원은 얼굴을 쳐다보지도 않고 주차하는 데만 전념했다.

"네?"

기가 막힌 모양인지 재차 물어왔다.

"묻지 말라고."

재원은 기어를 P에 놓으며 시동을 끄고 차에서 내렸다. 그런 그를 말없이 노려보던 이영은 차에서 내릴 생각을 하지 않은 채 한숨만 내쉬었다.

"안 내려?"

"내려요."

무섭도록 잘 어울리는 양복을 입은 그는 거침없는 걸음으로 가게로 향했다. 이영은 저 걸음을 따라잡으려면 종종거리며 뛰어야겠지만, 그럴 바에는 차라리 두어 걸음 뒤처져서 가기로 했다.

가게는 테라스처럼 원목으로 꾸며진 곳에 하얀색 테이블이 세 개 놓여 있었고, 커다란 창은 전면 오픈이 가능하게 되어 있었다. 바닷가도 아니고 도심에서 이런 식의 바는 왠지 어색하고 뜬금없어 보였다.

그는 벌써 가게 안으로 들어갔고, 이영은 밖을 다시 한 번 더 살펴본 뒤 안으로 들어갔다. 기다란 바에 손님이 한 명 있었고, 몇몇 테이블에도 손님이 보였다. 공사에 들어가기 전까지는 영업을 계속할 모양이었다.

그녀는 어릴 때부터 아버지를 많이 따라다닌 탓에 리노베이션 할 집에 들어서면 어디가 문제인지, 어디를 고치면 좋을지를 머릿속으로 상상하며 완성된 모습을 떠올리곤 했었다. 걷기 시작하면서부터 따라다닌 터라 저도 모르게 그런 것들을 훈련하는 연습이 된 모양인지 바의 리노베이션 전, 후의 장면이 그려졌다.

발 빠른 이 남자는 벌써 가게 사장을 만났는지 모습이 보이질 않았다. 이영은 기다란 바의 귀퉁이에 앉아 그가 나오길 기다렸다.

잔잔하게 흐르는 재즈가 한 곡 끝나갈 때쯤, 그는 가게 안쪽에서 사장으로 보이는 남자와 함께 걸어 나왔다.

"보다시피 크게 고칠 것 없습니다. 그렇게 많은 돈을 들여가면서까지 할 필요가 있겠습니까."

사장으로 보이는 남자가 돈, 돈 하며 말을 꺼내자 무심한 눈으로 그를 내려다보던 재원은 짧게 한마디를 던졌다.

"그럼 그렇게 하십시오."

그럴 줄 알았다.

이영은 저 시크하다 못해 시리도록 차가운 남자의 행동이 짐작이 가고도 남았다.

"내 말은 그게 아니라, 그러니까……."

가게 사장이 답답하다는 듯 머리를 쓸어 넘기며 어떻게든 설득하려고 했지만, 재원은 가차 없이 말을 잘랐다.

"이 가게, 골조만 남겨두고 다 뜯어고쳐야 하는데 건물주가 아니라면 리노베이션하지 마십시오. 전·월세면 하실 필요 없단 말입니다. 괜히 남 좋은 일 하지 마시고."

"살짝 분위기만 바꾸겠다는데 무슨 다 뜯어고친단 말이에요. 그냥 우리가 요구하는 대로 하면 될 것을 왜 그렇게 고집을 부립니까."

급기야 가게 사장이 소릴 질러댔다. 그런다고 꿈쩍이나 할까.

"그럼 다른 업체를 찾아보십시오. 어설프게 대충 바꾼다고 해서 얼마나 나아질지 모르겠지만, 그런 식으로 하면 우리 회사 이미지에도 타격이 큽니다."

애초에 싸움이 되질 않았다. 그녀가 보기에도 일방적으로 가가멜 승이었다.

"정말 듣던 대로 상당하십니다. 잠시만 기다리시죠. 저도 생각이란 것을 다시 해봐야 해서요. 사실, 그렇게 막대한 돈을 들일 만큼 여유가 있는 것도 아니고."

"그러시죠. 그럼 이만 가보겠습니다."

"조만간 연락하겠습니다."

뭔가 번갯불에 콩을 볶아 먹는 것도 아니고, 이렇게 속전속결로 계약을 파기하다니. 초를 쳐도 유분수지. 다 된 밥에 침을 뱉는 것도 아니고, 뭐야?

직원이 어렵게 계약을 따냈으면 사장이란 사람은 가서 성사시킬 생각은 않고 파투를 내고 그냥 간다고?

이영은 그의 이해할 수 없는 행동에 고개를 갸웃거렸다. 분명 아버지 같았으면 대충 합의를 보고 공사를 시작했을 것이다.

"안 일어나?"

스툴에 앉아 있던 이영은 벌떡 일어났다. 가게 문을 열고 나서는 그의 뒤를 따라 뛰다시피 걸었다. 차로 간 그는 이영을 비딱하게 쳐다보며 말했다.

"타."

"그냥 가요?"

"그럼."

"아, 아니요."

"안 타?"

"탈게요."

이영은 얼른 조수석에 올랐고, 그는 운전석에 올라 차에 시동을 걸었다.

들어가기 전 잘 생각해보라고 하더니, 말할 틈도 주질 않는다. 서늘하다 못해 시베리아 벌판 같은 이 남자는 가까이해서 좋을 게 하나도 없는 사람이라고 본능이 경고를 해왔다.

"저, 지금 어딜 가는 거예요?"

대답이 없다.

"저는 저기 앞에 세워주세요, 사장님."

이영은 나온 김에 친구들이나 만나자 싶어서 부탁했다. 어차피 지금 회사로 들어간다고 해도 퇴근 시간과 맞물렸다. 그리고 나올 때 분명 퇴근 준비를 해서 나오라고 하지 않았던가.

그러나 핸들 위를 톡톡 두드리며 앞만 주시하고 있는 그를 보니 뭔가 딴생각에 빠진 모양인데, 곱게 내리긴 글렀다.

"사장님, 저 내려야 해요. 근처에 세워주세요."

"……."

"사장님? 저어기 차 세워주세요. 네에?"

이영은 안 하던 애교질을 하며 비굴 모드로 그를 바라보았다.

"한 번만 말해. 왜 귀여운 척해?"

헉!

"쓸데없이 말 많은 거 질색이야."

이건 뭐, 사람이야?

이영은 입을 떡 벌린 채 그를 바라보았다.

"안 내려?"

유유히 비상등을 깜빡이며 갓길에 차를 세운 그는 거만한 시선으로 그녀를 내려다보았다.

허둥지둥 차에서 내린 이영은 그녀를 뒤로하고 저만치 사라져가는 차를 하염없이 바라보았다.

살다가 이렇게 사람을 코너로 몰아붙이는 남자는 처음이었다. 그와 있으면 정신을 차릴 수가 없었다. 자꾸만 휩쓸려 감정이 널뛰듯 뛰어댔다.

애교도 안 통하고, 그렇다고 정색을 하고 덤벼도 통하질 않으니 어떻게 해야 할지 난감했다. 아무튼, 명확한 것은 이 남자를 손안에 쥐고 흔들어버리고 싶다는 것이었다.

제4화
저 남자 왠지 가슴 떨려

이영은 단체 대화방을 열어 모두를 소집했다. 다들 술이 고픈 모양인지 즉각 대답이 왔다.

그들이 종종 모이는 곳 중의 하나가 바로 학교 부근의 주점이었는데 그곳은 학교 뒷산으로 가는 등산로와 접해 있어서 일반 등산객들이 간간이 들러 커피를 마시기도 하고 시원한 맥주나 동동주에 파전을 곁들여 목을 축이기도 하는 곳이었다. 졸업하지 않은 남자애들 때문에 이곳으로 약속 장소를 잡은 것도 있지만, 마음 놓고 마시기에 가장 좋은 곳이기도 했다. 그리고 선배가 운영하는 곳이기도 했다.

제일 먼저 이영이 도착했고 얼마 있지 않아 줄줄이 모여들었다.

"강이영, 너 일낼 줄 알았어."

"그러게. 폭탄선언이라니, 무슨 일이니? 너 왕따 당하는 거 때문에 그래?"

혜선이와 미주가 번갈아가며 그녀의 속을 긁어댔다.

"아니거든. 일단 다 모이면 말할게."

이영이 딱딱하게 굳은 얼굴로 심각하게 무게를 잡았다.

"어이, 오래간만이야."

동훈이 철민과 태주를 이끌고 들어오며 큰 소리로 인사를 했다.

"어서 와. 지금 이영이 엄청 심각하거든. 니들 이렇게 늦어서 되겠니?"

"무슨 일인데 그래?"

"일단 앉아봐."

"이제 다 모인 것 같으니까 뭐라도 시키자."

"그래, 동훈이 너는 주문부터 해."

"오케이. 뭐가 좋을까."

동훈이 메뉴판을 살필 때, 이영이 작은 소리로 말했다.

"사람 수대로 시켜."

그 말에 다들 얼굴이 딱딱하게 굳어졌다.

"형, 여기 소주 여섯 병, 파전 세 접시 부탁해요."

동훈이 큰 소리로 선배를 부르며 술과 안주를 주문했다. 그러자 미주가 동훈에게 부탁했다.

"전생에 뭔 죄를 지어선. 난 빨대도 시켜줘. 굵은 거로."

"나도."

혜선이 덧붙였다.

"이영이 넌?"

"뭘 물어봐. 그냥 시켜."

다들 이영을 노려보며 눈을 부라렸다. 만약 허튼소리 하면 가만 놔두지 않겠다는 듯 살벌하기 그지없었다.

"니들 작작 마셔. 언제 철들래?"

선배가 술을 먼저 테이블 위로 가져다주며 잔소리를 해댔지만 모두 귓등으로 넘기며 비장한 표정으로 각자 앞에 놓인 소주병을 잡고 입구를 돌렸다.

따닥. 따다닥.

소주를 모두 딴 그들은 빨대를 소주병에 하나씩 꽂았다.

보통 이렇게 모여 술을 마실 경우 각자 각출해서 술값을 내지만, 사람 수대로 소주를 시킬 경우에는 한 사람에 한 병씩 앞에 놓고 그 술만 마시도록 했다. 그리고 가장 술을 많이 남긴 사람이 그날 마신 술값을 몽땅 내야만 한다. 오래전부터 정해진 룰이기 때문에 모두에게 익숙하긴 했지만, 어지간해서는 잘하지 않는 짓이었다.

"아, 뭔데 그렇게 무게 잡아?"

동훈이 참지 못하고 소릴 질렀다.

"누님 먼저 입 열려고 하는데, 초 치지 마."

이영이 동훈을 향해 눈을 흘긴 뒤, 비장한 표정으로 소주병을 집어 들었다.

"자, 다들 건배나 하자."

우르르 병을 들고 앞으로 내밀었다.

"먹고!"

이영이 먼저 구령하자 뒤이어 '죽자!'란 소리를 외치며 병을 부딪쳤다.

주위 사람들이 쳐다봤지만, 그들은 남들의 시선은 안중에도 없었다.

"내가 지금 니들한테 하는 말 잘 들어."

"응, 들을 준비 완료했어."

"나 한 놈을 자빠뜨려야겠는데, 방법이 없을까."

"니가 말하는 그 자빠뜨린다는 게 우리가 생각하는 그거 맞아?"

혜선이 다시 확실히 짚고 넘어가야 한다는 표정으로 되물었다.

"그래, 그거 맞아."

"야, 너 같은 초딩 몸매에 넘어갈 남자가 어디 있다고 그래?"

동훈이 이영의 등짝을 스매싱하며 소리쳤다.

"농담 아니다."

"넌 도대체 거울도 안 보니?"

미주가 한심하다는 듯 빨대로 소주를 쪽 빨아 먹었다. 그러자 이에 질세라 혜선도 한 모금 빨아당겼다.

"그러니까 심각하다는 거잖아."

"도대체 뭐 하는 사람이야? 누가 너한테 재수 없게 걸린 거야?"

태주가 심각한 표정으로 묻자 옆에 있던 철민이 고개를 저었다. 난들 알겠느냐는 표정이었다.

이영은 얌전하게 달라붙은 머리카락에 손을 집어넣고 마구 헝클어뜨렸다.

"있어. 가가멜보다 더 악랄하고 나치보다 더 싸가지 없는 남자야."

"나치가 싸가지 없단 소린 처음인데. 뭘 알고 하는 소리야?"

"입! 토 달지 말고 방법이나 말하라고."

"야, 성형외과에 가서 물어봐야지, 왜 우리한테 그러는 거야."

"돈! 돈이 없잖아!"

"태주야, 니네 집 부자니까 무이자 10년 상환으로 대출해줘."

"가망 없는 곳엔 투자 안 해. 그게 우리 집안의 투자 원칙이야."

"하긴 아무리 돈이 넘쳐나도 그렇긴 하겠다."

"그나저나 나치는 왜 자빠뜨리려고 하는 거야? 은근 취향 독특해."

"내 오기를 발동시키고, 자존심을 건들잖아. 꼭 내 발밑에 두고 싶어."

"차라리 체중을 늘려서 힘으로 눌러버려. 그게 제일 간단한 방법 같아."

"고민 끝. 그럼 끝난 거네. 술이나 마시자."

동훈이 탁, 탁, 박수를 두 번 치며 마무리를 하자 이영이 살벌한 투로 나직이 뱉어냈다.

"누가 단순 무식한 공돌이 아니랄까 봐."

"너 말 다 했어?"

"그래, 다 했다. 왜!"

"쟤들 또 시작이네."

"어느 누가 너한테 깔려, 깔리길!"

동훈이 소릴 지르며 병에 꽂혀 있던 빨대를 획 집어 던지더니 벌컥벌컥 들이켰다. 입가에 줄줄 흐르는 술을 손등으로 쓰윽 닦아내며 눈을 벌겋게 하고 이영을 쏘아보았다.

"하, 이 자식 머리 굴리는 것 좀 봐. 야, 한 잔은 흘렸어."

태주가 그런 동훈을 향해 소리쳤다.

"그래? 치사하게 그럴 거야!"

이영이 술병을 들고 남은 양을 맞춰봤다.

"에잇, 내가 말을 말아야지."

그 뒤부터 그들은 미친 듯이 달리기 시작했다. 이영은 옆에 앉은 혜선을 붙잡고 하소연을 했다.

"난 말이야, 우리 아빠를 보면 너무 마음이 아파. 평생 혼자서 나 키우느라 고생만 하셨잖아. 그래서 이번에 새로 들어간 회사는 정말 잘해보고 싶어."

"잘할 수 있을 거야. 뭘 걱정해. 너 원래 인테리어 쪽으로 감각도 있고 좋아했잖아."

"그랬지. 사실 이 일이 좋아. 그런데 왜 하필이면 그 남자 회사인지."

"정말 아닌 거야? 너도 이참에 그 남자 제대로 잘 살펴봐. 그러면 되겠네. 니네 아버지가 점찍은 남잔데 어련하겠어?"

"만만찮아. 그러니까 문제지."

"하긴 강원도에서 봤을 때, 카리스마 쩔긴 했어."

"그치? 응?"

"너랑 잘 어울리는 거 같아."

"글쎄. 모르겠어. 그냥 잘하고 싶어. 전부 다."

"어딜 가나 직장생활은 마찬가진 거 같아. 나도 과장이 하도 괴롭혀서 사직서를 아예 품에 품고 다닌다니까."

"그래, 버티자. 무조건."

"별수 있니? 어떻게든 살아남아야지."

이야기를 주고받다 보니 주위 친구들도 진지하게 앞날에 대한 이야기를 나누고 있었다. 이영은 친구들을 애정 어린 시선으로 바라보며 마음을 달랬다.

"이제 일어날까."

"그래, 가자."

술을 남긴 사람은 아무도 없었다. 주점의 위치가 산 부근이라서인지 밖은 유난히 어둡고 음습했다. 유난히 추위를 많이 타는 이영은 양팔로 제 몸을 껴안고 총총거리며 걸었다.

"강이영. 자, 이거 둘러."

동훈이 이영의 목에 제가 하던 목도리를 둘러주었다.

"나도 춥거든?"

어느 틈에 혜선이 다가와서 이영의 목에 두른 목도리를 뺏어 달아났다.

"어휴, 기지배."

"야, 거기 안 서!"

동훈은 혜선을 잡으러 또 뛰어다녔다. 그렇게 다들 기분 좋게 마시고 다음을 기약하며 각자 집으로 향했다.


다음 날 아침 창가에 비쳐드는 햇살에 이불을 덮어쓰던 이영은 순간 화들짝 놀라며 몸을 일으켰다. 주위를 둘러보니 또 본가로 온 모양이다.

하, 또 여길 왔네.

"으, 머리야."

어제 신 나게 달린 덕에 해장국이 간절했다. 출근도 해야 하는데, 시베리아 같은 곳에서 견뎌내려면 든든하게 속을 채워야 했다. 부스스 자리에서 일어나 문을 열고 나가자 고소한 북엇국 냄새가 풍겨왔다.

"딸, 일어났어?"

주식이 앞치마를 한 채 국자를 들고 주방에서 나왔다.

"응. 아빠 뭐 해?"

이영은 주방으로 걸어가서 가스레인지 위에 끓고 있는 국을 보며 물었다.

"딸자식 해장국 끓여주는 아버지는 세상에 나밖에 없을 거야."

"응. 아빠밖에 없어."

이영이 뒤에서 주식을 끌어안자 국자로 이영의 손등을 탁 쳤다.

"아, 아파."

"징그러워. 아버지는 최 여사 거라고 했지?"

"어휴, 정말 못 들어주겠어."

이영은 식탁 의자에 털썩 앉았다.

"여자가 늦게까지 술 마시고 필름 끊기고 그러는 거 보기 안 좋아. 다음부턴 그러지 마. 알았어?"

"넵! 아, 북엇국 맛있겠다."

"얼른 속 풀고 출근해."

이영은 주식이 퍼주는 국을 떠먹으며 속을 달랬다. 그런 이영을 바라보는 주식의 눈동자엔 사랑이 가득했다.

"딸, 일은 할 만해?"

"응. 어젠 사장이랑 같이 리노베이션하는 가게를 갔는데, 가게 사장이랑 의견이 안 맞으니까 완전히 냉정하게 걷어차고 나오는 거 있지? 그렇게 장사해서 어떻게 먹고살아?"

"그래도 다들 거기랑 하고 싶어서 줄 서서 기다리는 거 몰라?"

"그래? 그래도 완전 까칠 대마왕이야. 나치보다 더하다니까."

"널 데리고 다니는 거 보니까 일은 제대로 가르칠 모양이네."

"너무 기대하지 마. 내가 알아서 적당히 배울게. 응?"

"아버지 얼굴 봐서라도 대충 할 생각 하지 말고 제대로 해."

주식이 단호하게 말하자 이영이 고개를 끄덕였다.

"알았어. 내가 아빠 딸이잖아."

이영은 아버지를 위해서라도 절대로 일할 때 허투루 하지 말고 최선을 다하자 마음을 먹었다.

"어서 먹고 일어나. 같이 나가자. 데려다줄게."

"응."

이영은 서둘러 식사를 끝내고 가방을 챙겨 들었다.

주식과 함께 집을 나선 이영은 지옥철에 시달리지 않고 편안하게 회사 앞까지 올 수 있었다. 그녀를 내려놓고 떠나는 주식의 마음은 물가에 내놓는 아이처럼 영 불안한 모양인지 연신 당부에 당부를 해댔다.

"딸, 여성스럽고 차분하게. 알겠지?"

"알았어. 조심해서 가."

차에서 내린 이영은 주식을 향해 손을 흔들어 보였다. 저 멀리 떠나는 차를 보던 이영은 고개를 갸웃거렸다.

여성스럽고 차분하게? 아빠도 참.

일하는데 여성스러운 게 무슨 상관이라고.

이영은 피식 웃고서는 건물 안으로 들어갔다.

사무실에는 다들 일찍 출근하는 모양인지 직원들 대부분이 출근해서 바쁘게 다니고 있었다. 늦게 출근한 것도 아닌데 열심히 일하는 모습을 보니 괜히 위축도 되고, 뭔가를 빨리 해야겠단 생각에 마음이 급해졌다.

자리에 앉아 일할 준비를 마친 이영은 오더가 내려오길 기다렸다.

이지수 팀장이 그녀를 힐끔 보더니 다가왔다. 세련된 차림새도 여전했고, 도도한 얼굴도 마찬가지였다. 이영은 자리에서 일어나 인사를 건넸다.

"안녕하세요, 팀장님."

"강이영 씨. 어제 사장님하고 간 곳, 리노베이션에 대한 계획서 올리세요."

"어제 그곳하고 계약할지는 아직 정해지지도 않았는데 계획서를 올리는 건⋯⋯."

놀란 이영이 어제 있었던 일에 관해서 설명하려고 하자 그녀의 말을 싹둑 자르며 냉정하게 제 할 말만 해댔다.

"강이영 씨가 계약 사항에 대해서 신경 쓸 이윤 없고, 계획서나 올리세요. 모레까지."

늘씬한 뒤태가 아깝다, 아까워.

팩 돌아서서 가는 이 팀장의 뒷모습을 기가 막힌다는 듯 바라보던 이영은 자리에 앉으며 나직이 내뱉었다.

"정말. 생각 같아서는 귀퉁배기를 그냥."

"뭐야, 귀퉁배기를 어쩌겠다고. 재밌겠네."

파티션 위로 사악한 갱년기의 나치가 떡하니 버티고 있었다. 언제 왔는지 사람 놀라게 하는 재주가 넘쳐났다.

"따라와."

"왜, 왜요?"

"두말하게 할래?"

저 도도한 가가멜 좀 봐라.

어젠 정말 미쳤던 거다. 저걸 자빠뜨릴 생각을 하다니.

이영은 속으로 혀를 차며 자리에서 일어났다.


사장실은 면접 볼 때도 느꼈지만 심플하면서도 상당히 감각적이었다. 보통은 집을 보면 그 집주인의 성격을 알 수 있다고 했는데, 그것도 모두에게 해당하는 말은 아닌 듯했다. 도무지 매칭이 되질 않았다.

지랄맞은 이 방 주인은 그녀를 앉혀놓고 거만하게 다리를 꼰 채 쳐다보고 있었다.

"무슨 일로 부르셨어요?"

이영의 질문에 그는 턱을 괴고 있던 손을 내려놓으며 한쪽 눈썹을 추켜세웠다.

"도전적이다?"

"네에?"

느끼기에 따라서 조금 그렇게 보일 수도 있겠단 생각에 이영은 올라간 눈초릴 조금 내려뜨렸다.

"아닙니다. 오해십니다."

"할 수 있겠어?"

다짜고짜 할 수 있겠냐니. 뭘 말이야.

말이 지나치게 짧다고 하면 또 뭐라고 하겠지.

"뭘 말씀이십니까."

"이 팀장이 말했던 거 말이야."

다 들은 모양이었다.

"못할 것도 없죠."

이영은 턱을 치켜들고 도도하게 내뱉었다. 지금 여기서 물러서면 강이영이 아니었다. 비록 오늘 저녁에 피눈물을 흘린다 하더라도 지긴 싫었다. 입술을 앙다물고 그를 쳐다봤다.

"3D까지 하진 않아도 돼. 캐드로 작업해서 올려봐."

"그런데 궁금한 게 있어요."

이영은 그의 긴 다리를 보며 침을 삼켰다. 강한 자만이 살아남는 약육강식 세계에서 최상위 포식자 같은 모습으로 느긋하게 다음 말을 기다리는 그는 사람을 저절로 위축되게 했다.

"말해."

짙은 눈썹과 단호한 눈매에 어울리는 남자다운 입술 선이 살짝 벌어지며 저음이 흘러나왔다. 마치 선심 쓰듯 들어주겠다는 거만한 모습. 저 태연한 얼굴이 자제력을 잃게 되면 어떻게 될지 궁금했다.

그는 담배를 꺼내 입에 물었다. 라이터를 손에 들고 손가락 사이로 빙글빙글 돌려댔지만 불을 붙이진 않았다. 살짝 벌어진 입술

사이에 비딱하게 물린 담배는 다시 입에서 빠져나왔다.

탁.

테이블 위에 담배와 라이터를 내려놓고 팔짱을 끼며 쳐다봤다.

"⋯⋯그 집, 계약할 거예요? 안 하면 나만 죽으라고 고생하는 거잖아요."

다행히 떨지 않고 말할 수 있었다. 그는 '겨우 그거야?' 하는 표정으로 피식 웃더니 태연하게 내뱉었다.

"그럼 하면 되겠네. 그 고생."

역시 기대를 저버리지 않는 가가멜이었다.

"그게 지금 말이 된다고 생각하세요?"

"난 말이 안 되는 일은 안 시켜."

지금 니가 하는 짓이 말이 안 되는 짓이라고. 알아?

"어제, 바로 집으로 들어갔어?"

"⋯⋯네?"

"나 만나고 난 뒤에는 곧장 집으로 들어가. 괜한 오해 받기 싫으니까."

"이해가 전혀 안 가는데요?"

"백치미, 컨셉 아니구나. 진짜인가 보네."

"네에?"

"하루 종일 네네, 거리고 있을 거야? 나가봐."

그는 이영의 얼굴에 떠오른 표정을 무시하고 자리에서 일어났다. 이영은 주먹을 굳게 쥔 채 그의 뒤통수에 대고 중얼거렸다.

"하느님이 천지를 창조하시고, 진흙을 빚어 아담을 만드시고,

아담의 갈비뼈로 이브를 만드셨을 때. 왜 콧구멍을 두 개로 만드셨을까 고민했는데, 그 이유를 알겠어요. 수고하세요."

콧구멍 하나면 숨 막혀서 어쩔 뻔했어.

사장실을 나오자 김 비서가 얼른 전화기를 내려놓았다.

"빨리 나오네요?"

"네. 김 비서님, 존경해요. 그럼 수고하세요."

이영이 사라지고 난 뒤 김 비서는 재빨리 수화기를 들었다.

"자기야, 들었니? 나더러 존경한다는 말. 비서 일 아무나 못 한다? 그럼, 호호."

한편, 돌아서 나가는 이영의 뒷모습을 바라보던 재원은 짙은 눈썹을 추켜세우며 미간을 찌푸렸다.

뭐, 하나님이 어떻다고? 강이영, 교회 다녔어?

재원은 팔짱을 낀 채 이영이 한 말을 되뇌다 김 비서를 찾아 집무실을 나섰다.

탕.

재원의 등장에 김 비서는 얼른 수화기를 내려놓고 자리에서 일어났다.

재원은 그녀가 있는 데스크 앞으로 다가가서 팔꿈치를 데스크 위에 올려놓고 빤히 쳐다보았다.

"무, 물 드릴까요?"

"혹시 교회 다녀?"

"네?"

"성경책 있느냐고."

"어, 없는데요?"

"예수 믿어. 천국 가려면."

재원은 뜬금없는 소릴 늘어놓고서는 외근을 나간다는 말을 남기고 사무실을 떠났다.

그런 그의 뒷모습을 바라보던 미현은 사장이 다시 걸음을 멈추고 뒤돌아보자 움찔 굳었다.

"성경책, 사다 놔."

"네, 알겠습니다."

그가 가고 난 뒤 미현이 수화기를 들어 작은 소리로 말했다.

"대박. 사장이 예수쟁이였다니! 이러다 주말마다 교회 가야 하는 거 아니야?"

재원은 그길로 나서 외국 프랜차이즈 레스토랑 1호점 공사 현장으로 향했다. 오늘 그곳에서 미국 본사 직원과 만나기로 약속이 되어 있었다. 인테리어 진척 상황을 살펴본 뒤 특별한 문제가 없으면 2, 3호점 공사도 추가 계약하기로 했다.

보통 팀장이 직접 가서 직원을 만나고 계약을 하기도 하지만, 첫 거래만큼은 그가 나서서 하는 것을 원칙으로 하고 있었다.

사실 강이영을 데리고 갈까 하는 마음에 내려갔다가 이 팀장이 업무 지시하는 것을 보고 마음을 바꿔먹었다. 강 사장님이 딸을 맡겼을 때는 다양한 업무를 실전에서 겪어보도록 해달라는 의미가 컸을 텐데, 아무래도 직원들 눈이 있다 보니 그렇게 데리고 다니면서 일을 가르치기엔 무리일 것 같았다.

그가 강 사장님 밑에서 일을 배울 때를 생각하면 지금 이 정도
는 아무것도 아니지만 강이영을 위해선 조금 천천히 할 필요가 있
었다. 지금도 낙하산이라고 상당히 눈치를 받는 모양이었다.

그래도 어지간한 강심장으로 키우신 모양인지 주변의 따가운
눈총에도 굴하지 않고 꿋꿋하게 버티며 제 할 말을 다 하는 것을
보면 신기했다.

재원은 이영의 얼굴을 떠올리며 슬며시 미소 지었다. 보면 볼수
록 정이 가는 스타일이었다.

재원은 종일 밖에서 일을 보고 곧바로 퇴근했다. 급하게 처리해
야 할 일은 선호로부터 연락을 받아 전화로 처리했고 다른 결재
사항은 내일로 미루었다. 그렇게 일을 마무리하고 집으로 돌아왔
다. 현관문을 열고 안으로 들어가면 넓은 거실이 나왔다.

그가 새롭게 리노베이션한 오피스텔은 혼자 살기에 지나치게
넓은 감도 있었지만, 그에겐 쾌적의 장소였다. 그의 취향대로 꾸며
진 이곳은 과감한 블랙으로 인테리어가 되어 있었다.

재원은 테이블 위에 놓인 와인과 치즈 안주를 보며 눈을 가늘게
떴다. 와인 잔이 두 개. 그렇다면 주인 없는 빈집에 와서 이렇게 마
음대로 어질러놓을 수 있는 인간은 역시 그 녀석들뿐이었다.

재원은 재킷을 벗어 소파 위에 던져놓으며 소리쳤다.

"정주원, 정소원. 둘 다 나와. 셋 셀 때까지 안 나오면 최소한 중
상 아니면 사망이다."

넥타이를 주르륵 빼서 던져놓은 다음 와이셔츠 단추를 풀었다.

"거봐. 들킨다고 했잖아."

둘째 주원이 막내 소원의 머리를 쥐어박으며 주방 쪽에서 모습을 드러냈다.

"형, 분명히 말하지만 난 올 생각이 없었어."

주원은 재원의 무시무시한 눈빛이 무섭다는 듯 눈도 제대로 맞추질 못했다.

"오늘 웬일로 이렇게 일찍 퇴근한 거야?"

막내 소원이 재원의 곁으로 다가와서 머리를 들이밀었다. 막내답게 몸으로 안기는 것을 좋아했다.

"녀석. 어쩐 일로 이렇게 온 거야."

주원과 소원은 둘 다 연년생으로, 의대를 나와 대학병원에서 레지던트 수련 중이었다. 푹 자보는 게 소원이라고 할 만큼 잠이 부족한 녀석들인데 이 시간에 그의 집에 있다니 뭔가 이상했다.

"내일 형 생일이잖아. 우리가 미리 축하하러 왔지."

"그래? 잔 하나 더 가지고 와. 술도 더 꺼내 오고."

주원이 눈을 커다랗게 뜨고 재원을 쳐다봤다.

"웬일이래?"

"뭐가?"

"당장 나가라고 소리칠 줄 알았는데. 그동안 무슨 일 있었던 거야?"

"아, 맞다. 케이크. 우리가 아이스크림 케이크를 사 왔거든."

"갖고 와."

소원이 케이크를 가져와 테이블 위에 놓았다. 초를 붙이기도 전에 재원이 한쪽을 쿡 찍어 먹었다.

"단거 싫어하잖아. 그리고 초는?"

"그냥 먹어."

"그래, 초는 무슨. TV나 틀어봐. 아까 보던 거 보자."

재원이 설치해놓은 홈시어터에서는 걸그룹이 예능프로에 나와 활약하고 있었다. 동생들은 누가 예쁘네, 섹시하네 하며 떠들어댔다.

"쟤, 괜찮네."

재원이 툭 던졌다.

"누구? 세리 말이야?"

"저기 머리 짧은 여자애 말이야."

"맞네. 세리. 쟤가 괜찮다고?"

"형 여자 보는 눈이 많이 바뀌었네. 비린내 나서 싫다더니. 역시 나이 들면 다 그런가 보네."

"로리타, 뭐, 그런 거야?"

"까분다."

와인 잔을 들며 느긋하게 화면으로 향하던 그의 눈에 순간 세리란 여자의 얼굴에 이영의 얼굴이 겹쳐 보였다.

재원은 속으로 미친놈이라고 외치며 자리에서 벌떡 일어났다.

"니들 놀다 가라. 정리 다 해놓고."

"형, 전자발찌 안 차게 조심해."

"집안 망하는 거 순식간이야."

두 동생이 그의 뒤통수에 대고 떠들어댔다. 뒤를 돌아 살벌한 눈길로 바라보자 그제야 입을 다물었다.

서재로 들어간 재원은 팔짱을 낀 채 문에 기대어 섰다.

강이영. 톡톡 튀는 존재는 분명한데, 왜 그 여자를 지금 이 시각에 떠올리고 있는 것인지 저 자신도 의아했다.

밥을 먹다가도 문득 떠오르고 양치질을 하다가도 떠올랐다. 그리고 제 입술만 바라봐도 이영의 입술이 떠올랐다. 그 부드러운 촉감과 간질거리는 느낌까지 모두.

재원은 얼어붙은 채로 가만히 서 있었다.

또, 뭐가 있을까. 이런 감정이 뭘까 골똘히 생각했다.

설마……. 그런 거야?

맞나 보네.

이영이 선호와 함께 있는 것만 봐도 눈에 거슬리고 신경 쓰였다. 지금까지 다른 여자한테 그런 적이 있기나 했던가.

단연코 없었다.

재원은 갑자기 다가온 느낌에 마른 손으로 얼굴을 문지르며 한숨을 토해놓았다. 얼떨떨했다.

한쪽 벽면을 빼곡하게 채운 책들은 그가 대학생 때부터 모은 책들이었다. 전공 서적부터 해서 다양한 분양의 서적이 꽂혀 있었다.

저 중에서 연애소설은 찾아보려야 찾아볼 수 없을 만큼 그쪽으로는 벽을 쌓고 살아왔다. 그런 저한테 여자라니. 믿기지 않았다.

재원은 무심결에 책장에 꽂힌 책 하나를 빼 들었다. 책장에 기대어 서서 스르륵 책을 넘기던 그는 책 사이에서 뭔가를 발견했다.

반으로 접힌 쪽지가 들어 있었다. 낡고 오래된 종이엔 고운 글씨체로 뭔가 적혀 있었다. 전공 서적에 끼워진 쪽지는 같은 과 여학생으로부터 받은 것이었다. 버리지 않고 간직해뒀다기보다는 아무렇게나 넣어두고 잊어버린 것이 분명했다.

쪽지엔 자신의 마음을 받아주지 않은 데 대한 원망이 가득했다.

너를 미워하고 미워한다. 앞으로 너도 나처럼 그렇게 사람한테 상처받길 바라며, 만약 누군가를 사랑하게 된다면 그 사랑 때문에 죽을 만큼 아파보라는 저주가 담긴 내용이었다.

재원은 다시 쪽지를 끼워둔 채 책꽂이에 책을 꽂아버렸다.

얼마나 속상했으면 그랬을까 싶긴 하지만 그는 가난한 집안의 장남인 탓에 여자와 사귈 마음의 여유가 없었다. 뿐만 아니라 군대도 갔다 와야 했고, 그 뒤엔 성공하기 위해 남들보다 몇 배로 노력해야 했다. 그 당시에는 그게 최선의 행동이었다.

재원은 그가 일궈낸 것들을 떠올리며 쓸쓸한 미소를 지었다.

맹렬하게 살아왔다. 지금도 물론이고. 앞으로도 그렇게 살아갈 것이다. 해야 할 것들은 차고도 넘쳤다. 하지만 사람답게 사는 것이 무엇인지 가끔은 회의가 스밀 때도 있었다. 애써 부인하고 외면했던 감정들이 수면 위로 차고 올라오면 그땐 감당할 수 있을까.

강이영.

확실하진 않지만, 봄바람처럼 설레는 감정이 그를 흔들고 있었다.


다음 날, 재원은 평상시와 다를 바 없이 일찍 출근했고, 업무를 시작하기 전 1, 2층 사무실을 둘러보았다.

간혹 일찍 나와서 일을 하고 있는 직원들이 있었다. 남들보다 열심히 일하는 직원은 그에겐 보배나 다름없었다. 그래서 종종 격려도 하고 눈여겨봤다가 승진에 참고하기도 했다.

오늘도 서너 명이 출근해서 일하고 있었다. 그가 문을 열고 들어서자 큰 소리로 인사를 해왔다.

"안녕하십니까, 사장님."

"오늘도 일찍 나오셨습니다."

"저희야 늘 그렇죠. 그나저나 어제 계약 또 따내셨다면서요."

"덕분입니다."

재원은 수고하라는 말을 하고 뒤를 돌아섰다. 출입구 쪽에 있는 강이영 자리를 힐끔 쳐다보던 그는 천천히 걸음을 멈추었다. 그의 시야에 뭔가가 잡혔다.

책상 위에 펼쳐진 각종 잡지와 자료들. 그리고 그 위에 엎드린 채 잠이 든 강이영이 있었다.

재원은 조 팀장을 보며 눈짓으로 물었다.

"아, 제가 여섯 시에 나왔는데, 언제 왔는지 그전부터 일하고 있더라고요."

재원은 왼손을 들어 시계를 쳐다봤다. 지금 시각은 8시였다. 앞으로 직원들이 출근하기까지 30분 정도 남은 시간이었다.

"자나 보네요? 깨울까요?"

"놔두십시오."

"네."

잔뜩 웅크리고 자는 걸 보니 추운 모양이었다. 미련하긴. 무릎 담요라도 덮고 자든지.

재원은 그녀와 가까운 쪽에 있는 라디에이터 온도를 높였다. 그리고 그냥 지나치려던 걸음을 멈추고 이영의 얼굴을 물끄러미 내려다보았다. 어느 한 군데 나무랄 곳이 없을 만큼 작고 예뻤다.

……강이영.

지난밤 잠을 설치게 할 만큼 그를 착잡하게 만들었던 주인공이
아니던가. 이 여자가 뭐라고.

재원은 이영에게서 시선을 떼어낸 뒤, 단호한 걸음으로 사무실
을 벗어났다.

"강이영 씨, 어디 아파?"

"네?"

점심까지 거르며 열심히 일하고 있던 이영은 그녀에게 시비조
로 말을 걸어오는 여직원을 보며 눈을 동그랗게 떴다. 진짜 아파서
걱정하는 말투가 아니었다.

"아니면 왜 이렇게 라디에이터를 풀로 틀어놓은 거야. 아주 찜
통이야."

"어, 제가 그런 거 아닌데요?"

이영은 그런 걸 만질 줄도 모를뿐더러 이 팀장이 시킨 일 때문
에 신경 쓸 겨를이 없었다.

"앞으로 이런 건 좀 잘 챙겨. 더워서 일을 할 수가 없잖아."

"네, 알겠습니다."

조 팀장이 지나가다 슬쩍 끼어들었다.

"아, 그거 사장님이 오전에 틀어놓으셨어."

"사장님이요?"

여직원이 의아하다는 듯 되묻자, 조 팀장이 고개를 끄덕였다.

"이상하네. 왜 그러셨지?"

사장님이 했다는 말에 더는 토를 달지 않고 사라졌다.

아니, 그 인간은 저랑 무슨 원수가 졌기에 히터를 틀어놓은 거야. 완전히 골탕 먹이는 거 맞지?

괴롭히는 방법도 가지가지였다.

"후우."

그녀가 한숨을 크게 내쉬며 걸치고 있던 재킷을 벗어 던졌다. 안에 받쳐 입은 블라우스가 몸에 딱 달라붙어 몸매가 적나라하게 드러난다는 것 외엔 큰 문제가 없었다. 이런 초딩스러운 몸매를 보고 누가 뭐라 할 사람이 있겠는가. 이영은 소매까지 걷어 올린 채 일에 몰두했다.

따르릉. 따르릉.

책상 앞에 놓인 인터폰이 울렸다.

"네, 강이영입니다."

-사장님께서 잠시 올라오시랍니다.

김 비서였다.

"저를요?"

-네, 지금요. 빨리. 10초 안에 올라오세요.

"알겠습니다."

이영은 전화를 끊은 뒤 부리나케 문밖으로 뛰었다.

10초 안은 무슨 10초 안에.

직원들도 정말 뭐같이 부려먹는 고약한 상사란 생각에 절로 혀가 차졌다. 물론 속으론 그렇게 생각하면서도 발걸음은 어느 때보다 빨랐다.

헉헉거리며 계단으로 올라간 이영은 복도에서 박선호 팀장과 마주쳤다. 사장실에서 막 나오는 모양이었다. 언제 봐도 상큼하고 깔끔한 외모에 절로 감탄사가 나왔다.

"안녕하세요, 팀장님."

"사장님 호출?"

"네."

"어서 가봐요."

선호가 윙크를 날리며 손을 흔들었다. 이영은 스마트한 그의 모습을 넋을 놓고 바라보다 얼른 정신을 차리고 사장실로 향했다.

"10초 지났는데."

김 비서가 이영을 보며 시계를 가리켰다.

"정말 10초 안에 와야 하는 거예요? 가령 제가 화장실에 들를 수도 있고, 또……."

"안 통해요, 그런 변명 따윈. 어서 들어가봐요."

단호하게 그녀의 말을 자른 김 비서는 양쪽 검지를 머리 위로 치켜세우며 뿔이 난 모양을 했다.

그러니까 사장이 화가 났단 말인데. 왜, 뭐 때문에.

이영은 노크를 한 뒤 안으로 들어갔다.

책상 앞에 앉아서 뭔가를 하고 있는 그의 눈치를 살피며 조용히 인기척을 냈다.

"저, 부르셨습니까."

그제야 그의 고개가 들렸다. 짙은 눈썹이 꿈틀거리는 모습을 보니 김 비서 말대로 화가 나긴 한 모양인데, 그 이유를 알 수 없으니 답답한 노릇이었다.

그는 아무런 대꾸도 없이 침묵하며 매섭게 쳐다보기만 했다. 이건 신종 고문 기술인 것 같기도 한데. 그의 눈이 천천히 그녀의 위아래를 훑기 시작했다.

"앉아."

이영은 그가 눈짓으로 가리키는 자리로 가서 앉았다. 쭈뼛거리며 그의 따가운 눈총을 받아내던 그녀가 슬그머니 고개를 들어 그를 쳐다봤다.

"무슨 일로 부르셨는지."

"점심은?"

"네?"

"말 안 해?"

"생각 없어서 안 먹었어요."

"아침은?"

"아침요?"

"두 번 말하게 하지 마."

"당연히 안 먹었는데요."

"옷은 왜 그래?"

"네에?"

아, 정말 이해하기 힘든 대화법에 신종 고문인 건 확실했다.

그는 뭔가를 생각하는 듯 굳은 표정이었다. 책상 위에 놓인 손을 깍지 낀 채 자신을 뚫어지게 바라보는 것을 보니 화가 나긴 한 모양인데, 어느 포인트에서 화가 났는지 감을 잡을 수가 없었다.

"다이어트해?"

"아닙니다."

"그럼 왜 밥 굶는 거야."

"그냥 잘 굶으니까요."

"강 사장님이 뭐라고 생각하겠어. 그리고 감기 걸리면 어쩌려고 그렇게 얇게 입고 다니는 거야?"

"음……. 저 걱정하시는 거 맞죠?"

이영은 그가 왜 저러는지를 알 것 같았다. 딴에는 걱정이라는 걸 하느라고 저러는 모양인데, 어째 표현 방법이 너무 거칠다.

"누가. 내가?"

헉. 순간 말문이 막혔다.

"아, 아니면 말고요."

"신경 거슬리게 하지 마. 그러니까 너무 일찍 출근하지도 말고, 밥도 거르지 마. 꼬박꼬박 챙겨 먹어. 식당 밥 잘 나오니까 먹을 만할 거야."

뭐라 대꾸를 해야겠는데, 너무 당황하다 보니 입이 떨어지지 않았다.

"머리 굴리는 소리 여기까지 들려. 나가봐."

무표정한 얼굴로 바라보는 그를 말없이 노려보던 이영은 자리를 박차고 일어났다.

"사장님. 애인 없으시죠?"

"뭐?"

이영은 이대로 나가기 억울해서 뭐라도 한마디 던지고 싶은 마음에 천천히 다가갔다. 허리에 한 손을 척 하니 올린 채 그를 품평

하듯 바라보며 비아냥거렸다.

"제가 보기엔 사장님은 평생 독신으로 사실 거 같아요."

"……."

"누군지 모를 여자 한 명 구제했다고 생각하세요. 잘하신 거예요. 앞으로 쭉, 혼자 쭈욱 끝까지 가는 겁니다?"

이영은 의기양양한 미소를 지으며 사장실을 나왔다.

그런 그녀의 뒷모습을 말없이 노려보던 재원은 시트에 몸을 깊숙이 묻으며 피식 웃었다.

성질하고는.

점심도 거른 채 일만 하고 있다고 해서 혹시나 무슨 일이 있는 건 아닌가 해서 불렀더니 그런 건 아닌 모양이었다. 곧 죽어도 제할 말을 또박또박 다 하는 걸 보니 어디에 내놔도 꿋꿋하게 잘 살아갈 타입이었다.

그런데 저 옷 너무 야한 거 아니야?

이 여자가!

한 손에 다 들어올 것 같은 가는 허리와 우아한 곡선을 그리는 엉덩이, 봉긋하게 솟은 가슴이 눈에 아른거렸다.

"하아, 그러는 너는 왜 흥분하는 건데. 도대체."

뻐근하게 압박해오는 하체를 못마땅한 시선으로 바라본 재원은 낮은 한숨을 내쉬었다.

그러다 번뜩 스치는 생각에 인터폰을 들었다.

"김 비서. 잠시만 들어와."

-네, 사장님.

곧바로 미현이 들어왔다.

"우리 회사 작업복 있지? 점퍼 말이야."

"네, 있습니다. 현장에서 입는 거 말씀이죠?"

"그거 여자 옷 사이즈로 해서 강이영 씨 하나 내려줘. 그리고 당장 입으라고 해."

"알겠습니다."

시키면 시키는 대로 하는 게 맞긴 한데, 미현은 갑작스러운 지시에 의아하긴 했다. 무엇보다 강이영이 입을 사이즈가 있을지 의문이었다.


한편, 김 비서로부터 작업복을 받은 이영은 그것을 걸치면서도 무수한 생각이 떠올랐다. 현장에서 입는 옷을 주는 것은 뺑이 돌리겠단 말과 다를 바가 없게 느껴졌다.

그리고 뭐가 이렇게 커.

"저, 김 비서님. 이걸 꼭 입으라고 하시던가요?"

"네. 지금 당장요."

이영은 입술을 지그시 깨물며 지퍼를 채웠다.

이러다 등에 땀띠 나는 거 아닌지 몰라.

이영도 오기로 점퍼를 입은 채 버텨냈다. 퇴근 시간이 지나고 모두 퇴근한 뒤에야 점퍼를 벗었다.

"하아, 살 것 같네."

오늘 종일 그러고 있어도 누구 하나 관심을 가져주는 사람도 없었다. 오로지 있다면 박선호 팀장뿐이었다.

점심을 거른 것을 알고 햄버거 세트를 사다 줘서 오후 늦게 그나마 챙겨 먹었더니 제법 속이 든든했다.

다시 일거리를 펼쳐 든 이영은 내일까지 제출하기로 한 계획서를 들여다보며 한숨을 내쉬었다. 어서 끝내고 집에 가야 하는데, 생각처럼 쉬울 것 같지 않았다.

"그래, 에어컨은 천장에 달고……. 후유. 몇 평인지도 모르고 작업한다는 게 말이나 돼?"

"혼자 뭘 그렇게 중얼거려요? 잘 안 풀려요?"

선호가 다가와서 이영에게 물었다.

"아직 퇴근 안 하셨어요?"

"음, 이제 퇴근하려고요."

"사실, 지금 리노베이션할 곳 설계도도 없이 이러고 있네요."

"그래요? 그럼 너무 오래 걸리잖아요. ……가요, 나랑 같이."

"네?"

"그 가게 사장님 잘 알아요. 가서 물어보고 하자고요."

"그래도 돼요?"

"그럼 안 될 게 뭐 있어요."

"잠시만요. 제가 후다닥 챙길게요."

"그래요."

선호가 그런 그녀를 쳐다보며 파티션 위에 손을 올린 채 톡톡 두드려댔다.

한편 재원은 퇴근 준비를 하고 막 사무실로 들어서는 순간 선호와 이영이 같이 있는 것을 보고선 걸음을 멈추었다.

주먹을 불끈 움켜쥔 채 둘을 노려보았다. 아무렇지 않은 척 외면하려 해도 그게 안 된다.

강이영 때문에 내내 낯선 감정에 허우적대고서도 아니라고 부인했었는데, 지금 이 둘을 보는 순간 눈이 돌아버렸다. 누가 보는 것도 싫고 말을 나누는 것도 싫다. 아무리 친한 선호라도 싫었다.

내 것을 건드리는 것 같은 기분이 들어 미칠 것 같았다.

재원은 싸늘한 눈동자를 한 채 문을 열고 들어갔다.

"어딜 가는 거야? 이 시간에."

재원은 선호를 향해 날을 세운 채 다가갔다.

"어, 사장님 퇴근 안 하셨네."

선호가 재원을 보고 장난스럽게 인사를 했다.

"그러는 너는."

물끄러미 선호를 바라보는 눈빛이 짙게 일렁였다.

"나야 뭐, 이영 씨 도와주려고 남았지."

선호는 어깨를 으쓱하며 별 대수롭지 않게 말했다.

"다 했어요. 가요, 이제."

이영이 사물함에서 가방과 코트를 챙겨서 나오다 재원을 보고 발걸음을 멈추었다.

"그러니까 니가 왜!"

재원의 두 눈이 이영을 향했다. 마치 꿰뚫을 것처럼 바라보았다.

"그러는 넌 생일이면서 왜 여기 있는 거야. 지수가 너 기다린다고 문자 안 보냈어?"

재원은 그제야 선호를 향해 시선을 돌리며 매섭게 노려보았다.

마치 너 뭐야, 하는 시선이었다.

그리고 천천히 고개를 돌려 다시 이영을 쳐다보았다.

"나가."

"……네?"

이영이 갑작스러운 말에 되물었다.

"두 번 말하게 할래? 나가서 기다려. 로비에서."

이영은 얼른 시선을 떨구었다. 두 사람 사이에 미묘한 뭔가가 있는 것 같은데 괜히 고래 싸움에 새우 등 터지는 건 아닌가 싶었다.

아랫입술을 깨물며 숨죽인 채 움직이려던 이영은 살그머니 고개를 들어 그를 쳐다보았다.

서늘한 시선으로 박선호 팀장을 바라보던 재원은 낮게 한숨을 내쉬었다. 마치 피곤하다는 표정이었다.

"박선호, 너 지금 뭐 하는 거야. 나 마음 없는 거 알면서 그러고 싶어?"

"그럼 확실히 못 박아. 허튼 기대 못 하게."

"그래, 그럴 생각이야. 그러니까……."

재원이 말을 멈추었다. 아직 이영이 나가지 않았다는 사실을 깨닫고 한숨을 내쉬며 낮게 내뱉었다.

"안 가?"

"가, 갈 건데요. 그런데 제가 가고 나면 두 분이 싸우실까 봐 갈 수가 없어요."

"……뭐?"

기가 막힌다는 듯 헛웃음을 삼키던 재원은 다소 누그러진 말투로 선호를 향해 말했다.

"이지수, 나랑 상관없으니까 네 선에서 처리해. 만약 그게 안 되면 늘 해오던 대로 할 거야."

"알겠어."

"그러게 왜 질질 끌어."

"사람 마음이 그렇게 쉽게 되는 거면 무슨 걱정이야."

"저돌적으로 밀어붙여."

"그러게 말이다."

이영은 둘이 나누는 대화를 대충 유추해보며 고개를 끄덕였다. 복잡 미묘한 관계임이 분명했지만, 그건 그거고 일단 받아낼 건 받아내야 했다.

"저, 오늘 사장님 생신이신데, 같이 한잔하시면서 대화를 나누는 건 어때요? 이 팀장님도 그리로 오라고 하면 어떨까요?"

이영의 말에 두 사람의 시선이 와 닿았다. 이영은 입꼬리를 억지로 끌어 올리고 눈을 한껏 휘며 코맹맹이 소리를 냈다.

"어차피 리노베이션할 곳에 가서 한잔하며 도면도 받고, 겸사겸사. 어때요오?"

이영이 양손 검지를 맞춰가며 애교를 부렸는데 어째 분위기가 싸한 것이, 좋질 않았다. 한동안 두 사람은 말이 없었다.

"……다 끝났어?"

재원이 먼저 입을 열었다. 팔짱을 낀 채 눈빛만으로 사람을 얼려버리던 그가 갑자기 던진 말은 이해할 수 없는 것이었다.

"……네에? 뭐, 뭘요?"

"어디서 몸부터 사용하는 걸 배웠어?"

"모, 몸이라뇨?"

아무리 눈치가 없는 그녀였지만, 그가 말하는 의도쯤은 충분히 파악할 수 있었다. 황당하다 못해 기가 막혀 쓰러지기 일보 직전인 이영을 구해준 것은 박선호 팀장이었다.

"그래, 이영 씨 말대로 그렇게 해요. 가자. 너 여기서 계속 열 내고 있을 거야?"

재원은 이영을 바라보며 못마땅하다는 표정을 짓더니 팩 토라진 것처럼 먼저 사무실을 나갔다.

"가죠. 이영 씨는 사장님 차 타고 가세요. 난 이 팀장 데리고 갈 테니까."

"네. 그런데 제가 지금 뭐 실수했어요?"

"아니요? 실수는 무슨. 잘했어요."

선호는 이영의 어깨를 툭툭 두드리며 정말 잘했다는 듯 다정하게 미소를 지었다.

"뭐 해! 안 나와?"

아, 정말 제명에 죽긴 글렀어.

이영은 문 앞에서 무시무시한 레이저를 내뿜고 있는 재원을 보며 속으로 한탄했다. 도살장으로 끌려가는 소처럼 고개를 푹 숙인 채 그의 곁으로 다가갔다.

"그럼 난 지수 데리고 갈 테니까 먼저 가 있어."

"그러든지."

퉁명스럽게 내뱉던 재원은 멀뚱히 서 있는 이영을 향해 낮게 내뱉었다.

"안 가?"

"아, 아뇨. 가야죠."

차 안은 숨소리조차 내기 어려울 만큼 조용했다. 이럴 땐 뭔가 말을 해야 한다는 의무감이 저절로 생겼다. 늘 어딜 가나 분위기 메이커 역할을 담당하던 이영은 심호흡을 하며 입을 열었다.

"생일인데 미역국은 드셨어요?"

핸들을 잡고 유유히 운전하던 그가 힐끔 돌아보았다. 서늘하게 내리뜬 눈으로 바라보는 모습은 감탄이 나올 만큼 잘생기긴 했다.

성격만 괜찮으면 딱인데. 쯧쯧.

"왜, 끓여줄 거야? 그럴 생각 아니라면 묻지 마."

역시 기대를 저버리지 않는다.

"진짜 성질 같아서는."

이영은 작게 투덜거리며 창밖으로 고개를 돌렸다.

"성질 같아서는 뭐. 어쩌겠단 말인데?"

헉. 들린 모양이었다. 뭐, 들으면 어때. 틀린 말 한 것도 아닌데. 이영은 점점 이 남자를 상대하는 법을 터득해가고 있었다.

"호호, 생각이 말로 튀어나왔나 보네요. 들으셨어요?"

이영은 배실배실 웃으며 그를 쳐다봤다.

그런 그녀의 얼굴을 빤히 바라보던 그는 핸들을 확 돌리며 차를 주차장으로 넣었다.

"내려. 먼저 들어가 있어."

"네."

이영이 차에서 내리는 걸 확인한 재원은 휴대폰을 꺼내 선호에게 전화를 걸었다.

"설마 데리고 올 생각은 아니겠지. 네가 알아서 처리해. 그리고 ……알아. 내 말부터 들어. 확실하게 지수 단념시켜. 난 아니니까. 네가 찍었으면 제대로 하란 말이야. 엄한 여자 주위에서 헛짓하지 말고. ……그래, 강이영 말이야. ……쓸데없는 소리 하지 말고 끊어."

통화를 마친 재원은 가게 안으로 가서 사장에게 가게 도면을 받아 이영에게 건넸다. 그리고 바로 가게를 나섰다.

"어, 여기서 만나기로 했잖아요. 아니에요?"

이영이 그의 뒤를 쫓아 나오며 물었다. 뭐가 어떻게 돌아가는지 알 수가 없었다.

"안 와. 안 온다고."

"그럴 리가 없는데. 사장님을 전적으로 저한테 떠넘긴 거예요?"

"뭐? 떠넘겨?"

"그렇잖아요. 오기로 해놓고는……."

말끝을 흐리는 이영을 바라보던 재원은 그녀가 해야 할 일에 대해서 상기시켰다.

"일 안 해? 밤새워도 모자랄 판에 놀 시간은 있어?"

"그, 그건 아니지만."

"타. 집에서 작업할 거야?"

이영은 끽소리도 못 하고 다시 차에 올랐다.

"네, 집에서 해야죠. 저는 저 앞 지하철에 내려주세요."

"집은 어때? 보일러는 잘 돌아가?"

갑작스러운 그의 말에 이영의 몸이 굳어버렸다. 그러니까 다 알고 있었단 말인데, 언제부터 알고 있었던 걸까.

"하하, 보, 보일러야 잘 돌아가죠. 그건 왜요?"

그래, 그냥 물어보는 걸 수도 있을 거야.

"욕실 샤워기 수압은 어때?"

"언제부터 아셨어요?"

이영이 풀 죽은 목소리로 눈치를 살피며 물었다.

"입술박치기를 두 번이나 했는데, 그걸 모르면 사람이야?"

"음……."

이영은 할 말을 잇지 못하고 그냥 입을 다물었다.

"왜 말 안 했어? 다 알고 있었지? 맞선 본 날부터."

"네. 그렇다고 굳이 꼭 그 여자가 저란 사실을 말할 필요가 있었을까요."

"헤어스타일 때문에 처음엔 못 알아봤는데, 강이영이 어딜 가겠어?"

"제가 어때서요?"

"딱 표 나잖아."

너처럼 예쁜 여자가 흔한 줄 알아?

"하긴요. 제가 좀 특이하게 생기긴 했죠."

"잘 아네."

그의 입에서 나오는 소리마다 얄밉지만, 어째 이번만은 밉질 않았다. 저음의 듣기 좋은 음성이 귓가에 착 달라붙어 기분이 묘했다.

"어, 지하철역 지났는데, 내려야 해요."

"일단 저녁부터 먹자."

"전 햄버거 먹었는데요? 박선호 팀장님이 사다 주셨어요."

못마땅한 시선으로 바라보던 재원은 말없이 차를 몰았다. 능숙하게 운전하며 정체 구간을 벗어난 그는 유명한 설렁탕집 앞에 차를 세웠다.

"내려. 사람은 제대로 된 밥을 먹어야 해."

넓은 설렁탕집은 손님들이 넘쳐났다. 자리에 앉자 종업원이 다가와서 물컵 두 잔을 놓고 주문을 기다렸다.

"설렁탕 두 그릇."

"저, 전 괜찮은데요."

이영이 사양하자 그가 눈을 치켜떴다. 그리고 어떻게 할지 묻고 있는 종업원을 향해 재차 말했다.

"두 그릇 주십시오."

"네, 여기 설렁탕 두 그릇."

먹기 싫은데 먹으라고 고집을 부리는 그나, 끝까지 먹기 싫다는 그녀나 둘 다 고집은 마찬가지였지만 오늘 그의 생일이라고 하니 한 수 져주기로 마음먹은 이영은 물컵에 물을 따라 그의 앞에 놓았다. 그리고 그의 앞에 냅킨을 깔고 수저를 나란히 내려놓았다. 그 모습을 말없이 바라보던 그가 물컵을 들어 목을 축였다.

"많이 시장하신가 봐요."

이영은 그와 투닥거리더라도 대화를 나누는 편이 훨씬 나았다.

"어."

"아, 그랬구나. 그래서 그렇게 예민하신 거였군요. 난 또."

"……."

"우리 아빠를 봐도 그렇더라고요. 배가 고프면 앞에 아무것도 안 보인대요."

"그러니까 내가 배고파서 미친놈처럼 나댔다는 소리로 들리는데 맞아?"

"아이, 절대 그런 말이 아니고요. 조금 예민하신 거 같아서요. 아, 이제 나온다."

뜨끈뜨끈한 뚝배기에 담긴 설렁탕 두 개가 앞에 나란히 놓였다. 그는 팔짱을 낀 채 말없이 이영을 노려보고 있었다.

"어서 드세요. 식어요."

이영이 특유의 필살기인 눈웃음을 지으며 권했다.

"그래, 먹자."

"그런데 좀 많아요. 덜어드릴까요?"

"남겨."

이영은 몇 숟가락 떠먹으며 그가 먹는 것을 쳐다봤다.

숟가락 듬뿍 퍼서 입안으로 깔끔하게 밀어 넣고 우물우물 몇 번 씹고 꿀꺽 삼킨다. 국물 한 방울 흘리지 않고 깔끔하게 먹는 모습은 신기할 정도였다. 뚝배기 가득했던 설렁탕이 바닥을 보였다.

"도저히 못 먹겠어?"

"네. 배부르다고 했잖아요."

"이리 줘."

그가 빈 그릇을 그녀 앞으로 내밀고 그녀의 뚝배기를 가져다 먹기 시작했다.

보통 동훈이나 태주가 그녀의 남긴 밥을 먹곤 했지만, 이 남자가 그럴 것이라곤 생각지도 못한 이영은 얼굴이 벌게진 채 그를 쳐다봤다. 복스럽게도 푹푹 퍼서 먹는 모습에 눈을 떼질 못했다.

곧 그 그릇도 바닥을 보였고, 그는 조금 느긋해진 표정으로 숟가락을 내려놓았다. 냅킨으로 입가를 깔끔하게 닦아낸 그는 컵을 들어 물을 삼켰다.

"제일 간단하면서도 빨리 먹을 수 있고 든든한 식사론 설렁탕이 최고야. 특히 추운 날씨에는 제격이지."

"네."

"원래 그렇게 조금 먹어?"

"아니요. 햄버거를 먹어서 그런 거죠."

"인스턴트 음식 몸에 해로워. 그런 거 먹지 마."

"박선호 팀장님이 사다 주신 거라서."

"특히 누가 먹을 거 던져준다고 덥석 받아먹지 말고."

"아니, 제가 개도 아니고 뭘 덥석 받아먹어요?"

"자꾸 말대꾸할래?"

속으로 말을 말자 싶어진 이영은 먼저 가게를 빠져나와 그의 차 앞에서 기다렸다.

"까칠하긴."

재원은 팩 토라져 나가는 이영의 뒷모습을 보며 피식 웃었다. 그리고 계산을 마친 그는 차 옆에서 기다리고 있는 이영을 보며 또 한 번 웃음을 터트렸다.

솜사탕 같은 머리카락이 바람에 휘날리며 자꾸 앞이마를 덮는 모양인지, 신경질적으로 넘기는 모습이 마치 강아지가 앞발로 얼굴을 비벼대는 모습 같았다.

"타."

그가 차 문을 열고 타기를 기다리자 이영이 머뭇거리며 그를 쳐다보았다.

"안 타?"

"여기서 지하철 타고 갈게요."

"누구 맘대로. 타."

내 맘대로지 누구 맘대로긴?

"그럼 지하철 앞에 세워주세요."

"내가 기사야?"

"그럼 저 그냥 갈게요. 안 태워주셔도 돼요. 내일 뵙겠습니다."

이영은 얼른 인사를 하고 쪼르르 돌아섰다. 주차장을 나가면 바로 인도가 나왔다. 그곳에서 조금만 걸어가면 지하철역이었다.

저만치 걸어가는 이영을 바라보던 재원은 재킷에서 담배를 꺼내 입에 물고 불을 붙였다. 담배 연기를 깊숙이 빨아들이며 연기를 내뿜었다. 어두운 밤하늘로 흐릿하게 퍼져가는 담배 연기 사이로 이영의 뒷모습이 보였다.

눈을 가늘게 뜨고 그녀를 바라보는 두 눈에는 집요함과 날카로운 기운이 넘실댔다.

밥을 먹는 내내 오물대는 눈앞의 입술 때문에 최대한 먹는 것에 신경을 집중해야만 했다. 한참 먹다 보니 저 여자가 먹던 그릇을 붙잡고 먹고 있는 저를 발견하고 뜨끔했었다.

동생들이 남긴 것도 거들떠보질 않는 그가 강이영의 입속을 들락거리던 숟가락으로 휘저어진 설렁탕을 아무렇지 않게 먹고 있었던 것이다.

턱 끝을 손으로 매만지며 점점 작아져 가는 이영의 뒷모습에 시선을 두었다. 그녀의 모습이 완전히 사라진 뒤에야 필터 끝까지 타들어간 담뱃재를 바닥에 털어내고 차에 올랐다.

이제 시작이다. 이 느낌, 이 감정의 끝이 어디까지인지 끝까지 가볼 테니 도망가지 마, 강이영.

## 제5화
## 우린 맞선 본 사이잖아

평소와 달리 사장실의 분위기가 묘했다. 미현은 사장실의 공기를 귀신같이 알아챘다. 사장은 분명 어제와 달랐다. 출근해서부터 커피를 대령하기까지 곰곰이 생각해보아도 그랬다.

뭘까. 뭐지?

미현은 톡톡 손으로 데스크를 두드리며 고개를 갸웃거렸다.

"김 비서, 뭘 그렇게 생각해요?"

"아, 이 팀장님. 안녕하세요. 오늘도 여전히 아름다우십니다."

"그래요? 김 비서가 그러면 놀리는 거 같은데."

"네? 제가 왜 이 팀장님을 놀려요? 거울 보면 다 아시잖아요. 자신이 얼마나 아름다운지."

"자긴 더 예쁘면서."

김 비서의 립서비스에 지수의 기분이 조금 나아졌다. 최근 들어

강이영의 존재 때문에 신경이 날카로웠던 것도 사실이었다.

"오늘 회식 장소는 어디예요?"

재원은 팀별로 회식을 돌아가면서 시켜주었는데, 오늘이 바로 디자인팀 회식 날이었다.

"오늘 한우 고깃집으로 하신댔어요."

"그래요?"

"네. 그리고 오늘 사장님 좀 이상해요. 제 촉이 그래요."

미현은 결재하러 오는 직원들에게 사장의 그때그때 기분 상태를 말해주며 주의하라고 경고하기도 했었다.

"기분이 저조한 것도 아니고 이상하다니, 그게 무슨 말이에요?"

"글쎄요. 저도 아직은 잘 모르겠어요. 그래도 좀 평소와 다른 거 같아요. 얼른 들어가보세요."

"알겠어요. 아무튼 고마워요."

지수가 상냥하게 인사를 하고 사장실로 들어갔다.

"사장님?"

"거기 올려두고 가. 나중에 볼게."

재원은 거들떠보지도 않고 건성으로 대답했다. 골똘히 모니터를 바라보고 있는 모습에 나직이 한숨을 내쉬었다. 차갑고 냉철한 그의 모습은 늘 사람을 갈증 나게 했다. 그리고 그가 제 안에 허락된 사람한테는 얼마나 다정다감하게 할지 보지 않아도 알 수 있었다. 그런 단 한 사람이 바로 저가 되고 싶은 마음에 그녀는 도무지 미련을 떨칠 수가 없었다.

"오늘 회식은 참석하시는 거죠?"

지수는 그냥 이대로 나가기가 서운해서 한마디라도 해보려고 말을 걸었다.

모니터에서 시선을 떼어내며 그제야 그녀를 똑바로 바라본다. 김 비서의 말대로 어딘가 모르게 달라 보이긴 했는데, 딱 꼬집어 말할 수 없이 미묘했다.

"생각해보고. 내가 가면 직원들이 불편해하지 않겠어?"

"사장님이 오셔서 격려도 해주고 하셔야죠."

"2차에 가든지."

"기다릴게요."

"강이영 데리고 가. 같은 팀원인데 잘 챙겨."

"……네, 알겠습니다."

강이영, 강이영.

속으로 그녀의 이름을 되뇌며 사장실을 벗어났다.


한편 이영은 새벽까지 작업하고 눈만 잠깐 붙였다 출근한 상태였다. 작업을 완성하긴 했는데, 어떤 평이 돌아올지 조마조마했다.

"이영 씨, 굿모닝?"

박선호 팀장이 손에 머그잔을 들고 이영에게 다가왔다. 언제 봐도 자상한 오빠 같은 모습이었다. 사장과 친구라고 하는데 어쩜 저리도 다를까. 늘 그녀를 조마조마하게 하는 사장과 달리 박 팀장은 푸근하기까지 했다.

"안녕하세요, 팀장님."

"이 팀장이 거는 기대가 크던데. 일 다 한 거야?"

"네. 어떨지 모르겠어요."

"큰 부담 갖지 말고. 그냥 생각을 잘 설명하면 될 거야."

"네, 고맙습니다."

"고맙긴. 그럼 수고해."

선호가 윙크를 날리며 그의 방으로 향했다. 이영은 그의 뒷모습을 보며 피식 웃고서는 얼른 정신을 차리고 업무 준비를 시작했다.

"강이영 씨."

이지수 팀장이 그녀에게 다가오며 이름을 불렀다. 날 선 목소리에 저절로 움츠러들었다.

"네!"

이영은 자리에서 벌떡 일어나며 대답했다.

"오늘 디자인팀 회식 있는 날이니까 빠지지 말고 참석해요."

"알겠습니다. 저, 그런데 오늘까지 제출하기로 한 계획서는 어떻게 할까요."

"퇴근 전까지 제출해요."

"알겠습니다."

여전히 딱딱하고 차가운 그녀의 태도에 이영은 서운하기도 하고 반감이 생기기도 했다. 사람들 사이에서 이런 냉대는 처음이라 많이 위축되는 것도 사실이었다.

그래, 언제부터 눈치 보고 살았다고. 진실은 통하게 되어 있어. 열심히 하면 알아주겠지.

이영은 긍정적인 생각으로 마음을 다독이며 계획서를 다시 살펴보기 시작했다.


한우 고깃집에 모여든 디자인팀 직원들은 각자 테이블에 앉아 고기 굽기에 여념이 없었다. 이영은 회식이라는 소리에 모처럼 술이나 한잔하며 허심탄회하게 마음을 터놓을 수 있진 않을까 하는 생각에 조금은 기대를 했었는데 다들 불판에 고기 익기가 무섭게 집어 먹기 시작하더니 술은커녕 대화조차 제대로 나누질 않았다.

그런 모습이 조금 뜨악하기도 하고 도무지 적응되질 않아 혼자서 술잔을 홀짝이며 분위기를 살폈다.

"강이영 씨, 술 잘 마시나 봐요?"

이 팀장이 그녀를 보며 말을 걸어왔다.

"네, 잘 마시는 편이에요."

이영은 그녀가 말을 걸어오자 그렇게 기쁠 수가 없었다.

"오늘 제출한 계획서는 내일 아침 검토하도록 할게요. 수고했어요."

"수고는요."

"자, 다들 주목하세요."

지수가 사람들을 향해 큰 소리로 말했다. 갑자기 먹다가 뭐 하는 건가 싶어진 이영은 눈을 동그랗게 뜨고 그녀가 하는 양을 지켜보았다.

"강이영 씨도 새로 들어왔고, 한 식구가 됐으니 환영회 겸 회식을 하는 자리임을 다들 아셨으면 해요. 이영 씨가 다른 디자이너처럼 공채로 들어온 게 아니라서 조금 껄끄럽기도 하겠지만, 어쨌든 한솥밥을 먹게 됐으니 같은 팀원으로 인정해주고 신경 써주길 바라요."

"네."

은근히 디스하는 이 팀장의 말에 이영의 기분이 슬쩍 나빠졌다. 사실 눈치 하면 강이영이었다.

이영은 표를 내지 않으려고 애를 쓰며 혼자 술잔을 들이켰다.

"아, 그리고 이영 씨가 술을 잘 마신다니까 조 팀장님 술친구 하시면 되겠네요."

"그래요? 이거 우리 디자인팀은 술을 다들 못 마셔서 영 서운했는데, 잘됐네요."

조 팀장이 자리를 옮겨 와서 이영의 옆에 앉았다.

"그럼 한잔할까?"

은근슬쩍 말을 놓고 술잔을 내미는 그를 보며 이영은 어설픈 미소를 보냈다.

사실 술을 잘 마신다기보다는 분위기를 잘 맞추는 편이었다. 그런데 이렇게 대놓고 주당인 남자를 옆에 붙여주니 천하의 강이영이라도 버텨낼 재간이 없었다.

조 팀장은 유부남인데 술버릇이 있는 편인지 술잔을 돌려가며 계속 마셔댔다. 이영은 저를 향한 직원들의 적의를 느끼지 못할 만큼 둔하지 않았다. 조 팀장도 마찬가지로 그녀를 대하는 태도에 지나친 감이 있었다.

이럴 땐 박선호 팀장님이라도 있으면 좋겠는데, 어딜 갔는지 보이질 않았다.

"저, 박선호 팀장님은 어디 가셨어요?"

이영이 조 팀장에게 물었다.

"사장님이랑 거래처 갔는데. 2차에 같이 참석하기로 했어."

"네."

"우리 이영 씨가 박 팀장한테 반한 모양이네?"

"아, 아니에요."

"하하. 뭐, 상관 있어? 박 팀장도 총각인 데다 젊은 청춘 남녀가 사귀든 뭘 하든 누가 뭐랄 거야. 자자, 마시자고."

이영의 주변에는 술을 제법 한다는 남자 직원들이 모여 있었다.

"이 팀장님, 강이영 씨 저렇게 놔둬도 괜찮겠어요? 조 팀장님한테 걸리면 거의 죽음인데."

"잘 마신다잖아. 뭘 걱정해?"

지수는 같은 팀원인 미수 씨가 물어오자 벌겋게 달아오른 이영을 쳐다보며 코웃음을 쳤다.

"그래도 좀 걱정이 되긴 해요."

"사회생활 하면서 그런 건 자신이 알아서 처신해야지. 안 그래?"

"하긴 그래요. 오늘 2차는 호텔 클럽으로 가실 거죠?"

"응. 모처럼 스트레스 풀어보자고."

지수는 조 팀장에게 붙잡혀 술을 계속 마시는 이영에게서 눈을 떼질 않았다. 사장과 맞선을 봤다는 것 자체가 그녀에게 이영은 신경에 거슬리고 마뜩잖은 존재였다.

어린 여자 마다할 남자 없다더니, 사장도 딱 그 짝인가 싶어 더욱 심기가 불편해왔다.

적당히 술도 마셨고 배도 부르니 2차로 장소를 옮기는 것도 좋을 것 같단 생각에 지수는 자리를 정리하자며 2차 장소를 말했다.

"다들 그럼 L호텔 클럽에서 봐요. 지하도만 건너면 되니까 도망 치지 말고 전부 참석해요. 알겠죠?"

"모처럼 물 좋은 곳에 가는데 누가 도망간다고 그래요."

"자, 다들 일어납시다."

호텔 클럽 룸으로 자리를 옮긴 이영은 화려한 조명에서 비켜난 구석진 자리에 앉았다. 다행히 조 팀장과 주당들은 저 멀리 떨어져 있었다. 이번에는 위스키였다. 만약 소주처럼 들이켰다간 그대로 뻗을지도 모른다.

이미 1차에서 주량을 넘겨버렸기 때문에 조심해서 몸을 사렸다. 슬슬 잠도 오고 몽롱하니 취해가는 시점에 사장과 박 팀장이 나타 났다.

"사장님과 박 팀장님이 오셨습니다. 자, 박수!"

이영은 몸을 꼿꼿이 하려 애를 쓰며 사장을 쳐다봤다.

헉!

그런데 단번에 그의 시선이 그녀에게 꽂혔다. 눈을 가늘게 뜨고 유심히 저를 살피는 모양새가 뭔가 시빗거리를 찾는 것 같기도 했 다.

이영은 슬그머니 시선을 떨구며 앞에 놓인 물컵을 들이켰다.

그런데 왜 이리로 오는 거지?

가가멜이 안쪽으로 기어이 들어와서 가운데 혼자 앉는 자리에 떡하니 앉았다. 그러고 보니 그 자리가 상석이었다. 출입구에서 안 쪽으로 밀려들어 와 앉은 이영은 제일 구석에 앉았다고 좋아했는 데, 알고 보니 상석에 가장 가까운 자리였던 것이다.

그는 재킷을 벗어 옆에 놓더니 우아하게 다리를 꼬며 소파 등받이에 한쪽 팔을 걸쳤다.

"사장님, 디자인팀의 발전을 위하여 건배해주십시오."

"좋습니다."

"자, 다들 잔을 채우세요."

이영은 사람들 눈치를 살피며 얼른 양주 잔에 술을 채웠다. 그리고 잔을 들어 구호를 따라 외쳤다.

"디자인팀의 영원한 발전을 위하여!"

이영은 박선호 팀장도 함께 온 것을 보며 그를 향해 슬그머니 미소를 보냈다. 드디어 우호적인 아군이 온 것 같아 마음이 든든해졌다.

"우리 이영 씨, 술 많이 마신 모양이네요."

선호가 가까이 다가와서 그녀에게 눈웃음을 치며 말했다.

"좀 마셨어요."

"박 팀장님, 우리 이영 씨 완전 물건입니다. 술을 그렇게 잘 마실 수가 없어요."

조 팀장이 나서서 거들었다.

이럴 땐 입을 그냥 다물면 좀 좋아. 이영은 속으로 구시렁대며 어색한 웃음을 지었다.

가뜩이나 취해서 입가에 경련이 이는 것 같은데, 조 팀장이 또 나서서 부추기자 이영은 술을 안 마실 수가 없었다.

"그래요? 그럼 우리 같이 한잔해요, 이영 씨."

박 팀장 권한다면 죽더라도 마실 용의가 있었다.

원래도 술을 마시면 습관처럼 배실배실 웃는 이영은 눈앞에 앉은 박 팀장을 보자 멈췄던 웃음이 실실 새어 나왔다.

"술 그만 안 마셔?"

귓가에 으르렁거리는 목소리는 분명 가가멜이었다. 잠깐 잊고 있었는데, 무시무시한 눈빛으로 노려보는 것이 장난 아니었다.

"이영 씨. 앞으로 잘해봐요, 우리."

선호가 이영에게 안주를 건네며 윙크를 날렸다. 이영은 수줍은 미소를 지으며 고개를 끄덕였다.

"자, 다들 그럼 흔들러 나가보겠습니다."

사람들이 우르르 자리에서 일어나 룸을 나섰다. 안에 남은 사람은 금방 온 사장과 박 팀장, 그리고 이영과 지수뿐이었다.

"사장님, 한잔 받으세요."

이 팀장이 이영의 옆에서 엉덩이를 밀치며 자꾸만 밀어댔다. 이러다간 자리에서 떨어질지도 모르겠단 생각에 엉덩이에 힘을 주며 버텼다.

무슨 여자가 이렇게 힘이 세지?

이영은 안간힘을 쓰며 버티려 했는데, 그만 힘에 밀려 의자에서 떨어지며 엉덩방아를 찧었다.

"앗!"

"어머, 이영 씨, 취했어?"

"이영 씨, 괜찮아요?"

순간 울컥한 이영은 아랫입술을 깨물며 자리에서 일어났다. 손으로 엉덩이를 털며 한 소리를 하려는데 사장이 그녀의 손목을 낚아채며 홱 끌어당겼다.

"여기 앉아. 그리고 이 시간 이후로 술 마시지 마."

"어, 어어."

이영은 그에게 이끌려 바로 옆에 앉게 되었다.

후우, 심장 떨려. 갑자기 왜 저러는 거야.

그가 앉은 자리는 넓기도 했지만 바로 옆에 앉아 있자니 여간 어색한 것이 아니었다. 게다가 그녀를 마치 죽일 듯 노려보는 이 팀장 때문에 가시방석이었다.

"술 준다고 다 받아 마셨어?"

"아닌데요."

"도대체 얼마나 마신 거야."

"그냥 소주 두 병쯤, 그리고 양주 두 잔 정도요."

"이 팀장, 제대로 안 해?"

갑자기 난데없이 날벼락이 그리로 튀었다.

놀란 이영이 눈을 동그랗게 뜨고 이 팀장을 쳐다봤다.

"본인이 술을 잘 마신다더라고요. 그리고 지금도 멀쩡하잖아요. 회식인데 그럴 수 있죠."

"여기서 이렇게 취한 사람은 강이영 씨 혼잔 거 같은데."

"아, 저 안 취했어요. 괜찮아요."

"조용히 안 해? 혀 꼬여서 말도 제대로 못 하면서."

"그, 그건……."

"이 팀장, 회식 첫날부터 술 먹여서 골탕 먹이는 짓은 그만해."

"좀 억울합니다."

"팀원을 아끼고 챙기는 건 네 몫이야. 명심해."

하아, 정말 이 꼴 때리는 인간은 그렇다고 그렇게 단도직입적으로 말하면 내가 뭐가 되냐고.

이영은 혼자서 구시렁대며 고개를 푹 숙였다.

"이 팀장, 우리도 홀에 나갈까?"

선호가 이 팀장의 눈치를 살피며 자리에서 일어났다. 그러자 지수는 마지못해 자리에서 일어나 박 팀장과 함께 룸을 나섰다.

"어, 저, 저도 나갈래요."

이영이 엉덩이를 떼어내며 자리에서 일어나자 재원이 그녀의 팔을 잡아 자리에 도로 앉혔다.

"앉아."

재원은 룸에 들어서는 순간 이영을 보며 그녀가 얼마나 취했는지 단번에 알 수 있었다. 어지간히 마신 모양이라 생각하며 주위를 둘러보니 다른 여직원들은 멀쩡해 보였다.

단번에 상황 판단을 마친 재원은 결국 참지 못하고 이 팀장한테 경고를 날린 것이다.

"취했어. 물 마셔."

재원은 이영에게 얼음이 담긴 잔을 내밀었다. 발갛게 익은 뺨을 한 채 몽롱한 눈빛으로 그를 올려다보더니 작고 새하얀 손으로 잔을 받아 들었다. 그 모습을 보자니 저도 모르게 주먹에 힘이 들어갔다.

작고 도톰한 입술이 혀끝으로 입술을 축이며 물컵을 들어 입으로 가져가는 모습이 눈에 선명하게 박혔다.

입가를 따라 미처 삼키지 못한 물줄기가 흘러넘쳤다. 손으로 그것을 닦아주고 싶은데, 차마 손을 댈 수가 없었다.

얼음 하나를 입안에 쏙 집어넣더니 오물거리며 빨아대다 이가 시린 모양인지 도로 뱉어냈다.

"사장님, 제가 낙하산이라서 많이 신경 쓰이시죠."

"뭐?"

"그렇잖아요. 괜히 민폐를 끼치는 거 같아서 죄송해요. 우리 아부지가 욕심이 많아서 그래요. 아니다, 제가 많이 모자라니까 어떻게든 일을 가르치고 싶은데 그게 잘 안 돼서 이렇게 무리수를 두신 거 같아요. 죄송해요."

"……."

재원은 갑작스러운 이영의 말에 뭐라 대꾸를 해야 할지 몰라 묵묵히 술을 들이켰다.

"지금까지 혼자 사신 아버지 때문이라도 제가 얼른 독립해서 떳떳하게 잘 살아야 하는데, 아버지 눈에는 제가 많이 부족해 보이나 봐요."

"부모님한테 자식은 그런 존재지."

"알아요. 그런데 사장님은 아니겠죠. 든든한 아들일 거 같아요."

"안 계셔. 두 분 다 돌아가셨어."

"그럼 하늘나라에서 지켜보시며 든든해하시겠죠. 자랑스러워하실 테고."

"글쎄. 살아 계실 때 잘하는 편이 훨씬 낫지 않을까?"

"맞아요. 그래야겠죠."

마냥 철딱서니 없는 딸인 줄 알았더니 제법이었다.

"그런데 사장님 손 보니까 우리 아빠 손 같아요."

"그건 별로 듣기 좋은 말은 아닌 거 같은데."

"사장님은 그렇게 느끼실지 모르겠지만, 저한테는 아빠 손이 세상에서 가장 자랑스러워요."

재원은 이영의 말에 말문이 막혔다.

"어디가 닮았어?"

"남자답잖아요. 힘줄이랑 핏줄도 그렇고. 이것 봐요."

이영이 테이블 위에 올려진 그의 손등을 손가락으로 살살 비벼 대며 만지작거렸다.

"그리고 손바닥, 보지 않아도 알 수 있어요. 분명 못이 박혀 있겠죠. 사장님도 우리 아빠랑 하는 일이 같잖아요. 이만큼 회사를 키우려면 얼마나 고생했겠어요."

이영은 회식 내내 불편하게 있었던 탓에 그나마 그래도 제일 친근하다고 할 수 있는 사장이 저를 챙기자 마음이 급격히 풀어졌다. 물론 취한 탓도 있었지만, 전에 없이 그가 편하게 느껴졌다.

이영은 그의 손바닥을 뒤집어서 굳은살이 박인 남자다운 손을 쓰다듬었다.

재원은 그 느낌이 너무 간질거리고 야릇해서 숨을 훅 들이켰다.

"강이영."

낮게 가라앉은 목소리로 그녀 이름을 불렀다.

"네?"

"누가 이런 거 가르쳐줬어?"

"……?"

아무것도 모르는 것처럼 순진한 척 남자 혼을 빼놓는 짓 따위 말이야.

재원은 이영의 손을 힘껏 움켜잡으며 간질거리는 감각을 애써 누르려 했다. 하지만 그의 손에 갇힌 작은 손은 녹아내릴 것처럼 보드랍고 야리야리했다. 재원은 손가락 하나하나를 얽어 깍지를 꼈다.

처음부터 제 짝이었던 것처럼 얽힌 손가락은 떨어질 생각을 하지 않았다.

"와, 크다."

이영이 눈웃음을 치며 맞잡은 손을 들고 이리저리 흔들었다.

재원은 피식 웃으며 다른 한 손으로 이영의 뺨을 쓰다듬었다.

손끝을 타고 전류가 흐르는 기분에 얼른 손을 떼어냈다.

"예쁘다. 강이영."

잔뜩 쉰 목소리가 새어 나왔다.

"거봐요. 우리 아빠도 저보고 예쁘다고 하거든요."

이영은 천진난만한 미소를 지으며 그의 혼을 쏙 빼놓았다.

"아빠 하기 싫은데. 애인이면 모를까. 우린 맞선 본 사이잖아."

재원은 농담 반 진담 반으로 툭 던졌다.

"제가 많이 취했나 봐요. 헛소리가 막 들리는 거 보면. 헤헤."

이영은 그에게 붙잡힌 손을 빼내고서는 슬그머니 자리에서 일어났다.

"어딜 가?"

"춤추러요."

"지금?"

"네. 사장님도 생각나면 나오세요."

재원은 이영이 교묘하게 그를 빠져나가자 씁쓸한 미소를 지었다. 이제 부인하려야 할 수 없을 것 같았다.

강이영에게 점점 빠져들고 있다는 것을.

강주식 사장이 그에게 제 딸을 보낸 이유를 이제야 완벽히 이해한 재원은 허탈한 듯 복잡한 웃음을 터트렸다.

앞으론 감정이 흐르는 대로 내버려둘 생각이었다. 싫든 좋든 제 손에 들어온 것은 놓아본 적 없던 그였다. 이렇게 가랑비에 옷 젖듯 스며든 감정이라도 제 것이 확실하다면 놓을 마음은 추호도 없었다.

재빠르게 룸을 빠져나간 이영은 덜덜 떨리는 양손을 맞잡고 화장실로 뛰어갔다.

아무리 취했기로서는 가가멜이 하는 말을 못 알아들을 리가 없었다. 미친 듯이 뛰어대는 가슴을 누르며 숨을 몰아쉬었다.

"하아, 하아."

잡아먹을 것처럼 이글대는 눈동자의 열기가 계속 맴돌았다. 그녀가 감당하기엔 너무 버거운 것이었다.

잔뜩 상기된 여자가 거울 앞에 서 있었다. 누가 보더라도 촌스럽고 별 볼 일 없는 작은 여자였다.

'예쁘다. 강이영.'

취한 거야. 가가멜이.

이영은 두근대는 가슴을 누르며 정신을 차리기 위해 한참을 있었다.

이영이 화장실을 벗어나 룸으로 들어갔을 땐 한바탕 흔들고 온

팀원들이 자리에 앉아 있었다. 그가 그녀를 뚫어지게 쳐다봤다.

일렁이는 조명 아래 새하얀 셔츠를 입은 모습은 눈부시도록 빛났다. 어느새 자란 수염은 푸르스름하게 턱밑을 감싸며 더욱 남자답게 보였다. 이영은 얼른 시선을 떼어내며 멀찍이 떨어져 앉았다.

"자, 그럼 내일을 위해서 이만 일어날까."

사장인 그가 자리를 털고 일어나자 다들 우르르 일어났다.

3차를 갈 사람들은 끼리끼리 모여 3차로 향했고, 집으로 갈 사람들도 택시를 타고 뿔뿔이 흩어졌다.

이영도 빈 택시에 재빨리 올라탔다. 그때 택시 문을 열고 누군가가 올라탔다.

"어!"

사장이었다. 왜 그가 이 차를!

"이 시간에 혼자 집에 보내면 매너가 아니지."

그는 아무렇지 않은 척하며 목적지를 말했다.

"그래도 맞선 본 사이잖아."

그가 고개를 돌려 매력적인 미소를 보내왔다.

……그렇긴 하지만.

살짝 맞닿은 허벅지 때문에 이영은 얼른 다리를 모으며 그에게서 몸을 떼어냈다. 싫어서가 아니라 요란하게 뛰어대는 제 심장을 들킬 것만 같아서였다.


회식한 다음 날이라도 다들 늦지 않게 출근한 디자인팀원들은 평소와 다를 바 없이 하루를 시작했다. 이영도 제자리에 앉아 업무를 시작했다. 그리고 정확히 5분 뒤 인터폰이 울렸다.

"네, 강이영입니다."

-지금 사장실로 올라와요. 제출한 계획서 들고.

"네."

이지수 팀장이 사장실로 그녀를 불렀다. 아마 그곳에서 브리핑을 시킬 모양이었다. 이영은 어제 작성한 것을 출력해서 결재판에 넣고 사장실로 향했다.

"안녕하세요."

비서를 향해 인사를 건네자 김 비서가 이영을 보며 얼른 곁으로 다가왔다.

"오늘 무슨 일이에요? 이 팀장님이 들어가자마자 안에서 큰소리가 나는 것 같던데. 어제 회식하면서 무슨 일 있었어요?"

"네에? 전 모르는 일인데요."

"오늘 둘 사이에 끼어서 새우 등 터지지 말고, 조심해요. 난 이영 씨가 내 여동생 같아서 은근 마음이 쓰이더라."

"네, 고맙습니다."

이영은 마음의 각오를 단단히 하고 노크를 했다.

똑. 똑.

"들어와."

낮게 쫙 깔린 목소리는 미친 존재감을 뿜어댔다. 어젯밤 전에 없이 다정한 모습을 보여서 혹시나 했는데, 역시나였다.

그는 여전히 냉철한 상사의 모습으로 앉아 있었다. 그리고 맞은편에 앉은 이지수 팀장도 마찬가지였다. 곱게 화장을 하고 여전히 세련된 차림이었다.

회식 후유증으로 화장조차 하지 않고 나온 저랑 비교되는 모습에 살짝 부끄러웠다.

"이리 줘봐요."

이 팀장이 이영에게 손을 내밀었다.

"네, 여기 있습니다."

이영의 손에 들린 서류를 낚아채듯 받아 간 그녀는 그것을 사장에게 내밀었다. 멀뚱히 서 있는 이영을 본 사장은 자리를 가리켰다.

"이리 와서 앉아."

사장 옆에 앉아서 이 팀장을 마주 보았다. 그녀가 힐끔 고개를 들어 쳐다보더니 이내 싸늘하게 얼굴을 굳히며 서류로 시선을 돌렸다.

"이걸 이틀 만에 다 했어요, 강이영 씨?"

지수가 서류를 내려놓고서는 물었다.

"네."

질문의 의도가 궁금했지만 일단 대답부터 했다.

"그걸 지금 나더러 믿으라는 거예요?"

"……."

팔짱을 끼고 비웃음을 머금은 얼굴엔 도저히 못 믿겠다는 기색이 역력했고, 아예 대놓고 그녀를 무시하며 질타하기 시작했다.

"아버지 회사가 인테리어 회사다 보니 고급 정보가 많은가 보네요. 남들이 피땀 흘려 만든 것을 이렇게 이름만 바꿔서 들고 오면 안 부끄러워요?"

"무슨 근거로 그렇게 말씀하시는 거죠?"

이영은 지수를 향해 차분하게 물었다. 저런 식으로 말하는 이유가 있을지도 모른다는 생각에 조금은 이성적으로 대응하고 싶었다.

"보나 마나 뻔하죠."

"보나 마나 뻔한 일은 왜 시키는 거죠?"

"엄청 당당하네. 왜, 부끄러워요? 들키니까?"

"그쪽은 그렇게 일하시나 본데, 저는 단 한 번도 그런 식으로 일해본 적 없습니다. 제 아버지 이름을 걸고 말할 수 있습니다. 그리고 제 아버지는 회사 서류를 딸한테 함부로 내돌릴 만큼 생각 없으신 분도 아니십니다."

"뭐예요?"

"제가 낸 제안서가 꽤 훌륭한가 보네요. 칭찬으로 생각하겠습니다."

"사과해."

나직한 목소리에 이영은 그를 쳐다봤다. 순간 이 팀장의 얼굴에 화색이 돌았다. 그러니까 상사한테 대들었다고 사과를 하라는 모양이었다.

이영은 아랫입술을 깨물고서는 그를 노려보았다. 도도하게 턱을 치켜들고 그녀를 내려다보는 이 팀장의 얼굴도 같이 노려보았다.

탁!

그가 서류를 테이블 위에 내려놓으며 소리쳤다.

"이 팀장, 사과해. 그리고 여기서 나가는 즉시 사표 제출해. 우리 회사에 너 같은 사람은 필요 없어."

순간 이영은 제 귀를 의심했다. 그의 단호한 얼굴은 엄격했고, 짙은 눈동자는 흔들림이 없었다. 깊고도 깊은 눈동자가 잠깐 이영의 얼굴 위로 스쳤다.

"……선배!"

이 팀장이 놀란 눈으로 그를 쳐다보며 소리쳤고, 이영은 얼른 시선을 떨구었다.

알 수 없는 감정이 이영의 가슴 위로 넘실댔다.

"노, 농담이죠?"

이 팀장이 그를 향해 파랗게 질린 얼굴을 한 채 물었다. 안쓰럽고 또 안쓰러웠다. 저런 남자는 그런 말을 절대로 농담으로 할 사람이 아니었다. 겪어봤으면 잘 알 텐데 왜 저런 식으로 묻는 것인지. 역시 사랑은 사람을 바보로 만드는 모양이었다.

"농담? 내가 농담하는 거 봤어? 이지수, 너 정도가 심해. 몇 번 경고를 줬지만 공과 사를 구분 못 할 뿐만 아니라, 이젠 보기 추하기까지 해. 능력 있는 후배를 이끌어주진 못할망정 밟아? 그것도 이 바닥에서 가장 모욕적인 말로 말이야."

"왜 그렇게 저 여자를 싸고도는 거죠? 의심할 수 있는 거잖아요. 이틀 만에 초보가 해내기엔 이 자료가 석연치 않은 건 사실이잖아요. 아니에요?"

"그럴 땐 의심부터 하는 게 아니라 칭찬부터 해야지. 내가 널 그렇게 가르쳤어?"

"저는 그렇다 치더라도, 선배도 그래요. 저 여자한테 지나치게 관대하고 사적이라고요."

이영은 지수의 말도 안 되는 억지에 그저 한숨만 내쉬었다.

"저 여자는 되고, 왜 난 아닌 거냐고요!"

"내 마음까지 다 말해야 해? 내가 왜."

어째 분위기가 점점 묘하게 흘렀다. 이영은 저도 모르게 등골이 서늘해지는 기분에 숨을 삼켰다. 그의 입에서 무슨 말이 튀어나올지 심히 기대되는 순간이었다.

"……."

"좋아, 궁금해하니까 말해주지. 강이영, 마음에 들어. 아주 많이. 여자로서."

딸국. 딸꾹.

이영은 놀란 나머지 딸꾹질을 해댔다.

"쯧쯧. 자, 마셔."

그는 자리에서 일어나 책상 위에 놓인 물컵을 들고 그녀에게 내밀었다.

잔을 받아 드는 이영의 손이 덜덜 떨려왔다.

이렇게 돌직구로 고백하면, 누가 고맙다고 할 줄 알고! 이건 완전 지능적 안티잖아. 그렇지 않고서야 무슨 고백을 이렇게 해?

나, 완전 찍힌 거지? 아부지!


어떻게 시간이 흐르는지 모를 만큼 정신없었다. 더군다나 사무실 분위기는 강이영 타도를 목적으로 한 사람들처럼 그녀를 씹어대기 시작했다. 여기 가도 쑥떡, 저기 가도 쑥떡. 일평생 들을 욕을 오늘 하루 다 들은 것 같았다.

제아무리 강심장이라고 한들 그런 속에서 무탈할 수 있는 사람이 몇이나 될까. 이영은 심신이 지쳐갔다.

그런 와중에 반갑게도 동훈이 전화를 걸어와서 이영은 퇴근 후에 동훈을 만나기로 했다.

회사 앞에서 기다린다고 했으니 동훈에게 이 사태에 대해서 하소연이라도 하고 나면 좀 나아질까 싶어 얼른 퇴근 시간이 되기만을 기다렸다.

6시가 되자마자 이영은 자리에서 일어나 퇴근 준비를 했다. 썰렁한 사무실 분위기 탓에 이영은 조심스럽게 자리에서 일어나 사무실을 나왔다. 그녀에게 뭐라 하는 사람은 아무도 없었다. 괜히 건드렸다간 이 팀장처럼 잘릴지도 모른다며 다들 몸을 사리는 분위기였다.

박선호 팀장은 아침 이후로 온종일 얼굴도 보이질 않았다. 그나마 우호적이었던 사람마저 적으로 돌아선 건 아닌가 싶어 마음이 무거웠다.

그렇게 사무실을 나가 엘리베이터 앞으로 향하던 이영은 마음을 바꿔 얼른 계단 쪽으로 향했다. 비상구 문을 열고 나가자 위에서 계단을 내려오는 발소리가 들려왔다.

혹시나 싶어 위를 쳐다보는데 가가멜과 눈이 딱 마주쳤다.

하필이면, 지금 이렇게 만나질 게 뭐야.

이영은 못 본 척하며 살그머니 되돌아 나왔다. 설마 따라올까 싶은 마음에 얼른 엘리베이터로 향하는데, 등 뒤로 나직한 목소리가 울렸다.

"지금 퇴근해?"

이영은 간신히 표정을 관리하며 천천히 돌아섰다.

*가벼운 맞선*   189

"네, 지금 퇴근하려고요."

"그런데 지금 나 피한 거야?"

그가 서늘한 눈빛으로 그녀를 바라보며 물었다.

"제가요? 언제요?"

이영은 모른 척 딱 잡아뗐다.

"그렇지? 날 피할 리가 없잖아."

거만한 얼굴엔 한 치의 거리낌도 없었다.

지금 그녀가 가장 피해야 할 인간이 바로 그였다. 그런데 피할리가 없다니. 저런 자신감은 어디서 나오는 걸까.

이영은 아버지를 만나 오늘부로 회사를 그만둔다고 해야 할 판이었다.

"어디 가?"

짙은 눈썹 한쪽이 휙 올라가더니 그녀를 향해 위아래 훑어댔다.

"네? 약속이 있어요."

"가자. 데려다줄게."

"네? 왜요? 왜 그러시는데요?"

이영은 갑작스럽게 친절하게 구는 재원 때문에 경기를 할 지경이었다.

"따질래?"

"저, 저는 회사 앞에서 만나기로 했어요. 그럼 내일 뵙겠습니다."

이영은 마침 도착한 엘리베이터로 뛰어갔다. 문이 닫히려는 순간 그가 문을 턱 붙잡고 다시 열림 버튼을 누른 뒤 안으로 유유히 들어왔다. 1층 버튼을 누르는 이영의 손이 달달 떨려왔다.

"왜 그렇게 떠는 거야?"

"네?"

"내가 잡아먹기라도 해?"

"네에?"

"자꾸 네네, 거릴 거야?"

"하아, 그게 아니라. 무슨 말씀이신지……."

엘리베이터가 1층에 도착하고 문이 열리자마자 이영은 쪼르르 밖으로 뛰쳐나왔다. 그리고 그를 향해 허리를 90도로 숙여 인사를 한 뒤 건물 밖을 향해 뛰었다.

"저렇게 뛰다가 넘어질 텐데."

재원은 그래 봤자 부처님 손안이라는 듯 느긋하게 그녀의 뒤를 따랐다.

"어이, 강이영! 여기야!"

저 눈치 없는 자식이 왜 소릴 지르고 난리야.

이영은 얼른 달려가서 동훈의 입을 틀어막을 생각이었다. 그런데 저를 향해 달려오는 이영을 본 동훈은 반가워서 달려오는 줄 알고 덥석 이영을 낚아채더니 한 바퀴 빙그르르 안아 돌렸다.

"꺄악!"

이영은 갑작스러운 그의 행동에 놀라 비명을 질러댔다. 그런데 그 비명이란 것이 보는 사람에 따라서 기쁨의 환호성처럼 들릴 수도 있었다.

"자식, 그렇게 보고 싶었어?"

동훈은 이영의 솜사탕 같은 머리카락을 마구 헝클어뜨렸다.

"뭐야, 너 미쳤어? 여기가 어디라고 그래!"

이영은 동훈의 가슴팍을 때리며 얼른 팔을 잡아당겼다.

"자식, 좋으면 좋다고 하지. 앙탈은."

"넌 다 좋은데 한 번씩 하는 그 오버질에 내가 미치겠어."

이영은 어금니를 깨물고서는 동훈을 잡아끌었다. 뒤를 돌아보면 행여나 재원과 눈이 마주칠까 봐 앞만 보고 걸었다.

그런 그녀의 뒷모습을 딱딱하게 굳어진 채 바라보던 재원의 눈이 사납게 치켜 올라갔다.

약속이 있다더니 남자 만나는 거였어? 간도 크게 내 회사 앞에서 끌어안고 난리를 떨어대?

"강이영, 날 시험에 들게 하지 마."

재원은 청바지 주머니에 손을 끼워 넣은 채 이영이 지나간 길을 그대로 밟았다.

참을성이라곤 쥐꼬리만큼도 없는 그가 오늘 이영을 불러들이지 않기 위해 얼마나 참았는지 모른다. 그나마 없는 인내심을 발휘해서 퇴근 시간까지 기다렸는데, 닭 쫓던 개 지붕 쳐다보는 꼴이 되고 말았다.

그는 이영을 찾아온 저 녀석이 누군지 단번에 알아챘다.

남녀칠세부동석. 그 정도까진 아니더라도 남자가 사타구니에 털이 나기 시작하면 그때부터는 누가 뭐라 해도 다 똑같은 짐승이 된다고 믿고 있었다.

재원은 둘이 들어간 술집의 간판을 보며 그 앞에서 담배 하나를 꺼내 입에 물었다. 깊숙이 연기를 삼킨 재원은 2층 호프집을 바라보며 연기를 길게 내뿜었다.

후우.

차가운 밤바람에 연기가 흩어졌다.

그렇게 담배 한 개비를 다 피우고 마지막 재를 털어낼 때까지 그 자리에 서 있던 재원은 천천히 발걸음을 옮겼다.

"그래, 오늘이 마지막이야, 강이영."

그 녀석 만나는 것도.

미친놈처럼 그저 돌진하는 것이 그의 스타일이었지만, 오늘만은 봐주기로 하고 호프집 앞을 떠났다.

이영은 그가 뒤를 따라오는 것도 모른 채 그저 어딘가로 숨어버리고 싶은 마음에 동훈을 데리고 눈에 띄는 아무 곳에나 들어왔다. 어두컴컴한 조명에 칸막이가 쳐져 있는 테이블은 마치 아가씨가 나오는 술집 같은 분위기였다.

"나가자. 여긴 좀 그렇지 않아?"

동훈이 대학교 앞의 호프집을 생각했다가 분위기가 영 다르자 이영의 손을 잡아끌었다.

"아니야. 여기 괜찮네. 조용하니."

이영은 동훈의 팔을 뿌리치고 안으로 들어갔다. 그런 그녀를 의아한 눈빛으로 바라보던 동훈은 하는 수 없이 이영이 앉은 맞은편에 앉았다.

"무슨 일인데 그래?"

"그냥. 일단 술이나 시켜봐."

동훈은 종업원에게 호프와 감자 안주를 주문한 뒤 이영의 표정을 살폈다.

"누가 너 괴롭혀?"

"어. 상당히 심각하게."

"누군데 그래?"

"있어."

"나치?"

"어, 너 기억하는구나?"

"설마 그 사람 자빠뜨린다더니 마음이 바뀐 거야?"

"지금 그게 중요한 게 아니야. 저 사람이 완전히 돌직구를 날리는 바람에 내 입장이 말이 아니야."

"그게 무슨 말이야? 설마 너 좋다고 그래? 저 사람이?"

동훈이 신경을 날카롭게 세우며 물었다.

"응, 꼭 그런 건 아닌데, 비슷하긴 해."

이영이 얼버무리며 대답했다. 그런 이영의 모습을 바라보던 동훈은 버럭 성질을 냈다.

"회사 때려치워. 꼭 다녀야 해?"

"안 그래도 오늘 아빠한테 말할 거야. 여긴 더 이상 다니기가 어려울 것 같아."

"조신하게 집에서 신부수업이나 해. 나 곧 취업할 것 같다."

"신부수업이랑 너 취업이랑 무슨 상관이야? 무슨 인과관계가 있다고 거기다 갖다 붙이니?"

"그렇다면 그런 줄 알아!"

동훈이 얼굴을 벌겋게 물들이며 쏘아붙였다.

"왜 소릴 지르고 그래? 아무튼 난 지금 저 남자 때문에 꽤 심각하거든?"

"그 사람 좋아해?"

동훈이 갑자기 나직하게 묻자 이영이 잠깐 멈칫했다.

"너 왜 목소리 깔고 그래?"

"묻는 말에 대답이나 해."

"……그게 정확히는 잘 모르겠는데, 오늘 무슨 일이 있었냐면……."

이영이 잠깐 말을 멈춘 사이 호프와 안주가 나왔다. 술잔을 내미는 동훈을 보며 이영은 오늘 있었던 일을 하나도 빠짐없이 털어놓았다. 묵묵히 술을 들이켜며 이야기를 듣던 동훈은 낮게 한숨을 내쉬었다.

"나 확실히 찍힌 거 맞지? 응?"

이영이 동훈의 대답을 기다렸다.

"넌 뇌가 옵션이야? 생각이란 걸 해."

동훈이 버럭 화를 내자 이영이 눈을 동그랗게 뜨며 그를 쳐다봤다.

"딱 봐도 그 사장이란 사람이 너 찍은 거잖아."

"그래, 그래서 찍힌 거 맞느냐고 물었잖아."

"이 바보야, 네가 생각하는 그런 게 아니란 말이야."

"아니면 뭐야? 뭔데?"

"에잇, 몰라. 아무튼 그만둬. 당장."

"내가 바보 멍청이지. 너랑 무슨 대화가 된다고 너를 불렀을까.

일어나. 기분 다 잡쳤어."

"계집애가 말본새하곤."

"나 이런 거 이제 알았어? 너랑은 대화를 삼 분 이상 나눌 수가 없어."

"나도 마찬가지거든. 기지배가 무뎌 터져서는."

"내가 너 다시 보면 사람이 아니야, 사람이."

"내가 너한테 먼저 연락하면 네 아들이야. 알아?"

둘은 그렇게 서로 싸우다가 이영이 먼저 자리를 털고 나와버렸다. 계단을 내려온 이영은 씩씩거리며 서 있다 동훈이 나오질 않자 계단 위를 노려보며 홱 돌아섰다.

혼자 남은 동훈은 맥주를 벌컥벌컥 들이켜며 화를 삭였다. 아직 학생 신분에 이영을 좋아하는 마음만으로 어떻게 할 수 없는 것이 속상하기도 했지만, 그녀에게 달라붙는 사장이란 남자 때문에 여간 신경 거슬리는 게 아니었다. 게다가 이영은 어찌나 무딘지 대놓고 말해도 그 심각성을 모르니 환장할 노릇이었다.

"제길!"

혼자서 머리를 마구 헝클어뜨리며 욕설을 내뱉던 동훈은 태주에게 전화를 걸었다.

"야, 너 뭐 하냐? 술이나 마시자."

-설마, 폭탄선언 같은 건 아니지?

"내가 너냐?"

-오, 차동훈 멘스 기간이냐? 그럼 나 피하련다.

"의리 없는 놈. 끊어."

-야, 끊지 마. 혜선이 여기 있는데, 너 있는 곳에 간다네. 혜선이 보낼게.

"그러든지. 위치 문자로 보낼게."

-알았어. 그럼 둘이서 뜨거운 밤 보내.

"미친놈."

동훈은 전화를 끊은 뒤, 그 사장이란 자의 얼굴을 떠올리며 주먹을 움켜쥐었다. 결코 만만한 자가 아니었다. 같은 남자가 봐도 어디 하나 꿀릴 것 없을 만큼 당당해 보였다.

하필이면 그런 자가 이영을…….

끓어오르는 열등감에 동훈은 술을 들이마셨다.


"아빠, 나 왔어."

이영은 현관을 들어서며 힘없는 목소리로 주식을 불렀다. 그런데 어째 집 안이 조용했다. 신발을 벗으려던 이영은 여자 구두를 발견하고 얼굴을 굳혔다.

"어, 딸 왔어?"

주식이 안방에서 허겁지겁 달려 나왔다. 그 모습을 보아하니 안방에 있는 사람이 누군지 알 것 같았다. 이영이 힐난의 눈초리로 주식을 쳐다보자 주식이 머리를 긁적이며 말했다.

"자식이, 연락도 없이 들이닥치면 어쩌자는 거야?"

"최 여사님 있는 거야?"

"쉿!"

"초저녁부터 그러고 싶어?"

"자식이, 사랑에 국경만 없는 줄 알아? 시도 때도 없는 거야."

"그게 자식한테 할 소리야?"

"모처럼 분위기 잡았는데 방해하지 말고 얼른 가. 어서. 아버지 이팔청춘 아니야."

주식이 이영의 등을 떠밀었다.

"내가 여기 다시는 오나 봐."

"듣던 중 반가운 소리."

"아빠!"

"무슨 일 있는 건 아니지?"

"없어. 없다고!"

"그럼 잘 가."

주식이 손을 흔들며 딸을 내보낸 뒤 문을 야무지게 닫아버렸다. 쫓겨나다시피 나온 이영은 허탈한 웃음을 터트렸다.

이영은 택시를 타고 오피스텔로 향했다. 그녀가 갈 곳은 이제 작은 오피스텔밖에 없었다.

멍하니 택시 뒷좌석에 앉아서 창밖을 내다보던 이영은 내일부터 어떻게 해야 할지 암담한 마음에 창문에 머리를 콩콩 박아댔다. 회사 분위기는 오늘보다 더 나쁠 것이고, 가가멜도 더 괴롭혀댈 것이 분명했다.

"아가씨, 거기다 그러면 안 돼."

택시 기사가 룸미러로 이영을 쳐다보며 말했다.

"아, 네. 죄송해요."

이마를 떼어낸 이영은 뒷문 유리창이 저절로 올라갔다 내려갔다 하는 것을 보며 놀란 눈으로 기사를 쳐다봤다. 혹시나 이상이 있을지 몰라 확인해보는 모양이었다. 기가 막힌 이영은 오피스텔에 도착하기 한참 전이지만 택시를 세웠다.

"저기 세워주세요."

이영은 돈을 내고 재빨리 택시에서 내렸다.

버스 한 정거장 정도 거리가 남았지만 걸어서 가기로 하고 털레털레 밤길을 걸었다. 한참을 걷다 보니 어느새 오피스텔 앞이었다.

"강이영."

나직이 그녀의 이름을 부르는 소리에 주위를 두리번거렸다.

"어딜 봐. 여기야."

저만치 오피스텔 근처 가로등 밑에서 누군가가 걸어왔다. 기다란 그림자를 만들며 다가오는 사람은 다름 아닌 사장이었다.

"사, 사장님이 여기 웬일이세요?"

"왜 전화 안 받아?"

"지금 그거 때문에……."

"아니. 너 보려고."

새카만 눈동자가 꿰뚫을 듯 응시해왔다. 바람이 불어 그의 머리카락이 흩날리자 옅은 스킨 향이 부드럽게 밀려들었다.

"그러니까 왜……."

"몸으로 보여줘?"

낮게 속삭이듯 은밀하게 말하는 그는 지나치게 위험했다. 철렁 내려앉은 이영의 심장은 되돌아올 생각을 하지 않았다.

몸으로 뭘 어떻게 보여준단 말인가.

마치 핥는 것처럼 바라보는 시선에 이영은 진저리를 쳤다.

"걸면 좀 받아."

그의 밑도 끝도 없는 말에 이영이 눈을 크게 뜨고 바라보자 휴대폰을 꺼내 가리켰다.

"아."

"늦었다. 어서 들어가."

"아, 안녕히 가세요."

뭔가 이상하긴 했지만, 이영은 그가 순순히 보내줄 때 어서 가자 싶어 뛰다시피 걸었다.

재원은 그런 그녀의 뒷모습을 보며 싱긋 웃었다.

일단 자신의 범주 안에 들인 이상 그다음부터는 그도 알 수가 없었다. 그녀를 향해 흘러가는 마음을 통제할 수도 붙잡을 수도 없을 거란 사실은 이미 예감했었다.

역시나 그랬다.

무조건 직진. 그가 아는 길은 그랬다.

이미 강이영에게 직진하기로 한 이상 부딪쳐 부서질지언정 멈추지 않을 생각이었다.

한편, 이영은 엘리베이터에 오르며 뛰어대는 심장을 지그시 눌렀다. 그가 집 앞에서 기다리고 있을 거라 생각지도 못했었다. 자신을 이렇게 보러 올 만큼 원하고 좋아한다는 사실이 심장을 떨려오게 했다. 걷잡을 수 없이 쿵덕대는 것은 알코올 탓일 수도 있지만, 분명한 것은 그의 미소가 너무 멋져 보인다는 것이었다.

제6화

무조건 직진뿐

"강이영 씨, 잠시만 봐요."

다음 날 이영이 출근하자마자 박선호 팀장이 불렀다.

"네."

이영은 그래도 그가 불러줘서 반가운 마음에 대답을 크게 하고 그의 사무실로 들어갔다. 블라인드가 내려진 그의 방은 밖에서 안을 볼 수가 없었다.

"거기 앉아요. 커피 할래요?"

"아니에요. 제가 한잔 가지고 올까요?"

"나도 됐어요."

그가 자리에서 일어나 그녀 앞으로 와서 앉았다.

"이지수 팀장은 일단 휴직 처리했어요. 이영 씨가 이해해요."

"아, 저도 뭐, 잘한 건 없는걸요."

"그렇게 생각하니까 다행이네요. 재원이가 고지식해서. 이영 씨가 말 좀 잘해줘요. 그래도 이 팀장 여기서 열심히 일했는데 그냥 내쳐지기엔 좀 아깝잖아요."

"네, 별 도움이 안 되겠지만 그럴게요."

"고마워요. 회사 분위기가 그래서 일하기 힘들지 않아요?"

"조금 그렇긴 해요. 그래도 어쩔 수 없죠. 그만둘까 생각했는데, 6개월은 채우려고요."

"그래요. 아, 이거 마실래요?"

그가 비타민 음료수를 꺼내 그녀에게 내밀었다.

"감사합니다."

이영은 그것을 받아 들고 가만히 손에 쥐었다.

"그럼 나가봐요."

"네, 수고하세요. 그리고 고맙습니다."

"뭘요. 수고해요."

이영은 그가 준 비타민 음료수를 손에 꼭 쥔 채 방을 나왔다.

"왜 거기서 나오는 거야?"

재원이 그녀의 책상에 비딱하게 기대어 선 채 보고 있었다. 머리부터 발끝까지 훑어대는 시선이 날카롭다 못해 따가웠다.

"안녕하세요, 사장님."

이영은 놀란 얼굴로 인사를 건넸다. 출근하자마자 왜 또 납신 걸까. 이젠 그를 보면 자동으로 심장이 뛰어댔다.

"별로 안녕 못 해."

낮게 가라앉은 목소리가 심상찮았다.

"그건 뭐야?"

그가 성큼 다가와서 손에 들린 것을 뺏어 들었다.

"내가 마셔도 되지?"

"……아, 그게."

미처 말릴 틈도 없이 따서 홀라당 마셔버리는 그였다.

"수고해."

벙진 그녀를 뒤로한 채 재원은 곧바로 선호의 방으로 들어갔다. 선호는 재원을 보자마자 자리에서 벌떡 일어났다.

"고맙다."

그가 왜 고맙다고 하는지 다 알고 있는 재원은 그저 건성으로 고개를 끄덕이고서는 방을 휘이 둘러보았다. 그 눈빛이 매처럼 날카롭고 예리했다.

"왜 그래?"

"답답하지 않아? 왜 이렇게 블라인드를 내리고 있는 거야."

재원은 선호의 방에 내려진 블라인드를 사정없이 걷어 올렸다. 밖에서도 안을 훤히 볼 수 있게 되자 그제야 고개를 끄덕이고서는 방을 나서며 한마디 던졌다.

"좋네. 앞으로 요대로 있어."

선호는 재원의 뜬금없는 행동에 의미심장한 미소를 지었다.


설계도면을 살피던 재원은 자꾸만 생각이 다른 쪽으로 흘러가는 바람에 집중할 수가 없었다. 모든 신경이 한 여자에게로 향해 있으니 잘될 리가 없었다.

지금까지 전혀 느껴보지 못했던 생소한 감정에 지금 자신이 정상인지, 비정상인지조차도 헷갈렸다.

진득하니 자리에 앉아 있지 못하고 자꾸 엉덩이를 들썩이며 자리를 벗어났다. 한 시간에 한 번씩 실내디자인팀을 들락거리니 직원들이 그의 눈치 보기에 바빴다. 자유로운 분위기 속에서 창의적인 일을 하도록 내버려두는 것이 그의 스타일임에도 불구하고 감시하듯 들락거리니 디자이너들이 여간 불편해하는 것이 아니었다.

정작 재원의 관심은 다른 곳에 있는데도 말이다.

그는 직접 두 눈으로 확인하고 얼굴을 보고 와야지만 안심이 되었다. 행여나 누가 그녀를 괴롭히진 않는지, 집적대는 건 아닌지 걱정도 되고 그녀 주위에서 알짱거리는 것들은 죄다 거슬렸다.

제 것에 대한 소유욕이 지나칠 만큼 강한 재원이었지만, 사람에 대한 집착까지 이토록 맹렬히 타오를 줄은 상상도 못 했었다.

아무래도 곁에 데려다놓아야 할 것 같은데 과연 순순히 잘 따라와줄지 의문이었다.

재원은 설계도면을 덮어놓고 김 비서를 호출했다.

"김 비서, 나 좀 봐."

-네, 사장님.

재원은 문을 열고 들어오는 김 비서를 뚫어지게 쳐다봤다. 처음으로 여자란 생각을 가지고 머리부터 발끝까지 훑었다.

짙지도, 그렇다고 연하지도 않게 적당한 톤으로 화장을 한 얼굴은 예쁘장했다. 몸매나 키도 흠잡을 곳이 별로 없었다. 객관적으로 봐도 꽤 괜찮은 축에 속했다.

그런데 왜 지금까지 단 한 번도 여자라고 느껴보질 못했을까.

눈을 가늘게 뜨고 김 비서의 위아래를 훑어댔다. 이영에게 느끼는 그런 간질거리는 감정이나 심장이 졸아드는 기분이 전혀 들지 않았다.

한참을 바라보다 그녀를 불러들인 본래 목적을 떠올리며 낮은 목소리로 물었다.

"올해 몇 살이야?"

재원은 이영과 나이 차가 제법 많이 나는 탓에 어떻게 하면 좀 더 자연스럽게 접근할 수 있을지 고민했다. 여자는 여자가 잘 안다고, 김 비서한테 조언을 얻을 수 있을까 해서 그녀를 부른 것이다. 그런데 어째 가까이서 보니 강이영보다 족히 열 살은 많아 보였다. 저래선 세대 차이를 좁힐 수 있을지 심히 의심스러웠다.

한편 김 비서는 품평회에 나가는 물건을 보듯 바라보는 시선에 움찔 몸을 굳혔다. 게다가 갑자기 나이를 묻는 것도 수상했다. 어떤 꿍꿍이속으로 그런 질문을 하는 것인지 불안감이 밀려왔다. 두 번 묻는 걸 제일 싫어하는 사장이었지만, 눈을 딱 감고 물었다.

"무슨 일로 그러시는지……?"

"몇 살이냐고."

아니나 다를까, 차갑게 되쏘는 말에 흠칫하며 최대한 빨리 대답했다. 그런 와중에 나이를 만으로 말하는 것도 잊지 않았다.

"스물아홉입니다."

설마, 나이 많다고 자를 생각인 걸까.

미현은 그의 의중을 몰라 속이 타들어갔다.

"애인은 있어?"

애인이 있다고 하면 직장 그만두고 시집이나 가라고 하는 건 아닐까 싶어 그녀는 본능적으로 거짓말이 튀어나왔다.

"어, 없습니다."

한 손으로 턱을 받친 사장은 마치 진실 여부를 캐내기라도 하듯 날카로운 눈빛으로 뚫어지게 쳐다봤다. 심장이 오그라들 대로 오그라든 미현은 잔뜩 주눅이 든 채 얼른 시선을 내렸다.

"김 비서가 볼 때, 난 남자로서 어때?"

순간 두 귀를 의심했다. 슬그머니 고개를 들어 그를 쳐다봤다.

몇 초 동안 얼어붙은 채 말을 잇지 못했다.

재원은 그런 미현을 빤히 바라보며 팔짱을 낀 채 의자 등받이에 몸을 깊숙이 묻었다.

"······왜 대답 안 해? ······별로야?"

설마 그럴까 하는 표정에는 확고한 자신감이 배어 있었다.

대놓고 저렇게 물으면 뭐라고 대답해야 할지 난감하기 그지없었다.

"······후, 훌륭하십니다, 사장님."

혀가 저절로 꼬였다.

"그래? 그럼 어떤 여자라도 나한테 호감을 느낀다, 이거지?"

"네, 당연하죠. 사장님 정도의 능력과 비주얼이라면 어떤 여자라도 다 반할걸요?"

"나이 어린 여자도?"

"무, 물론이죠."

"그럴 줄 알았어. 나가봐."

재원은 만족스러운 미소를 머금은 채 그녀를 내보냈다.

후들거리는 다리에 힘을 주며 방을 나온 미현은 자리에 털썩 주저앉았다.

"어, 김 비서, 왜 그래요?"

박선호 팀장이 마침 결재 서류를 들고 들어왔다.

"아, 아니에요."

"사장님 계시죠?"

"네. 들어가보세요."

"강이영 씨도 올 거니까 안으로 들여보내줘요."

"네, 알겠습니다."

미현은 박 팀장이 안으로 들어간 뒤 물 한 잔을 마시며 정신을 가다듬었다.

일단 자를 생각은 아닌 것 같긴 한데, 그 뜬금없는 질문은 뭐란 말인가. 여자가 생긴 걸까. 그것도 나이 어린 여자?

"안녕하세요?"

그 순간 이영이 다가와서 인사를 건넸다. 미현은 이영을 보는 순간 번뜩 머리를 스쳐 가는 생각에 실소를 터트렸다.

"어머. 그런 거였어?"

"네?"

뜬금없는 미현의 말에 눈을 동그랗게 뜨고 쳐다봤다.

"아, 아니에요. 어서 들어가봐요."

"네."

이영은 이내 화사한 미소를 보내며 집무실 쪽으로 발걸음을 옮겼다. 미현은 그런 이영을 찬찬히 뜯어보았다.

스무 살이라고 해도 믿길 만큼 맑고 깨끗한 피부에 오목조목 예쁘지 않은 곳이 없었다. 몸매도 아담하니 남자가 딱 안아주고 싶게끔 생겼다. 성격은 원래 붙임성이 좋은 모양인지 저한테 대하는 태도도 살갑고 다정했다.

그러니까 밝고 사랑스러운 여자가 취향이었던 거야. 음흉한 사장 같으니라고.


한편 이영은 얕은 한숨을 내쉬며 안으로 들어갔다. 이지수 팀장의 휴직 처분으로 인해 어쩔 수 없이 그녀가 맡았던 일을 직원들이 나눠 가지는 식으로 공백을 메우기로 했고 그녀에게도 일이 떨어졌다. 오늘 부른 이유도 그것 때문일 것이다.

이영이 들어가자 사장의 시선이 정확히 와서 꽂혔다. 주춤, 머뭇거린 이영은 박 팀장이 부르는 소리에 발걸음을 옮겼다.

"강이영 씨, 이리 와요."

박 팀장이 먼저 이영에게 자리를 권했다.

"거기 말고. 여기 앉아."

박 팀장의 말이 떨어지기가 무섭게 사장의 목소리가 내리꽂혔다. 낮지만 정확한 음성은 거부할 수 없는 뭔가가 있었다. 이영은 사장이 가리키는 자리로 가서 앉았다. 박 팀장과 마주 앉게 된 이영이 그에게 살짝 눈인사를 건네자 그도 싱긋 미소를 보내왔다.

"집중 안 해?"

둘을 사이에 두고 가운데 앉은 사장이 목소리에 날을 세웠다.

"말씀하시죠."

박 팀장이 그에게 집중하자 그제야 입을 열기 시작했다.

"이지수가 맡았던 강원도 팰리스 호텔 스위트룸 실내 장식은 강이영 씨가 맡도록 해."

"제가요?"

"왜? 자신 없어?"

비딱하게 쳐다보며 묻는 말에 이영은 대답을 얼버무렸다.

"나랑 같이 진행하는 거니까 크게 힘들지 않을 거예요. 그러니까 너무 걱정 말아요."

선호가 지수와 함께 진행하던 일이고, 이제 마무리 단계였기 때문에 크게 어려울 일은 없었다. 다만 장소가 강원도라서 거기까지 왔다 갔다 해야 하는 것이 조금 걸리긴 했다.

"박 팀장은 이번에 새로 따낸 대성 오피스를 담당하고, 팰리스 호텔은 내가 맡아서 할 거야."

"직접?"

"그래."

"뭐, 나야 상관없지만, 이영 씨는 괜찮겠어요?"

"안 괜찮을 건 또 뭐야. 그럼 내일 출장 가야 하니까 준비해서 출근하도록 해."

떨떠름한 표정으로 바라보던 이영은 대답 대신 인상을 찌푸렸다.

"대답 안 해?"

"솔직히 부담스러워요. 강원도까지 출장 가는 것도 그렇고……."

이영은 너 때문에 부담스럽다는 말을 조금 돌려서 말했다.

"네가 운전하는 것도 아니고, 다 끝나가는 일을 맡아서 마무리만 하는 건데 뭐가 힘들어?"

노골적으로 묻는 말에 이영은 입을 꾹 다물었다. 생각 같아서는 너 때문이라고 말하고 싶었다.

"설마, 내가 부담스러운 거야?"

눈치는 있는 모양이었다.

"사장님이랑 같이 일하는데 안 부담스러우면 그게 더 이상한 거 아닙니까."

박 팀이 중간에 나서서 이영을 도왔다.

"박 팀장 말고. 너."

단박에 박 팀의 말을 잘라버리고서는 이영을 뚫어지게 쳐다봤다. 그런데 어째 입꼬리가 위로 올라간 것이 묘하게 초점이 어긋난 느낌이 들었다.

"나 그렇게 어려운 남자 아니야. 편하게 생각해."

뜨악한 이영은 입을 떡 벌린 채 그를 쳐다봤다.

"대답 안 해?"

이영은 고개를 끄덕였다.

"좋았어. 그럼 그렇게 하기로 하고. 박 팀장은 나가봐. 강이영 씨는 잠시 남도록."

"저만요?"

"그럼 강이영이 여기 또 있어? 안 나가?"

선호를 향해 눈을 치켜뜨자 선호가 속 보인다는 식으로 피식 웃더니 서류를 챙기며 일어났다.

"자, 저는 이만 사라지겠습니다. 그럼 수고하십시오. 이영 씨도 파이팅!"

파이팅은 무슨. 혼잣말을 내뱉은 재원은 이영을 향해 몸을 틀었다.

"봤어? 시뮬레이션?"

"네? 아니요, 제대로 본 적은 없습니다."

"그럼, 보여줄까?"

"아닙니다. 박 팀장님한테 받아서 지금까지 진척 상황이나 그런 것들을 챙겨 보도록 하겠습니다."

"그럴 거 뭐 있어. 내 책상 앞으로 와. 보여줄게."

재원은 그가 직접 하지 않아도 될 일을 수고스럽게 하고 있었다. 다른 직원 같으면 박선호한테 자료 넘겨받고 알아서 준비하라고 했을 것이다. 지금 이렇게 친절하게 시뮬레이션을 돌릴 만큼 한가하질 않았다.

"여기 앉아."

재원이 제 의자에 그녀를 앉혔다. 그리고 그녀의 등 뒤에서 긴 팔을 뻗어 컴퓨터를 조작했다.

이영은 그녀의 정수리 위로 그의 콧바람이 뿜어져 나오자 목이 자꾸만 움츠러들었다.

"생각해봤어?"

지금 막 시뮬레이션을 보여주고선 생각이라니?

게다가 귓가에 대고 속삭이는 듯한 은밀한 음성에 이영은 저도 모르게 진저리를 치며 부르르 떨어댔다.

"부끄러워?"

"네에?"

놀란 이영은 뭔가 분위기가 이상하게 돌아간다 싶어 벌떡 자리에서 일어났다.

딱!

"아!"

머리로 재원의 턱을 들이받은 이영은 정수리를 매만지며 사장의 얼굴을 살폈다.

"괜찮으세요?"

"어."

벌건 얼굴이 심상찮아 보였다.

"나가봐."

그가 손짓하며 문을 가리켰다.

"죄송해요. 그러게 그렇게 가까이 있으면……."

"안 나가?"

"네, 그럼 이만 나가볼게요."

이영이 쪼르르 문으로 달려 나갔다. 그리고 문이 조심스럽게 닫히자 재원은 코를 감싸 쥐고 있던 손을 내려놓으며 낮게 욕설을 내뱉었다. 눈물이 쏙 빠질 만큼 제대로 박혔다. 눈앞에 별이 반짝였다.

"제길! 코뼈 나가는 줄 알았네."

이영이 앉았던 제 의자에 털썩 앉자 기분이 묘했다. 그녀의 체온이 전해져 오는 것 같아 아픈 것도 잊은 채 언제 그랬냐는 듯 저절로 입꼬리가 올라갔다.

회전의자를 빙글빙글 돌리며 실실 웃고 있던 재원은 노크 소리에 움직임을 멈추었다.

"저, 사장님 지금 총무팀에서……. 어? 괜찮으세요?"

김 비서가 그를 보며 쏜살같이 달려왔다.

"왜 그래?"

싸늘하게 묻는 그의 표정에 움츠러들 만도 하건만 김 비서는 머뭇거림 없이 달려와서 그에게 티슈를 내밀었다.

"과로하셨나 보네요. 코피가, 세상에."

"……강이영 잡아와. 당장."

티슈를 받아 든 재원은 서늘한 목소리로 중얼거렸다.

"사장님, 한약이라도 드셔야 하는 거 아니세요?"

미현의 말에 재원이 눈살을 찌푸리며 쳐다봤다.

"그, 그러니까 아무래도 나이 차가 많이 나면 힘드시잖아. 그냥 그렇다고요."

재원의 눈빛이 얼굴을 뚫을 것 같았다. 미현은 슬그머니 말꼬리를 내리며 자리에서 물러났다.

"나이 차는 무슨. 그 정도면 딱이지."

재원은 휴지로 콧구멍을 막으며 씩 미소를 지었다.


재원은 이영과 단둘이 강원도로 간다는 사실 때문에 내내 들뜬 기분에 마음이 진정되질 않았다. 저녁에 퇴근해서 잠들기 전까지도 이런 상태는 지속됐다. 휴대폰을 만지작대다가 결국은 문자를 보냈다.

**[내일 새벽 5시에 오피스텔 앞에서 보자.]**

사실 이렇게 일찍 갈 이유는 없었다. 그런데도 마치 수학여행을 기다리는 중학생처럼 들뜬 마음에 문자를 보내고야 말았다.

오피스텔 앞으로 가겠다는 친절을 베풀긴 했지만, 돌아오는 그녀의 대답엔 우는 모양의 이모티콘이 따라왔다.

마치 그녀의 모습같이 귀엽고 사랑스러운 느낌에 한참을 들여다보며 웃었다. 누군가와 특히 여자와 이런 문자를 주고받은 적이 단 한 번도 없던 그는 이 모든 것이 신기했다. 신세계를 경험하는 사람처럼 설레는 두근거림이 내내 심장을 압박해왔다.

재원은 침대에 누워서 이영을 떠올리다 잠이 들었다. 그리고 새벽같이 일어났다. 자동으로 눈이 번쩍 뜨였다. 드디어 출발이다.

재빨리 씻고 난 뒤 드레스룸에서 정장이 걸린 코너를 지나쳐 캐주얼한 옷들이 걸린 곳으로 가서 마음에 드는 옷을 집어 들었다. 그레이 톤의 살짝 넉넉한 목폴라와 짙은 색의 슬랙스를 골랐다. 아우터로는 카키색의 피시테일 파카를 집어 들었다.

옷을 다 입은 뒤 집을 나서려다 행여나 그녀가 옷을 얇게 입고 올 것을 대비해 체크무늬의 목도리를 집어 들었다. 마지막으로 워커를 신고 집을 나선 재원은 그가 즐겨 타는 랜드로버 레인지에 시동을 걸었다.

출발하고 나니 도착하면 전화를 한다고 할 걸 괜히 입구에 나와 있으라고 한 것 같아 후회되었다. 가로등이 밝히고 있지만 아직은 새벽이고 드문드문 다니는 차들 때문에 신경이 쓰였다. 그러다 그녀의 동네가 어둡고 위험하다는 데 생각이 미치자 그때부터 정신없이 차를 몰았다. 전속력으로 새벽길을 달렸다. 헤드라이트가 전방을 비추며 오피스텔 입구에 다 와갈 때, 그의 눈에 한 여자가 들어왔다.

빨간색 파카를 입은 그녀는 모자를 뒤집어쓰고 인도로 나와 있었다. 어둠이 짙은 새벽 하얀 입김을 뿜어대며 발을 동동거리는 모습에 저절로 안도의 숨이 내쉬어졌다.

차를 천천히 갖다 대자 고개를 숙이며 그를 확인하더니 차에 폴짝 올라탔다.

"안녕하세요?"

왼쪽 뺨에 들어가는 보조개가 눈에 들어왔다. 차 안의 등이 꺼지자 이영의 얼굴이 제대로 보이질 않았다. 재원은 긴 팔을 뻗어 은은한 주황색의 룸 등을 켰다.

"저, 여기 커피 있어요. 드세요."

보온 텀블러에 담긴 커피를 컵 홀더에 내려놓았다. 그것을 물끄러미 바라보던 재원은 차를 출발시키기 전 한 모금 들이켰다. 달달한 믹스커피였다. 원래 블랙커피만 마시는 재원은 군말 없이 마셨다.

"입에 맞아요?"

초롱초롱한 눈망울로 바라보며 묻는 모습에 피식 웃음이 나왔다. 여자와 이렇게 이른 새벽 얼굴을 맞대본 적이 있었던가.

낯설고 묘한 긴장감에 심장이 떨려왔다. 우윳빛 피부에 폭 파인 보조개, 분홍빛 입술을 바라보며 침을 삼켰다. 손바닥에 들어차는 긴장감에 주먹을 쥐었다 폈다를 반복하며 바지에 땀을 닦아냈다.

"출발한다."

끝이 갈라진 목소리가 튀어나왔다.

"네."

새벽이라서 그런 걸까. 이영의 목소리도 잠긴 것이 약간 허스키하면서도 관능적이었다.

딱딱하게 굳은 얼굴로 정면을 바라보며 그렇게 달렸다. 한참을 가다 보니 이영이 꾸벅꾸벅 졸고 있었다.

팔을 뻗어 룸 등을 끄고 눈에 거슬리는 불빛을 치워냈다. 담배 생각이 간절했지만, 새벽 공기를 흐리고 싶지 않단 생각에 꾹 참았다.

이대로 멈추지 않고 쭉 달려볼까.

강이영, 널 데리고 멀리 달아날까.

나만 보고 살 수 있는 곳으로 가면 될까.

그러면 나를 좀 봐주려나?

누구에게나 친절하고 다정한 그녀는 그가 아니더라도 이른 아침 운전하는 사람을 위해 커피를 타 와서 건넸을 것이다.

그 친절이 그에게 국한된 것이 아니란 사실 때문에 가슴속에 질투가 확 타올랐다. 특유의 독점욕과 소유욕에 발동이 걸렸다. 짙은 두 눈을 빛내며 어둠 속에 자고 있는 그녀를 쳐다보았다.

만약 저를 이성으로 느낀다면 이렇게 맘 편하게 잠을 잘 수 있을까.

재원의 보기 좋은 입매가 비틀어졌다.

그래도 마음이 쓰이는 것은 어쩔 수 없었다. 결국 차를 갓길에 세워 그녀의 시트를 뒤로 젖히고 편히 잘 수 있도록 했다.

얼굴에 흘러내린 머리카락을 쓸어 넘기고 싶은 마음이 간절했다. 레버를 당기기 위해 몸을 그녀 쪽으로 기울인 순간 코끝에 파고든 향기가 계속 맴돌았다. 마음껏 취하고 싶은 향이었다.

재원은 목에 걸친 목도리를 빼서 넓게 펴 그녀의 다리 위를 덮어주었다. 아무리 차 안에 히터가 나오더라도 썰렁할 것이다. 단숨을 내쉬며 자는 그녀를 바라보다 서서히 차를 출발시켰다.


이영은 누군가 자신을 부르는 소리에 눈을 비비며 일어났다. 순간 제 처지를 깨닫고 화들짝 놀라 몸을 똑바로 세웠다. 따뜻한 바람이 나오는 차 안은 편안하고 쾌적했다. 기분 좋은 나른함에 아무리 잠을 쫓으려 해도 이겨낼 수가 없던 이영은 그만 잠이 든 모양이었다.

"어, 죄송해요, 사장님."

이영은 제 무릎에서 떨어진 목도리를 보며 그것이 그의 것이란 것을 떠올리며 곱게 접어 그에게 내밀었다.

"해."

"네?"

"추우니까 하라고."

"……네에."

이영은 지은 죄가 있으니 끽소리도 못 하고 그것을 목에 둘렀다. 빨간색 파카에 어울리는 코디가 아니었다. 그래도 하기 싫단 소리도 못 하고 눈치만 살폈다.

"여기 처음 아니니까 잘 알지?"

"네."

"코 골더라?"

"네에?"

"그것도 아주 심하게."

입고 있는 파카만큼이나 빨갛게 얼굴이 달아올랐다. 그런 그녀를 짙은 시선으로 바라보던 그가 낮게 웃으며 그녀의 머리카락을 헝클어뜨렸다.

"잘 속네."

꼼짝 않고 굳어버린 이영은 그가 차에서 내린 뒤에야 간신히 내릴 수 있었다.

뭐지? 뭐야? 지금 뭔가가 휙 지나간 것 같은데.

이영은 제 머리카락을 쓰다듬던 커다란 손과 쿡 웃음을 던지던 그의 미소에 넋이 나간 상태였다.

심장이 한차례 울렁이며 저도 모르게 숨이 가빠왔다. 이젠 예고도 없이 수시로 심장이 제멋대로 뛰어대니 큰일이었다. 이영은 살짝 붉어진 얼굴을 가렸다.

"안 와?"

그가 기다란 다리로 걸어서 벌써 저만치 가 있었다. 이영은 재빨리 그의 뒤를 따랐다.

주차장에서 호텔 입구로 향하는 길 곳곳에 미처 녹지 않은 눈들 탓에 빙판처럼 미끄러웠고, 이영은 조심한다고 했지만 넘어지는 불상사를 막질 못했다.

"아악!"

뒤로 벌렁 자빠진 이영은 엉덩방아를 찧어버렸다.

눈물이 쏙 빠질 만큼 아팠지만, 그가 뒤를 돌아보기 전에 일어나야 한다는 생각에 바닥을 짚었다.

그가 소리를 들은 모양인지 혹시나 하는 표정으로 돌아보더니 이영과 눈이 딱 마주쳤다. 미처 일어나지 못한 이영은 넘어지는 흉한 꼴을 보이지 않은 것으로 만족해야 했다.

검은 눈동자가 번뜩이는가 싶더니 어느새 코앞까지 다가온 그는 그녀를 단단히 받쳐 들었다.

"일어나 봐. 걸을 수 있겠어?"

놀릴 줄 알았는데 뜻밖이었다. 이영은 고개를 끄덕이며 한 걸음 내디뎠다.

"아!"

"뭐야, 아니잖아."

그가 무릎을 구부리고 그녀의 발목을 살폈다. 위로 올려다보며 물었다.

"여기야?"

"아, 아파요."

머리털이 쭈뼛 설 만큼 강렬한 통증에 이영은 그의 어깨를 붙잡고 소릴 질러댔다.

"제길!"

복숭아뼈 부위가 금방 부풀어 올라 그의 눈에 확연하게 드러났다.

"괘, 괜찮아요. 삐끗해서 그런 거예요."

"이걸 보고도 그런 소리가 나와?"

그는 이영을 단짝 안아 들었다. 놀란 이영은 그의 목에 팔을 감고 숨을 죽였다.

"어, 어딜 가는 거예요?"

"병원."

그가 차로 가려던 순간 호텔 벨 보이가 그들이 있는 곳으로 달려왔다.

"손님, 어디 다치셨습니까."

"제설작업 제대로 안 할 겁니까."

재원이 낮게 가라앉은 목소리로 서늘하게 내뱉었다. 눈빛은 보지 않아도 얼마나 살벌할지 상상이 가고도 남았다.

"죄, 죄송합니다."

호텔 안에서 일어난 사고에 대해선 호텔 측에서도 책임이 있겠지만, 엄연히 그녀가 잘못해서 넘어진 건데 너무하는 거 아닌가 싶은 마음도 들었다.

"먼저, 병원 어딥니까. 제일 가까운 곳이."

재원은 일단 병원부터 물었다. 차후에 다녀와서 응징하겠다는 뉘앙스가 강하게 느껴졌다.

"저 손님, 저희 호텔 의무실로 가시는 게 나을 것 같습니다. 지금 응급실 하는 병원은 여기서 한 시간가량 가야 합니다."

"안내하시죠."

재원은 그녀를 안은 채 그가 안내하는 곳으로 걸었다.

무거울 텐데.

이영은 아픈 것은 둘째 치고 지금 그에게 안긴 상황이 부담스러워 미칠 것만 같았다.

"내, 내려주세요. 제가 걸을게요."

"그 다리로 걷는다고?"

아랫입술을 깨물며 시선을 떨구었다.

부끄러워서 그러는데, 그렇게 노골적으로 쳐다보면 어쩌자는 건지. 이영은 당장 쥐구멍에라도 숨고 싶었다.

호텔 로비로 들어서자 안내 데스크에 있던 지배인이 뛰어나왔다.

사장을 알아본 지배인은 호들갑을 떨어대며 그들을 의무실로 안내했고, 간호사로 보이는 여자가 와서 이영의 발목을 보더니 반깁스를 해서 일단 응급조치를 했다. 호텔에서는 스키시즌에는 상주하는 간호사를 두는 모양이었다. 간호사는 아주 능숙하게 압박붕대까지 감아주고서는 약까지 주었다.

"다리를 위로 들어주시고 부기가 가라앉을 때까지 움직이지 않는 편이 좋습니다. 병원이 문을 열면 엑스레이를 찍어보는 편이 나을 것 같네요. 아무래도 인대 쪽에 손상이 갔을 것 같아요."

"잠시만 여기 있어. 나갔다 올게."

그는 이영을 혼자 의무실에 놔둔 채 자리를 비웠다.

40대 중반쯤으로 보이는 간호사는 이영에게 차를 한 잔 건네며 호기심이 짙은 얼굴로 물었다.

"애인이세요?"

"네?"

"아주 야성미가 철철 넘치시네요. 어쩜 저렇게 멋지데요?"

"누가요? 우리 사장님이요?"

이영이 그녀에게 되묻자 여자가 놀란 표정으로 되물었다.

"사장님이에요? 사장님치고는 아가씨한테 많이 친절하네요."

가가멜이랑 친절이란 단어는 상극이긴 했지만, 지금 그의 태도는 그렇게 보일 만도 했다.

"원래 저렇진 않은데……."

"아, 아가씨를 좋아하나 보네. 둘이 사귄 지 얼마 안 된 모양이에요? 지배인님이 쩔쩔매는 걸 봐도 보통 남자가 아닌 것 같은데."

"여기 스위트룸 리노베이션 맡은 곳 사장님이세요."

"아, 그러시구나. 아가씬 직원?"

"네."

간호사는 호기심이 짙은 얼굴로 그녀를 살피더니 의미심장한 말을 던졌다.

"저런 남자를 어떻게 움직였데? 도끼로 찍어도 절대로 안 넘어갈 것 같은데. 대단하네요."

"무슨 말씀이신지."

도통 알아들을 수 없는 말에 이영은 그저 어색하게 웃었다.

"그러니까 남자가 애가 타나 보네. 아가씨 둔한 것도 재주네, 재주야."

간호사의 호기심 어린 눈빛에서 놓여날 수 있었던 것은 그로부터 10분 정도 지나서였다.

재원은 간호사로부터 약을 받아 들고 다시 이영을 안아 들며 의무실을 나왔다.

간호사가 윙크를 날리며 잘해보라는 듯 입 모양을 벙긋댔다.

"뭐라는 거야."

이영이 나직하게 속삭이자 그가 흠칫하더니 눈을 맞추었다.

짙게 일렁이는 눈동자에 먹혀 들어갈 것 같아 얼른 시선을 피해 버렸다.

"룸을 잡았어. 어차피 작업하려면 쉴 곳도 필요하고. 호텔 측에서 마련한 곳이니까 그렇게 알아."

"네."

"내가 딴맘이 있어서 잡은 거 아니라고."

그녀가 갑자기 버럭 소릴 지르며 얼굴을 붉히는 재원을 멍하니 바라보았다.

누가 뭐랬어? 본성질 나오지?

"하아……."

이영은 저절로 한숨이 새어 나왔다. 어쩌다가 넘어져서 이 꼴을 당하는지.

동훈은 그런 그녀를 잘 알아서 지난번에 산책할 때도 손을 꼭 잡아주었었다. 넘어지면 골치 아프다고.

"자꾸 자극할래?"

"네에?"

엘리베이터가 도착하기 전에 그가 낮게 뱉어냈다. 목소리가 새되고 갈라져 있었다.

내, 내가 무슨 자극을 했다고?

"……하아."

억지를 정도껏 부려야지. 자꾸만 한숨이 새어 나왔다.

"너."

"네에?"

재원의 두 눈은 흥분으로 짙어졌다.

"자꾸 귓구멍에 숨 불어넣을래?"

"……!"

"간신히 참고 있는데."

"내가 뭘 했다고……!"

잔뜩 인상을 쓰고 중얼거리는 재원 때문에 이영은 당장 품에서 내리고 싶었다. 몸을 꿈틀거리며 빠져나오려 하자 그가 다시 낮게 뱉어냈다.

"어디서 배웠어? 남자 자극하는 건?"

"배, 배우긴 뭘 배워요? 내려주세요."

이영은 그의 뜬금없는 말에 얼굴을 붉히며 몸을 비틀어댔다.

"이것 봐. 일부러 이러는 거야?"

"네에?"

그제야 이영은 자신의 엉덩이를 자꾸만 찌르는 뭔가를 깨달았다.

"사, 사장님 변태 맞죠?"

"대놓고 유혹해놓고 변태라니."

"유혹은 누가!"

"아니야?"

이영은 입술을 질끈 깨물고 그를 노려보며 품에서 빠져나왔다.

그는 이영을 바닥에 내려놓은 뒤 팔짱을 낀 채 어디 걸을 수 있으면 걸어보라는 표정으로 느긋하게 내려보았다.

"엘리베이터 왔네. 타."

이영은 씩씩거리며 그를 노려봤다.

"안 타?"

말없이 한 발을 내디디던 이영은 뇌를 관통하는 통증에 눈을 질 끈 감았다. 등골로 식은땀이 쫙 흘렀다.

"거봐, 고집은."

그가 다시 그녀를 번쩍 안아 들더니 엘리베이터 안으로 들어갔다.

"유혹 안 했다고 쳐."

서늘한 얼굴로 내리꽂듯 바라보며 하는 말치고는 이상했다.

"안 했거든요?"

"그럼 내가 왜 이런 거야."

어처구니없는 얼굴로 그를 바라보던 이영의 얼굴이 발갛게 물 들었다.

자기가 세워놓고 나더러 물어보면 어쩌자는 거야.

변태 중에도 상변태였다. 이영은 화끈거리는 얼굴을 숨기려 그 의 가슴팍에 문대었다. 이상하게 변태라도 싫지가 않았다. 이런 변 태라면 한 다스도 괜찮을 것 같았다.

"이것 봐."

"아, 그, 그건 부끄러워서."

"하하, 부끄럽긴."

가슴팍에서 기분 좋은 심장의 떨림이 전해져 왔다.


이영은 소파에 앉아서 가만히 그를 쳐다보았다. 더운지 점퍼를 벗고 팔을 걷어붙인 채 그녀 앞으로 와서 바닥에 털썩 주저앉았다.

"강이영, 많이 아파?"

"조금요."

"발도 참 작네."

그가 이영의 발을 가만히 쳐다보더니 양반다리를 한 제 발과 비교를 하는 듯 양쪽을 번갈아 쳐다봤다. 찰싹 달라붙어서 이러는 모습이 잘 적응되질 않았다. 그래서 그런지 몸에선 이상하게 열이 났다. 이영은 목에 두르고 있던 목도리부터 풀어냈다.

"덥지?"

"조금요."

"파카도 벗어."

그가 직접 몸을 일으키더니 그녀가 점퍼 벗는 것을 도와주었다. 자꾸 얼굴을 가까이 들이밀며 곁을 떠나지 않는 사장 때문에 이영은 심장이 떨려 죽을 지경이었다. 숨조차 제대로 쉬지 못할 만큼 가까웠다.

"저, 일 안 해요?"

"해야지."

"어떡해요? 저 때문에 괜히."

"어떡하긴. 책임져야지."

눈을 반짝이며 입꼬리를 씩 올리는 모습이 아무래도 다른 생각에 빠진 듯했다. 엘리베이터 앞에서부터 자꾸 음흉한 눈길로 바라보며 이상한 소릴 해대더니 지금도 계속 끈끈한 분위기의 연장이었다.

"강이영."

"네."

"이름도 이쁘네."

"하, 하하. 고, 고맙습니다."

이영은 어색한 미소로 대꾸했지만 더는 참을 수가 없을 것 같았다.

"……발도 이쁘고."

"사장님, 사실 저 이러는 거 적응이 안 되거든요. 좀 떨어져주면 감사하겠어요."

이영은 도저히 견딜 수 없는 부담감에 결국은 엉덩이를 뒤로 밀며 그에게서 떨어졌다.

"책임져야지. 안 그래?"

"다리가 이래서 지금은 어려울 거 같은데요."

"누가 일 때문에 그래? 오늘 하루는 그냥 있어도 돼. 일은 내가 중간중간에 가서 작업 현장을 보고 올 거야."

"죄송해요."

"씻을래?"

"네? 왜요?"

"아니, 안 씻어도 괜찮아. 그럼 여기서 편하게 쉬고 있어. 난 잠시 나갔다 올 테니까."

"네."

"아, 만약 누가 문 열어달라고 해도 열어주지 말고."

문을 열어달라고 하는 사람이 있을까. 그녀로서는 그가 문을 열어달라고 하면 안 열어주는 게 맞지 않을까 싶었다.

"꼼짝 말고 있어. 갔다 올 때까지."

'책임져야지, 강이영.'

책임 타령을 해대던 그가 의미심장한 미소를 보낸 뒤 룸을 나갔다. 이영은 그런 그를 보며 가볍게 몸을 떨었다.

변태. 정말 변태야!

그가 자꾸 적극적으로 밀어붙이니까 저도 휩쓸려 정신을 차릴수가 없었다. 가슴이 두근대고 심장이 벌렁거려서 좀처럼 진정이되질 않았다.

이영은 화끈대는 얼굴을 양손으로 누른 뒤 정신을 차렸다.

이제부터 뭘 하지.

팔을 뻗어 소파 위에 놓인 가방에서 휴대폰을 꺼내 들었다. 그리고 제 다리를 사진으로 찍어 친구들에게 단체 톡을 보냈다.

**[내 다리.]**
**[뭐야. 다친 거야? 어쩌다가!]**

동훈이 제일 먼저 반응을 보였다.

**[덜렁대다 넘어진 모양이네.]**

역시 혜선이었다.

**[병원은 갔다 왔어? 거기 어디야? 회사는?]**
**[여기 강원도. 팰리스 호텔이야.]**

[눈 와?]

역시 있는 집 자식답게 놀 궁리부터 하는 태주였다.

[눈이 쌓여 있어. 설국이야.]
[오빠가 힘 좀 써볼까.]
[물어볼 거 뭐 있어. 가자.]

태주의 질문에 동훈이 곧바로 대답해왔다.

[나 그럼 조퇴해야겠네?]
[12시 우리 늘 보는 곳에서 보자.]

미주와 혜선도 죽이 척척 맞아떨어졌다.

[니들 정말 여기 올 거야?]
[눈이 우리를 부르는데 가야지. 보드복 입고들 와.]
[오지 마. 나 다쳐서 못 타는 거 알잖아. 그런데 왜 와?]
[누구랑 거기 간 거야? 나치?]

동훈이 제법 날카롭게 질문을 던졌다.

[응.]

**[기다려. 갈 테니까.]**

**[나치 대마왕이 알면 나 죽어.]**

**[지켜보면 알겠지.]**

이것들이 진짜.

강원도 팰리스에 또 모인다니 슬 기분이 들뜨는 것이 아픈 다리도 다 나은 기분이었다. 이영은 한쪽 발로 뛰며 베란다 쪽으로 향했다. 두꺼운 커튼을 걷자 눈부시도록 하얀 설국이 펼쳐졌다.

"와, 세상에."

리프트들이 굵은 전동선을 따라 움직이고 있었다. 가파른 경사를 따라 스키와 보드를 타고 활강하는 사람들이 보였다.

12시에 출발하면 3시쯤이면 도착해서 미친 듯이 보드를 타며 놀겠지?

이영은 다시 산자락의 리프트로 시선을 돌렸다. 차가운 창을 짚고 한참을 바라보다 문이 열리는 소리에 돌아보았다. 그는 손에 가득 설계도면을 들고 있었다.

"왜 서 있어?"

"아, 갑갑해서요."

"그 다리로 어디 나다닐 수 있겠어?"

"그렇겠죠?"

"기다려. 이거 검토 끝내고 일단 병원부터 가자."

"네."

그는 테이블 위에 좌르르 펼친 뒤 그것들을 하나씩 검토하기 시작했다. 디지털카메라로 찍은 것과 비교를 하며 일일이 살폈다.

"저도 도와드릴게요."

이영은 다시 한쪽 발로 뛰어서 그가 있는 곳으로 다가갔다.

"조심 안 해?"

얼른 자리에서 일어나 그녀를 부축하고 소파에 앉혔다.

원래 이렇게 자상한 캐릭터는 아니잖아.

"제가 원래 민폐형은 아닌데. 정말 죄송해요."

"죄송할 거 없어. 그리고 말 걸지 마. 집중해야 하는데 그렇게 말 걸면 곤란해."

그는 싸늘하게 내뱉고서는 서류에 고개를 파묻었다. 반듯한 조 각상처럼 잘생긴 그는 냉철한 눈으로 서류를 검토하며 재빨리 일 을 해 나갔다.

지금까지 이렇게 진지하게 일하는 모습을 본 적 없던 이영은 말 없이 그를 지켜보았다. 사무실에 앉아서 서류 작업만 하는 그가 아 니라서 그런지 얼굴은 적당히 그을려 있었고, 드러난 팔뚝도 마찬 가지로 구릿빛이었다.

문득 잔근육으로 덮인 팔뚝에 꿈틀대는 힘줄이 눈에 들어왔다. 저 팔로 그녀를 안아 들었단 사실을 떠올리자 얼굴이 발개졌다.

그가 하던 일을 멈추고 가늘게 뜬 눈으로 그녀를 쳐다보았다. 놀란 이영은 어찌할 줄을 모르고 그의 강렬한 시선에 붙들려버렸 다. 맞댄 눈동자가 짙게 반짝이며 동공을 파고들었다.

"젠장."

그는 펜을 내려놓고 낮은 한숨을 내쉬었다. 그리고 천천히 손을 뻗어 그녀의 뺨을 쓰다듬었다. 움찔 놀란 이영은 목을 움츠리며 몸을 뒤로 뺐다.

"안 해."

"……?"

갑자기 안 한다는 말이 무슨 뜻인지 몰라 눈을 커다랗게 떴다.

"아니, 못 참겠다. 도저히."

짙은 눈을 반짝이며 코앞까지 다가온 그는 고개를 기울이며 그녀의 입술에 살짝 입술을 맞대었다.

후드득. 심장에서 무언가가 떨어져 내렸다.

놀란 이영은 제 가슴을 움켜쥔 채 파르르 떨어댔다. 부드럽고 간질거리는 입맞춤이었다. 이런 입맞춤이라면 백 번도 더 할 수 있을 것 같았다. 그는 조심스럽게 그녀의 뺨을 간질이듯 더듬어대며 뒷머리를 잡아당겼다. 조금 더 오래 입술이 맞닿았다 떨어졌다.

"눈 감아."

그가 입술을 다시 갖다 대며 속삭였다. 이영은 그의 말에 저절로 눈이 감겼다. 낮게 속삭이는 음성은 달콤하다 못해 녹아내릴 것만 같았다.

순간 입술을 가르고 파고드는 그의 뜨거운 혀가 입안을 침범했다. 놀란 이영은 입을 꼭 다문 채 떨어댔다.

"입 벌려."

그가 잠시 입술을 떼어내고 그녀에게 속삭였다.

그러자 저절로 입이 벌어지고 그 틈으로 그의 혀가 파고들었다. 이영은 숨을 멈추고 그의 혀를 받아들였다. 입안을 부드럽게 파고

든 혀는 이영의 작은 혀를 톡톡 건드리며 비벼대다 짧은 신음을 터트리며 힘차게 빨아들였다.

"으읍!"

이영은 하늘과 땅이 뒤바뀌는 아찔한 감각에 물에 빠진 사람처럼 그의 옷을 붙잡았다.

"하아, 하아."

이영은 그의 입술이 떨어지자마자 숨을 몰아쉬었다. 그가 그런 그녀를 품에 끌어당겼다.

고개를 그의 가슴에 묻은 채 헐떡이던 이영은 제 심장 소리인지 그의 심장 소리인지 모를 격렬한 쿵쾅거림에 숨을 죽였다.

그가 크게 가슴을 들썩이며 숨을 몰아쉬었다. 그제야 이 소리가 어디서 나는 것인지 알 수 있었다. 흩어지는 이영의 숨소리와 그의 거친 숨소리가 뒤섞였다.

그가 이영의 정수리에 입술을 내리며 낮게 웅얼거렸다. 잔뜩 갈라진 목소리가 울렸다.

"우리가 지금 뭘 했는지 알아?"

"......!"

미, 미쳤어. 가가멜과 키스라니!

"강이영, 못 참겠다. 도저히."

그는 앓는 듯 말을 하더니 이영을 품에서 떼어놓으며 다시 입술을 겹쳤다.

조금 전보다 더 뜨겁고 거친 입맞춤이었다. 점점 그에게서 밀려난 이영은 어느새 소파에 누운 채 그의 키스를 받고 있었다.

블랙홀에 빠져드는 것처럼 아찔하고 짜릿한 어지러움에 정신없이 매달렸다.

결국 그가 고개를 들어 그녀를 무서운 눈빛으로 내려다보며 그녀의 손을 떼어놓았다. 가냘픈 팔목을 잡아 내리누르며 흥분을 삭였다.

"……위험해, 넌."

마음을 열자 미친 듯이 빠져드는 저를 통제할 수가 없어진 재원은 잠깐 나갔다 오면 그 열기가 사라질까 싶어 그녀를 혼자 내버려두고 스위트룸 공사현장으로 갔다.

일하고 있던 인부들이 그를 향해 인사를 해오며 이것저것 물어보고 그의 지시를 기다렸다. 재원은 평소와 다를 바 없이 정확하고도 재빠르게 지시를 내린 뒤 사진을 찍고 다시 룸으로 돌아왔다. 조금 머리를 식힌 탓에 괜찮을 줄 알았다.

그녀가 뿜어대는 달콤한 체향에 취하지 않을 자신은 없었지만, 그래도 자제할 수 있으리라 믿었다.

그런데 뺨 위로 끈질기게 달라붙는 시선에 그만 이성을 놓아버렸다. 맑고 순수하면서도 그래서 가장 치명적인 눈동자가 그를 직시해왔다.

괜찮을까. 이렇게 네 입술에 내 입술이 닿아도 괜찮을까.

망설이다 입술을 내렸다.

놀란 눈망울로 그를 바라보는 그녀에게 말했다. 눈을 감으라고.

말 잘 듣는 아이처럼 긴 속눈썹을 팔랑이며 눈을 감았다.

그 뒤부터 그는 제정신이 아니었다. 여린 입안을 휘저어대는 탐

욕스러운 제 입술은 욕심이 끝도 없었다.

그의 옷을 사정없이 당기며 매달리는 그녀를 간신히 떼어놓았다.

더 나갈 수도, 멈출 수도 없는 그는 지금 최대한 인내를 끌어올려 참고 있었다.

발갛게 부풀어 오른 도톰한 입술에 제 타액이 묻어 있었다. 그 입술을 혀로 핥으며 거친 마음을 조금 달래려 했다. 그런데 이 작은 마녀가 혀를 내밀어 그의 입술을 핥았다.

"……유혹, ……하지 말랬지?"

그저 숨만 쌕쌕거리며 올려다보는 그녀는 제 모습이 얼마나 야한지 모르는 모양인지 그저 고개를 저어댔다.

재원은 아래로 몰리는 감각에 이를 악물었다.

"……저, ……불편해요. 자꾸 닿아서."

이영이 무릎을 구부리며 그의 급소를 건드렸다.

딴에는 피한다고 그러는 모양인데 재원은 죽을 맛이었다.

"……나는?"

재원이 이를 악물며 말했다.

"나는 얼마나 불편하겠어. 생각 안 해봤어?"

"……그걸 생각해봐야 하나요?"

"그러니까 니 건 니가 알아서 해라, 뭐, 그런 말이야?"

그는 눈을 가늘게 뜨며 이영을 노려보았다.

"제가 어떻게 해줄 수 있는 것도 아니고……."

입술을 깨물며 옹알거리는 이영을 확 잡아먹고 싶은 생각뿐이었다.

"니가 아니면 누가 해?"

"네에?"

"지금, 너 말고 누가 해줄 수 있냐고!"

"……!"

"말 안 해?"

재원은 그녀의 팔목을 잡고 있던 손을 놓으며 보드라운 머리카락을 쓸어 넘겼다. 귓불을 매만지고 뺨을 쓰다듬었다.

그렇게 조심스러울 수가 없었다. 그녀를 더듬는 손길은 세상에서 가장 비싼 자기를 만지는 것처럼 아슬아슬했다.

이영은 가만히 눈을 감았다. 뜨거운 그의 눈길을 감당할 자신이 없었다.

얼굴 위로 짙은 그늘이 드리워지는 것을 느낄 때, 그녀의 휴대폰에선 문자음이 울렸다.

이것들이 단체 톡을 하는 모양이었다.

그는 그녀 위에서 몸을 떼어내며 휴대폰을 들고 액정을 살폈다.

그리고 음산한 목소리로 물었다.

"……나치가 누구야?"

"네에?"

이영은 벌떡 일어나 휴대폰을 뺏어 들었다.

쉴 새 없이 쏟아지는 문자들. 이영의 얼굴이 시커멓게 죽어갔다.

"설마, 나야?"

벌어진 커튼 사이로 스며든 햇빛이 그의 등 뒤에서 쏟아졌다. 눈부신 그의 모습에 이영은 눈을 비벼댔다.

"이리 와. 벌 받아야겠어."

그가 눈을 빛내며 확연히 거칠어진 숨소리로 그녀를 잡아당겼다.

반짝반짝 부서지는 햇살과 어질어질한 키스는 어떤 상관관계가 있는 것일까.

이영은 속절없이 뛰어대는 심장이 모두 햇빛 때문인 것만 같았다.

"……여기까지."

"……하아, 하아."

"예쁘다, 강이영."

계속 울려대는 휴대폰 문자음에 심장이 조마조마했다.

그는 벌떡 자리에서 일어나 점퍼를 걸치고 그녀에게 다가왔다. 손에 들린 빨간색 점퍼를 그녀에게 입혀주며 단짝 안아 들었다.

문을 나서 엘리베이터로 향하는 이영의 눈에 뭔가가 들어왔다. 호텔 문 옆에 가지런히 놓인 목발이었다.

그에게 안긴 채 호텔 로비로 나서자 지배인이 쏜살같이 달려왔다. 이영은 다 큰 여자가 다리 좀 다쳤다고 안겨 있는 모습을 보이려니 여간 민망한 것이 아니었다.

"사장님, 제가 룸 입구에 목발을 가져다놨는데, 못 보셨나 보네요. 잠시만 기다리시면 얼른 가져다드리겠습니다."

"됐습니다."

그는 단번에 거절하며 현관 출입구로 향했다. 하지만 지배인은 쌀쌀맞은 재원의 태도에도 아랑곳하지 않고 뒤를 따라왔다.

"그럼 휠체어를 가져오겠습니다."

"그러지 말고 제설 작업에 힘쓰십시오."

재원은 얼어붙은 지배인을 뒤로한 채 그의 차로 향했다. 그녀를 차에 앉힌 뒤 운전석에 오른 그는 차에 시동을 걸었다.

"금방 따뜻해질 거야."

"네."

이영은 가만히 시선을 내리깔았다. 차 안의 밀폐된 공간에 둘만 있게 되자 제가 한 짓이 의식되면서 얼굴을 들 수가 없었다. 가가멜과 키스라니! 도대체 이게 가능키나 한 일이란 말인가.

"왜 시선 피해?"

그가 낮게 가라앉은 목소리로 물었다.

"아닌데요. 제가 왜요?"

제대로 눈도 못 맞추면서 이영이 능청스럽게 대답하자 그가 천천히 상체를 그녀 쪽으로 기울였다. 놀란 이영은 숨을 들이켜며 눈을 꼭 감았다.

'눈 감아.'

귓가에 울리던 소리가 되살아났다. 그리고 그녀의 입술을 깨물고 빨아대던 그 촉감도.

상체가 조금 더 가까워진다고 느껴진 순간 늘어진 안전벨트가 당겨지며 달칵, 채워지는 소리가 들렸다.

"눈 떠."

키스를 상상했던 이영은 부끄러움에 쥐구멍이라도 찾고 싶었지만 애써 태연한 척하며 딴청을 부렸다.

"왜 눈 감은 거야?"

짓궂은 가가멜은 그냥 지나가는 법이 없었다. 씩 미소를 짓더니 두 눈을 깊숙이 맞대며 고개를 겹쳐왔다.

한 번. 짧게 키스를 나눈 그가 쉰 목소리로 속삭였다.

"나처럼, 이걸 상상한 거야?"

이영이 대답 대신 그의 가슴팍을 밀쳐내며 눈을 흘기자 낮게 웃음을 터뜨렸다.

33살의 나이에 찾아온 낯선 감정이었다. 이렇게 두근거리고 설레는 감정을 뭐라고 말해야 하나.

그저 무심코 짓는 작은 눈 흘김마저도 야릇하게 느껴진다. 조용히 미소로 눌러보려 해도 쉽게 사라지지 않는 설렘.

새하얀 목덜미에 난 솜털 같은 잔 머리카락에도 의미를 부여하며 시선을 뗄 수가 없다.

……미친 게 분명하다.

그의 깊고 짙은 시선을 감당할 만큼 여물지 않은 이 작은 여자가 제 심장 깊숙이 박혔음이 분명했다.

이번에야말로 천천히 가는 법을 배워야 할지도 모른다. 매번 목적지를 정해놓으면 그때부터 오직 직진, 미친 속도로 달릴 줄만 알던 그가 한 템포 늦추는 법을 터득해가고 있었다.

제7화

내 애인이라니까

　이영은 강원도 평창에 있는 한 정형외과에서 의사에게 진료를 받고 엑스레이를 찍었다. 검사 결과 복숭아뼈 주위 인대가 늘어났고, 일이 주가량 조심하면 된다고 했다.

　약을 처방해주고 물리치료도 함께 받으라는 말에 이영은 다시 그에게 안겨졌다. 진료실을 나서는 둘을 보고 의사가 한마디 던졌다.

　"오빠분이 참 친절하시네요."

　문을 나서던 그가 우뚝 걸음을 멈추고 뒤를 돌았다.

　"오빠, 아닙니다. 애. 인. 입니다."

　"아, 네. 그렇군요. 하하, 보기 좋습니다."

　실없이 웃는 의사를 뒤로한 채 물리치료실로 향하는 그였다.

　뻔뻔한 줄은 알았지만, 생각보다 심하게 뻔뻔했다. 그리고 맞선 본 사이에서 갑자기 애인이라니. 눈 하나 깜짝 안 하고 거짓말을 해대다니.

이영이 발갛게 상기된 얼굴로 그를 올려다보자 검고 짙은 시선이 두 눈에 꽂혔다. 마치 혀로 핥는 듯 강렬한 시선이 뺨으로 입술로 옮겨왔다. 심장에 뭔가가 자꾸만 부서져 내렸다. 자칫하다간 와르르 무너져 내릴 것만 같아 정신을 바짝 차렸다.

"사장님."

꽉 잠긴 목소리로 그를 불렀다.

"왜."

그의 짙은 눈썹이 꿈틀댔다.

"……제 애인은 아니시잖아요."

그 순간.

"넌 오빠와 키스해?"

심장이 퍼드득 솟구쳐 올랐다.

그는 서늘한 시선으로 앞만 직시하며 물리치료실로 들어갔다.

흰 가운을 입은 물리치료사로 보이는 남자가 다가왔다.

"저쪽에 눕히세요. 어디 봅시다. 많이 다치셨어요?"

물리치료사는 이영에게 눈웃음을 치며 상냥하게 말했다. 의사가 내린 오더를 보더니 이영의 다친 다리를 살피기 시작했다.

가느다란 발목을 만지작대더니 전자치료기기인 동그란 것을 몇 개 붙였다. 텐스 기계의 강약을 조절하기 위해 이리저리 움직이던 물리치료사는 우두커니 서 있는 재원을 보며 심상한 말투로 말했다.

"보호자는 나가서 기다리세요."

물리치료사는 살구색 커튼을 치며 그와 이영 사이를 가렸다.

"전기가 들어갈 겁니다. 놀라지 말고, 어때요?"

"아, 괜찮아요. 지금은."

"그럼 조금 더 높일게요. 어때요?"

"아, 아앗! 아파요."

"조금 낮출게요. 어때요?"

"하아, 이젠 괜찮은 거 같아요."

"자, 그럼 편하게 누우시고 한숨⋯⋯."

차르르.

장막이 걷히듯 커튼이 활짝 열리더니 그가 무시무시한 얼굴로 쳐다봤다.

"보호자, 나가 계세요."

물리치료사가 다소 놀란 듯 신경질적인 목소리로 말했다.

"당신 나가면."

우뚝 서서 버티고 있는 그는 사신처럼 보였다. 물리치료사는 그 모습에 질린 표정을 지으며 서둘러 빠져나갔다.

"이봐⋯⋯ 강이영."

"네?"

"고대로 눈 감고 자. 밖에서 기다릴게."

차르르. 커튼이 쳐지고 그가 사라졌다.

이영은 그가 시킨 대로 눈을 꼭 감았다. 부들부들 떨리는 손을 맞잡으며 가슴 위에 올려놓았다. 도대체 왜 떨리는 것인지, 미친 듯이 뛰어대는 심장 때문인지, 그것도 아니면 찌릿찌릿 전기를 보내고 있는 텐스 때문인지 알 수가 없었다.

다시 호텔로 돌아온 이영은 병원에서 준 깁스용 슬리퍼를 신은 채 호텔 방 안을 살살 돌아다니며 혼자서 시간을 보냈다. 그가 스위트룸 공사 현장으로 올라간 뒤 룸서비스로 온 음식을 먹고 배를 두드리다 꾸벅꾸벅 졸기도 하며 시간을 보냈다.

하지만 그것도 1시간 정도지 이렇게 내리 3시간을 혼자서 방 안에 있으려니 참을 수가 없었다. 저 멀리 보이는 설원에선 곤돌라와 리프트가 쉴 새 없이 움직이며 사람을 태워 날랐다.

일하러 와서 이렇게 방 안에 죽치고 있다니. 말도 안 될 소리였다. 생각보다 일이 많은 모양인지 걱정도 되고 밖에 목발이 있는 것을 본 뒤라서 그걸 짚고 다니면 괜찮을 거란 생각에 룸을 나섰다.

엘리베이터에서 내린 이영은 조심스럽게 목발을 짚으며 스위트룸 공사현장으로 다가갔다. 이미 이곳에 와본 적 있던 그녀는 놀랍게 변한 내부를 보며 감탄을 터트렸다. 간결한 선과 소프트한 컬러로 이뤄진 실내는 점점 제 모습을 갖춰가고 있었다.

철제 프레임으로 된 액자가 눈에 들어왔다. 지난번 입사할 때 말했던 포트폴리오의 작품과 유사했지만, 훨씬 임팩트 있어 보였다.

"여기 아무나 들어오면 안 됩니다. 나가세요."

이영을 먼저 발견한 남자가 소리쳤다. 걸걸한 목소리의 남자가 소리치는 바람에 저 멀리 욕실 쪽에서 뭔가를 지시하던 재원이 거실 쪽으로 모습을 드러냈다. 짙은 눈썹 한쪽이 위로 치켜 올라가더니 그녀가 짚고 있는 목발을 보며 한숨을 내쉬었다.

"조심 안 해?"

"어? 사장님 아시는 분이십니까?"

"네."

그는 짧게 대답한 뒤 그녀 쪽으로 성큼 다가왔다.

"제가 도움이 될까 해서요."

"그 다리로? 여기 바닥, 전부 다 거치적거리는 것뿐이야. 넘어지기라도 하면 어쩌려고 그래?"

"조심할게요."

"그건 뭐야?"

"목발요?"

"이리 줘. 혹시 목발에 찍히면 곤란하니까."

그가 이영의 손에 들린 목발을 뺏어 저만치 치워버리더니 이영을 단짝 안아 들고 한쪽 소파에 앉혔다.

"여기 있어."

"아, 사장님 애인이신가 보네요."

조금 전 소리치던 아저씨가 사람 좋아 보이는 웃음을 지으며 그녀에게 인사를 해왔다.

"아, 아니에요."

"아니긴요. 딱 보니 그렇네요. 우리 사장님이 지금까지 공사현장에 애인을 데려오긴 처음인데, 이거, 국수 먹는 거 아닌지 모르겠네요."

"김 사장님, 이리로 좀 와보십시오."

재원이 그를 부르자 마지못해 걸어가며 이영을 훑어댔다.

싱거운 아저씨야. 이영은 혼잣말을 하며 주위를 둘러보았다.

어릴 때부터 공사 현장을 많이 따라다닌 탓에 눈으로 봐도 대충 알 수 있었다. 그가 꼼짝 말고 있으라고 했지만, 엉덩이가 들썩여서 있을 수가 없었다.

최고급 스위트룸의 리노베이션은 유해성분이 없는 친환경 소재와 이태리 장인이 만든 조명등 같은 수입품이 대부분이었다. 어느 것 하나 소홀하게 할 수 없는 부분이긴 했다.

이영은 특히 조명배치나 조명 색감을 중요시했기 때문에 미니 홈바가 놓인 곳의 조명을 보기 위해 그곳으로 슬금슬금 걸음을 옮겼다.

"움직이지 말라고 했지?"

그가 언제 다가왔는지 뒤에서 그녀를 불렀다. 돌아보는 찰나 그가 그녀를 달랑 안아 들고 테라스가 있는 룸으로 들어갔다.

"여긴 제일 먼저 끝낸 곳이야."

그가 그녀를 바닥에 내려놓은 뒤 문을 닫았다. 넓고 전망이 탁 트인 이곳은 침실로 보였다.

"침실인가요?"

"제법인데?"

그의 손이 아슬아슬하게 닿아왔다. 이영은 움찔 몸을 움츠리며 뒷걸음질 쳤지만 몇 걸음 가지 않아 테라스로 난 창에 부딪혔다.

"그 다리에 힘주면 안 된다고 했지?"

"그러니까 왜 자꾸 다가오는 건데요. 부담스럽게."

이영이 코앞에서 눈을 번뜩이며 바라보는 그에게 소리쳤다.

도저히 눈을 마주할 자신이 없는 이영은 눈길을 피하듯 고개를 돌렸다. 그 순간 그가 고개를 살짝 기울이며 뒷머리를 감쌌다.

질끈 눈을 감았다.

직감적으로 키스하려 한다는 것을 알아챘다. 등 뒤엔 시릴 만큼 차가운 유리창이 버티고 있었고, 그는 뜨거운 숨결을 내뿜으며 다가오고 있었다.

"강이영, 내가 꼼짝 말고 있으랬잖아. 간신히 참고 있는데."

닿을 듯 말 듯 바짝 달라붙은 채 읊조리는 소리에 이영은 숨조차 쉴 수 없었다.

"너 때문에 종일 뭘 했는지조차 모르겠어."

읍!

그가 아랫입술을 살짝 깨물고 놔줬다.

"하고 싶어 미치는 줄 알았어."

아찔할 만큼 농밀한 그의 눈빛과 그녀의 촉촉이 젖은 시선이 얽혔다.

"강이영, 잡아먹을까."

빨려들 것 같은 매혹적인 매력을 거침없이 내뿜는 이 남자 때문에 이영의 신경은 하얗게 타들어갔다.

지이잉. 지이잉. 휴대폰이 울렸다.

그의 눈빛이 순식간에 날카롭게 변했다.

"받아."

이영은 휴대폰을 꺼내 전화를 받았다.

"여보세요?"

-강이영. 너 어디야?

동훈이었다.

"이, 일하고 있지."

-우리 도착했어. 잠깐 나올 수 있지? 우리가 그리로 갈까?

시끌시끌 떠들어대는 소리가 들렸다. 다들 우르르 몰려온 모양
이었다.

"머, 먼저 놀고 있어. 저녁에 보자."

-목소리가 왜 그래?

"아니야. 끊어."

-야, 강이영.

단단한 두 눈이 그녀를 옭아매듯 바라보더니 낮게 뱉어냈다.

"오늘 내려간다. 강이영."

"왜, 왜요? 안 돼요. 그럼 먼저 내려가세요."

이영은 저 때문에 온 친구들을 여기에 놔두고 혼자서 내려갈 순
없었다.

"계속해봐."

그가 낮게 웃으며 그녀의 머리를 끌어당겼다. 그 웃음이 마치
가가멜처럼 음산했다.

"……먼저 내려가세요. 전 내일 출근할게요. 차질 없도록."

"가뜩이나 제정신 아닌데, 제대로 도발하네. 강이영."

"……?"

"대답 안 해?"

"뭐, 뭘요……?"

"나랑 갈래, 아니면 여기서 키스할까."

무슨 말도 안 되는 소릴 하는 거야.

이영이 미처 대답하기 전에 그의 뜨거운 혀가 어루만지듯 입안을 훑고 지나갔다. 아찔한 감각에 놀란 이영이 그를 꽉 붙들자 한 치의 빈틈도 없이 몸을 붙여왔다.

"내가 얼마나 힘들었는지 말 안 해도 알겠지."

이영의 아랫배를 압박하는 딱딱한 물건을 말하는 듯했다.

허리가 꽉 붙들려 꼼짝달싹할 수 없는 상황이었다. 이영은 빠져나가려 몸을 비틀었다.

"……좀 치워주세요."

"넌 잠깐도 견디기 힘든데, 난 어떻겠어. 응?"

지금 무슨 동문서답이야.

이영이 미간을 찌푸리자 그가 비틀린 웃음을 지으며 몸을 떼어냈다.

"좋아, 내가 양보하지."

아주 시니컬하게 대답한 그는 테라스 문을 열며 밖으로 나갔다. 차가운 바람이 훅 불어왔다. 달큼하게 달아올랐던 분위기가 서서히 가라앉았다.

"고맙습니다, 사장님."

테라스 난간을 양손으로 짚은 채 아래를 내려다보던 그가 뒤를 돌아서며 말했다.

"대신, 그 친구란 사람들 만날 때 나도 같이 갈 거야. 그렇게 알아."

이영은 제 귀를 의심했다. 아니, 가가멜이 왜? 저 사람이 가면 분위기가 어떨지 상상하지 않아도 알 수 있었다.

"농담이죠? 사장님이 왜 제 친구를 만나요?"

"그럼, 나랑 잘 거야?"

"네?"

"아니면 두말하지 마."

뭐, 저런.

이영의 입에서 툭 튀어나오려던 욕설이 그의 짙은 눈빛에 쑥 들어가버렸다.

진심으로 그런 말을 했을 리 없다고 믿었지만, 진심임이 느껴졌다. 다시 밖으로 일하러 나가는 그의 뒤통수를 말없이 노려보았다.

결국 이영은 친구들에게 문자를 보냈다.

**[오늘 저녁에 급한 일 때문에 올라가게 됐어. 너희끼리 잘 놀다가 와.]**

친구들의 원성 어린 문자가 쉴 새 없이 쏟아졌지만, 이영은 그걸 보며 콧방귀를 뀌었다.

"뭣도 모르는 것들이."

아주 생떼를 쓰는 가가멜이 이젠 사람으로 안 보였다.

이영은 마치는 대로 오늘 서울로 올라가자고 말한 뒤 다시 룸으로 돌아왔다.

가벼운 맞선 249

뭐? 같이 자자고?

이영은 황당하다는 듯 혼잣말을 하고서는 휴대폰을 들여다보았다.

"뭐 해?"

그가 설계도면과 카메라 등 물건을 챙겨 그녀가 있는 방으로 들어왔다.

"아, 아니에요."

화들짝 놀란 이영은 휴대폰을 가방에 던져넣었다.

"가자."

"네."

서울로 가자는 말에 그는 아무런 대꾸도 없이 그러자고 했고, 캄캄한 밤길을 달리고 있었다.

"기억나? 맞선 본 날 말이야. 길 한가운데 큰 소리로 통화하는 너를 보며 무슨 생각을 했는지 알아?"

"아, 그땐 고속버스가 갑자기 고장 나는 바람에. 그런데 무슨 생각을 했어요?"

"처음엔 믿기지가 않더라고. 왜 저 여자가 여기 있는지. 분명 우린 서울에서 헤어졌는데, 왜 여기서 또 보는 것인지."

"하긴, 기막힌 우연이긴 했어요."

"그런 걸 필연이라고 하는 거야. 세 번의 우연이 이어지면 그건 필연이란 말이지. 오피스텔에서도 우린 먼저 봤잖아."

"그렇네요."

"리노베이션 끝나면 다시 오자. 둘이서."

"스위트룸요?"

"강이영, 그걸 어떻게 눈치챘데?"

재원의 말에 이영의 얼굴이 발갛게 물들었다.

"그때도 핑크색 수면바지 가져올 거야?"

재원은 하트가 그려진 수면바지를 입고 뛰어다니던 이영의 모습이 눈에 선했다.

"누, 누가요. 아니거든요?"

재원은 발끈하는 그녀의 머리를 헝클어뜨리며 낮게 웃음을 터트렸다.

지금까지 갖고 싶은 것은 무슨 수를 써서라도 가져왔던 재원은 강이영과 관련된 모든 것에 걷잡을 수 없는 소유욕이 발동했다. 그건 저도 어쩔 수 없는 부분이었다.

"서울에 가면 병원에 가서 다시 정밀 검사하자."

재원은 벌써 대학병원에 있는 동생들에게 연락을 넣은 상태였다.

"그럴 필요는 없을 것 같은데요."

"내 말대로 해."

누가 말려, 이 사람을.

그를 바라보는 이영의 심장이 한 박자 빠르게 뛰기 시작했다.


대학병원 응급실 쪽으로 의사가운을 펄럭이며 걷는 두 남자가 있었다. 이들의 발걸음은 매우 분주했다.

"누군데 형이 직접 데리고 온다는 거야?"

소원은 둘째 형 주원의 연락을 받고 당직실에서 자다 나오는 길이었다. 주원은 연신 주위를 살폈다. 행여나 형이 먼저 와 있기라도 하면 곤란했다.

"회사 사람이겠지. 자기 식구들은 잘 챙기잖아. 그나저나 대학병원 응급실로 올 정도면 심각한 모양인데."

"그러게. 그런데 형은 꼭 나 깨워야 해? 피곤해 죽겠어."

"그럼 나 혼자 형을 감당하라고? 미쳤냐?"

주원이 고개를 절레절레 젓자 소원이 제 머리카락을 마구 헝클어뜨리며 신경질을 부렸다.

"야, 내가 지금 헛것을 보고 있는 거 맞지?"

주원이 뭔가를 발견하고 소원의 옆구리를 찔러댔다.

"헛것을 보든지 말든지……. 세상에……!"

소원의 입이 떡 하니 벌어졌다.

"우리가 보고 있는 것이 정재원 맞지?"

"형이 여자를 안고 있어? 그것도 이렇게 사람 많은 대기실 앞에서?"

"나 감 잡았어. 넌 따라오든지 말든지 해."

눈치 빠른 주원이 재원을 향해 쏜살같이 달려갔다. 형에게 여자가 생긴 게 분명했다. 그런 게 아니고서야 저렇게 안아 들고 있을 리가 없었다. 그렇다면 저 여자한테 잘 보이면 점수는 그냥 먹고 들어갈 것이다.

"형! 무슨 일이야!"

"왔어?"

재원이 무뚝뚝한 얼굴로 주원을 보더니 저 뒤에서 뛰어오는 소원에게로 시선을 옮겼다.

"저 녀석은 느려."

"그렇지?"

"빨리 접수하고 진료해."

"안녕하세요? 저는 우리 형 동생 정주원입니다."

이영을 향해 눈을 휘며 인사를 해오는 주원이었다. 얼굴이 화끈대는 이영은 수줍은 미소를 지었다.

"안녕하세요, 강이영입니다."

주원은 형과 무슨 사이인지 직접 물어보고 싶었지만, 형이 어떻게 나올지 몰라 눈치만 살폈다.

"형!"

소원이 다가와서 재원을 불렀다.

"안내해, 어서."

"어, 많이 다치신 모양이네요. 괜찮으세요?"

소원이 특유의 상냥한 얼굴을 들이밀며 이영의 다리를 살폈다. 둘은 벌써 강이영의 존재가 큰형 재원에게 어떤 존재인지를 간파했다.

"저는 막내 정소원입니다. 우리 형 애인이신가 보네요."

"아, 아니에요. 직원이에요."

"그래요?"

주원과 소원이 서로 눈빛을 주고받았다.

회사 직원인데 형이 저렇게 안고 있을 리가 없다. 단순한 직원이 아닌 게 확실했다. 보아하니 형이 여자를 더 많이 좋아하는 모양이다. 아니면 혼자 좋아하는 것일 수도.

주원과 소원은 서로 의미심장한 미소를 주고받으며 각오를 다졌다. 어쨌든 점수를 잔뜩 따야 한다는 결론이 내려졌다.

"일단 CT 촬영부터 합시다. 그런데 이렇게 예쁜 다리를 어쩌다가 다치셨어요?"

주원이 이영을 배드에 앉히며 묻자 재원이 주원을 향해 서늘하게 내뱉었다.

"불필요한 말은 빼고 해."

주원은 어깨를 으쓱하더니 알겠다는 듯 고개를 끄덕였다.

"눈길에서 미끄러졌어요."

"저런, 조심하시지. 많이 아프시죠? 그럼 촬영부터 할게요."

방사선실로 옮겨간 그들은 이영이 촬영하는 동안 잠깐 나와 있었다.

소원은 부스스한 얼굴로 재원에게 다가왔다.

"형, 저 여자 좋아하지? 드디어 임자 만난 건가?"

"네 형수 될 사람이다."

물론 그의 일방적인 생각일 수도 있지만, 재원은 그만큼 확고했다. 이미 제 아내로 삼겠다고 마음을 굳힌 이상 동생들에게 조금 앞서 가서 말하더라도 문제 될 건 없으리라 여겼다.

소원은 형수란 말에 훅 숨을 들이켰다.

"나보다도 한참 어려 보이던데. 도둑놈 소리 듣는다?"

암, 듣고말고. 제 형이 원래 안하무인이라는 건 알고 있었지만,

정말 뜻밖이었다.

"가서 어떤가 보고 와."

"작은형 전공인데 알아서 하겠지. 기다려."

이영의 CT 촬영 결과는 별 이상이 없었다. 주원이 판독을 끝내고 이영에게 다가갔다. 이영은 다가오는 주원을 유심히 쳐다보며 재원과 많이 닮았음을 알아챘다. 사장에게 남동생이 있단 사실을 알았지만, 둘 다 의사란 사실이 뜻밖이긴 했다.

사장과는 달리 사근사근한 성격의 그는 시종일관 웃으며 그녀를 대했다.

"우리 형 회사 다닌 지 오래됐어요?"

"아, 아니에요."

주원은 형이 직접 안고 온 여자를 유심히 살폈다. 묻지 않아도 어떤 사이인지 답이 나왔지만, 이런 일이 처음이니만큼 확실히 알아둘 필요가 있었다. 부상이 큰 것도 아닌데, 친히 이곳으로 납셨다는 것은 이미 한 가족이나 다름없단 소리였다. 다친 곳은 크게 걱정할 건 없었고, 물리치료를 잘 받으면 금방 나을 정도였다. 주원이 이영의 다리에 다시 반깁스를 하고 압박 붕대를 감았다.

"우린 삼 형제거든요."

"형제가 많으시니 좋겠어요."

"많이 싸웠죠."

"사장님이 그냥 안 뒀을 거 같아요. 워낙 엄하시니까."

"그렇죠. 사실 우린 일방적으로 얻어맞았어요."

"사장님이 폭력도 쓰셨나 보네요."

"남자 형제들은 원래 치고받고 싸우긴 하지만 우린 일방적으로 형한테 맞았죠. 그래도 형이 우리 때문에 고생하고 챙겨준 거 다 아니까 지금은 그저 고맙죠."

"……."

형제간의 우애가 진득하니 묻어났다.

"사실 의사는 형이 되고 싶어 했었는데, 돈을 벌어야 하니까 의대를 가는 대신 건축학과를 갔죠."

이영은 사장이 흰 가운을 걸치고 다니는 모습을 상상해봤다. 상상 속의 그는 의외로 잘 어울렸다. 차갑고 이지적인 외모와 딱 맞아떨어졌다.

"여자들이 많이 따랐을 거 같아요."

"형은 늘 그랬어요. 학생 때부터 대문 앞에 여학생이 꼭 한 명쯤은 기다리고 있었죠."

"그래요?"

"네. 그래도 형이 워낙 차갑고 매정하게 구니까 저절로 떨어져 나가긴 하더라고요."

"좋아 보이네요."

"네?"

"형제분들 모습이 좋아 보인다고요. 부럽네요."

"하하, 고맙습니다. 그럼 이제 나가볼까요? 잠시만 기다리세요. 형 불러올게요."

"그럴 거 없어요. 제가 걸어도 되는데."

"안 됩니다. 그냥 계세요."

그렇게 말한 주원이 방사선실을 나갔다.

이영이 CT 촬영을 하는 동안 재원과 소원은 대기실 앞 자판기에서 커피를 뽑고 있었다.

"자, 형."

소원이 먼저 뽑은 것을 재원에게 내밀었다. 그것을 받아 들던 재원은 저만치서 걸어오는 낯익은 사람을 보며 다시 컵을 내밀었다.

"잠시만 들고 있어."

재원은 빠른 걸음으로 다가갔다. 거리가 좁혀질수록 재원의 얼굴이 굳어졌다.

"강 사장님."

묵직한 소리가 병원 로비에 울렸다.

"아니, 정 사장 아닌가."

주식이 재원을 알아보고 당황한 얼굴로 주변을 살폈다.

"네. 여긴 어쩐 일이십니까."

재원은 날카로운 시선으로 그의 안색을 살폈다. 주식이 입고 있는 환자복을 쳐다본 뒤, 조용히 기다렸다.

"아, 먼저 여기 소개부터 하지. 여긴 최 여사. 나랑 만나는 사람이야."

"네. 안녕하십니까, 처음 뵙습니다."

재원이 깍듯하게 인사를 건네자 최 여사는 수줍은 미소를 지으며 살짝 고개를 숙였다.

"자넨 여기 무슨 일인가."

주식이 먼저 선수를 쳤다.

"이영 씨가 다리를 다쳐서 혹시나 몰라 데리고 왔습니다."

"뭐? 우리 이영이가?"

주식의 눈이 휘둥그레졌다. 딸인 이영을 얼마나 아끼는지 그 표정 하나만으로도 알 수 있었다.

"네. 눈길에서 미끄러졌는데 심하진 않습니다. 걱정하실 만큼은 아닙니다. 그런데 그것보다 사장님께선 무슨 일로……."

"이영이는 지금 어디 있나?"

주식이 다급한 목소리로 물었다. 그의 안색이 지나치게 나빠 보였다.

"방사선실에서 곧 나올 겁니다."

"그럼, 나는 못 본 걸로 해. 내 딸한테 비밀이네. 다음에 연락함세."

부랴부랴 자신을 뒤로하고 사라지는 두 사람을 말없이 바라보던 재원은 어두운 낯빛으로 돌아섰다.

"형, 저분 알아?"

뒤에서 가만히 기다리던 소원이 물었다.

"그래."

"저분 우리 과 환자야."

소원이 다시 컵을 내밀며 말했다.

"무슨 이유로 입원한 거야?"

"형은 몰라?"

"……."

소원이 입을 열려는 찰나 주원이 그들을 향해 달려왔다.

"치사하게 둘이서만 마시기야? 다 끝났어. 내가 안고 나오기 그래서 지금 기다리고 있어."

"어때?"

"뭐, 인대가 조금 늘어난 거 빼곤 이상 없어. 그나저나 둘이 사귀는 사이 맞지?"

주원이 호기심 어린 눈빛으로 물어도 묵묵부답이었다. 재원은 소원을 보며 뭔가를 말하려다 입을 다물고 방사선실로 사라졌다.

"형수님이시라네."

소원이 주원을 향해 씩 웃으며 말하자 주원이 손뼉을 치며 웃어 댔다.

"흠, 역시. 너보다 어린 여자를."

"그러게. 그럼 난 이만 자러 갈 테니까 수고해."


재원은 이영을 차에 태워 그녀의 오피스텔로 가면서도 내내 머릿속은 다른 생각으로 가득했다. 동생 소원에게 무슨 병명인지 물어봐야 하는데, 섣불리 물어볼 수가 없었다.

"어, 사장님. 죄송해요. 오늘 아빠 집에 갈 건데."

차가 오피스텔 방향으로 움직이자 뒤늦게 그를 불렀다.

"그냥 오피스텔로 가."

"아빠 안 본 지도 좀 됐는데."

"다 큰 딸이 아빠는 무슨."

재원은 일부러 퉁명스럽게 내뱉은 뒤 입을 꾹 다물어버렸다. 강 사장이 입원한 사실을 이영은 모르는 듯했다.

무슨 병명이기에 비밀로 해달라는 걸까.

가슴 깊숙한 곳에서 스멀거리며 올라오는 불길한 예감에 마음이 묵직했다.

이영이 엄마 없이 강 사장과 둘이서 의지하며 살아왔다는 사실을 그도 익히 알고 있었다. 일단 못 본 척하고 입을 다물긴 했지만 언젠가는 그녀도 알아야 할 테고, 어떤 병명이 나오든 극복해야 할 것이다.

재원의 마음이 착잡했다. 그에게 지금 중요한 것은 다름 아닌 강이영, 그녀였다.

이 작은 여자가 아플 바에야 차라리 제가 아프고 말 것이다. 그 것이 육체적이든 정신적이든 어떤 것이든 간에.

"왜 그렇게 조용해요? 피곤해서요?"

이영이 미소 지으며 그를 보았다. 어두운 차 안에서도 그녀의 맑은 두 눈은 초롱초롱 빛이 났다.

"동생분이 모두 의사시죠?"

"그래."

"사장님도 의사가 되고 싶으셨어요?"

"응. 잠깐."

"형제가 많으니까 좋겠어요."

"그다지."

재원은 핸들 위에 올려진 손을 천천히 두드리며 뭔가 딴생각에 빠진 듯했다. 피곤해서 그러려니 생각하고 이영도 이내 입을 다물었다.

오피스텔 지하주차장에 차를 세운 그는 이영을 물끄러미 쳐다봤다.

"강이영, 나랑 결혼할 거지?"

갑작스러운 말에 놀란 이영은 눈을 동그랗게 뜨고 쳐다봤다.

"맞선, 나랑 봤잖아."

이런 억지가 어디 있을까.

이영은 그와 첫 만남에서 서로 결혼 생각 없음을 밝히고 쿨하게 헤어진 것을 상기하며 헛웃음을 터트렸다.

"아니라는 거 다 알면서 왜 그래요?"

"나랑 키스했잖아."

"지금이 조선 시대도 아니고, 무슨 키스했다고 결혼을 해요? 그것보다 더한 것을 해도 사귈까 말까인데."

"누가 그래?"

"네?"

"말 안 해?"

"그, 그냥 요즘 추세가 그렇잖아요."

이영이 말을 더듬으며 대답하자 그가 이영의 양쪽 어깨를 붙잡고 그가 앉은 쪽으로 돌렸다. 그늘이 드리워진 그의 얼굴은 위험하면서도 매력적이었다.

"날 봐."

푸른 불꽃이 일렁이는 눈동자가 똑바로 응시해왔다.

"우린 사귀는 거야. 지금부터 애인 사이라고. 그리고 결혼은 나랑 하는 거야."

"시, 싫어요. 전 결혼 생각은 없어요. 만약에 하더라도 아주 늦게 할 거예요."

"어차피 나랑 할 건데 미리 해도 되잖아."

"착각은 자유거든요? 아무튼, 고마웠어요."

이영은 떨리는 눈길을 들키지 않기 위해 내리뜨며 몸을 비틀었지만, 꿈쩍도 하질 않았다.

"우리는 내일까지 강원도에 있기로 했고, 내일은 회사에 나가지 않아도 돼. 그러니까……."

재원은 뭔가 할 말을 꾹 참는 얼굴로 그녀를 바라보다 차에서 내렸다. 다시 안겨 오피스텔 현관 앞에 도착한 이영은 도어록을 해제하고 문을 열었다.

"설마, 차를 달라거나 그러진 않으실 거죠?"

"내일 병원 가서 물리치료 받아야 하니까 오후에 올게."

"안 오셔도 돼요."

"말 안 듣지?"

그가 팔을 뻗어 그녀의 뺨을 쓸어내렸다. 낯익은 체취가 부드럽게 폐 깊숙이 스며들었다. 지나치게 달콤하고도 나른한 느낌에 저절로 눈이 감겼다. 조심스럽게 속눈썹을 쓰다듬던 손은 입술로 내려와 한참을 만지작대다 사라졌다.

"……강이영."

묵직한 바리톤 음성이 복도에 울렸다. 마치 심장을 두드리는 것 같았다.

쿵. 쿵.

심장이 속절없이 뛰어댔다.

"난 너랑 연애하고, 결혼도 할 거야."

"난 모르겠어요."

"몰라도 돼."

그는 움직이지 않은 채 그녀의 두 눈을 들여다보고 있었다.

"안녕히 가세요."

마지막 순간까지 숨이 막힐 만큼 강하게 끌어안고, 이마에 입술을 내린 뒤 그녀를 놓아주었다.

"잘 자."

이영은 단호한 발걸음으로 돌아가는 그의 뒷모습을 바라보다 현관 안으로 사라졌다.

재원은 엘리베이터에서 내린 뒤 곧장 휴대폰을 꺼내 소원에게 전화를 걸었다.

잠에 취한 목소리가 들려왔다.

-어, 형.

"말해."

-뭘? 갑자기 뭘 말하라는 거야.

"강주식 사장 병명."

-강주식? 아, 그 환자?

재원은 동생의 입에서 무슨 소리가 나올지 바짝 긴장한 채로 휴대폰이 부서질 만큼 세게 움켜쥐었다.

"……그래. 알겠다. 수고해."

전화를 끊은 재원은 짙은 한숨을 내쉬며 담배를 꺼내 입에 물었다.

어두컴컴한 주차장의 한 곳을 뚫어지게 바라보는 재원의 눈동자가 날카롭게 반짝였다.

이영은 그와 헤어진 뒤 혼자 빈집에 있자 기분이 묘했다. 아무래도 다시 아빠 집으로 가야 하나 싶어졌다. 내일 쉬는 날이고 하니 아빠한테 아픈 다리 자랑도 좀 하고 어리광도 부리고 싶었다.

"아이, 오늘따라 왜 이렇게 아빠가 보고 싶은 거야."

이영은 혼잣말을 내뱉고서는 일단 목소리라도 듣자 싶어 휴대폰을 걸었다.

"아빠, 나야."

-그래, 딸.

"목소리가 왜 그래?"

-자식, 최 여사님이랑 있는데 눈치 없이.

이영은 쓴웃음을 삼켰다. 하긴 늦은 밤이었고, 충분히 같이 있을 수 있는 일이긴 했지만 아빠를 빼앗긴 것 같아 서운했다.

"아빠, 나 다리 다쳤단 말이야."

-그래, 많이 다쳤어?

"아니, 조금."

-자식이, 조심 안 하고. 넘어졌지?

"어떻게 알았어?"

-한두 번이야 말이지.

"아빠, 나 집에 가도 돼? 지금 가고 싶은데."

-오지 마. 안 돼.

"왜, 내 집이잖아."

-자식, 담에. 아버지 전화 오래 못 해. 분위기 깨지 말고 그냥 있어.

"아버지가 뭐 이래?"

이영은 끊긴 전화를 들여다보며 투덜거렸다. 속상한 마음에 침대에 벌렁 드러누워 팔베개하고 천장을 올려다보았다. 외롭고, 허전하고 마음이 이상했다. 괜히 눈물도 날 것 같았다.

그러다 문득 재원이 생각났다. 그래, 자신도 든든한 팔에 안겨 호강하고서선 왜 이러는 걸까. 그가 그녀에 대한 감정이 호감이란 것은 모르려야 모를 수가 없었다. 무슨 남자가 숨기는 법도 없고 감추는 법도 없다.

'난 너랑 연애하고, 결혼도 할 거야.'

칫, 김칫국부터 마시고 있어.

이글거리는 눈빛으로 그녀를 바라보고 집어삼킬 것 같은 뜨거움으로 키스를 퍼붓던 그를 떠올리자 저도 모르게 화끈 달아올랐다.

완전 짐승이야.

심장이 간질간질, 저절로 미소가 피어올랐다.

그와 같이 있다 보면 정신없이 빠져들고 헤어 나올 수가 없게된다. 그것도 그가 가진 매력이긴 하겠지만, 사실 겁이 나고 두려웠다.

누군가를 좋아하고 사랑해서 결혼한다는 것은 그만큼 책임이따르는 것이다. 아빠와 엄마가 서로 사랑해서 결혼하고 저를 낳았지만, 결국은 한쪽이 먼저 사라지자 남은 한쪽은 고통 속에서 평생을 보냈다. 그걸 보면서 자란 이영은 사람을 좋아하기도 쉽지 않았다.

이별이 두렵기 때문일지도 모른다. 그 이후에 찾아올 아픔도 마찬가지로 겪고 싶지 않았다. 적당히 물 흐르듯 유순하게 살아가는 것이 최선이었다.


이른 아침부터 울려대는 초인종 소리에 이영은 설마 하며 인터폰을 확인했다. 입구 한가득 익숙한 얼굴들이 몰려와 있었다.

-강이영, 병문안 왔는데 문전박대 하는 거 아니지?

"강원도에서 언제 내려온 거야? 설마 지금?"

-일단 문부터 열어. 어서.

이영은 현관문을 열고 한쪽으로 비켜섰다. 동훈을 위시해서 철민, 태주, 혜선과 미주가 차례대로 안으로 들어왔다.

"아침 일찍 내려왔어, 너 위로해주려고. 심야 스키를 타고 곧장 내려오는 길이야."

"나 출근했으면?"

"다리 다쳤는데 설마 출근하겠어? 우리가 좀 똑똑하니?"

혜선이 비닐 봉지에 든 맥주를 테이블 위에 쏟아냈다.

"야, 곰탱이. 넌 눈길에서 뛰지 말라고 했지?"

동훈이 비딱하게 기대어 서서 이영의 다리를 쳐다보며 툭 내던졌다.

"니들 먼저 마시고 있어. 난 이영이 데리고 병원 갔다 올게."

동훈이 그러자 다들 그러거나 말거나 맥주를 따서 마시기에 바빴다.

"준비해. 물리치료 받아야 할 거 아니야."

"그렇긴 하지."

"어서 준비해. 쟤들 다 마시겠다."

동훈은 이영의 점퍼를 집어 들었다.

이영은 막무가내로 고집을 부리는 동훈 때문에 어쩔 수 없이 옷을 챙겨 입고 집을 나섰다. 물론 동훈의 등에 업힌 채.

목발은 어제 그의 차에 두고 내리는 바람에 다시 사든지, 아니면 그에게 가져다달라고 해야 하지만, 오후에 병원에 간다고 했기 때문에 아마 그때 가지고 올 것이다.

"강이영, 넌 언제 크냐?"

"내 몸이 너무 가벼워서 그러는 거지?"

"말이나 못하면."

밉지나 않지. 낮게 투덜거리던 동훈은 엘리베이터로 향했다. 지하에 멈춰 있던 엘리베이터가 느린 속도로 올라왔다.

이영은 동훈의 등에 업혀 있으면서도 영 개운치가 않았다.

이렇게 먼저 병원에 가도 되는지 걱정이 되었다. 그 남자 성질이 보통이어야 말이지.

한편, 새벽같이 친구들을 앞세워 이영의 집으로 쳐들어온 동훈은, 이영의 아픈 다리보다도 늦은 밤 서울로 내려간 이유가 더 궁금했었다. 그런데 평상시와 다를 바 없는 이영을 보는 순간 불안감은 눈 녹듯이 사라졌다.

"내가 너랑 다닐 때 손잡는 이유가 다 이런 거야. 알아?"

동훈은 이영의 엉덩이를 단단히 받쳐 들며 추슬러 올렸다. 아무리 가볍다고 해도 손에 묵직하게 내리누르는 체중은 기분을 묘하게 했다. 처음 업어보는 것도 아닌데, 오늘따라 손에 닿는 그 느낌이 더욱 생생해 저도 모르게 얼굴이 달아올랐다.

"야, 업으려면 제대로 해. 밑으로 빠지겠어."

"계집애가 좀 무거워야 말이지."

"뭐?"

이영은 동훈의 말에 몸을 비틀며 내리려 했다.

"가만히 좀 있어. 확 던져버리기 전에."

이영의 엉덩이를 추슬러 올리며 단단히 붙들었다. 무겁다고 호들갑을 떨면서도 행여나 그녀를 놓칠까 안달하는 저 자신이 우습기도 하고 한심스럽기도 했다.

"누군 나를 하루 종일 안고 다녀도 안 무겁다 했거든?"

"누구? 사장이란 사람 말이야?"

동훈의 목소리가 서늘하게 가라앉았다.

"응."

"사장이 너를 왜 안고 다니는 건데?"

서서히 구겨지는 동훈의 얼굴은 좀처럼 풀릴 생각을 하지 않았다. 그걸 알 리가 없는 이영은 장난스럽게 대답했다.

"내가 좋은가 보지. 그러니까 굳이 안고 다녔지."

그러는 너는 왜 안긴 건데.

"계집애가 시도 때도 없이 웃고 다녔지? 헤프게 실실거리며 꼬리 친 거 아니야?"

딱!

이영이 동훈의 뒤통수를 후려갈겼다.

"못 하는 말이 없어. 사람을 뭐로 보는 거야."

뭐로 보긴. 네가 얼마나 매력적인지 몰라서 그래. 네가 한 번만 웃어봐, 안 넘어올 남자가 있는지.

"아퍼, 아프다고. 왜 때려!"

너한테 난 이렇게 소리나 지르고 장난치는 놈이지. 안 그래?

동훈은 망연자실하게 한곳을 뚫어지게 쳐다봤다. 가슴 깊숙한 곳에서 분노가 차고 올랐다.

지금까지 저 외에는 누구도 그녀에게 그런 식으로 안아주거나 업어준 사람은 없었다. 태주나 철민이 혹시나 이영을 안아주고 업어주려 해도 슬그머니 피하던 이영이었다. 6년을 알아온 친구한테도 그러는데, 고작 만난 지 얼마 되지 않은 그 남자한테는 그게 가능하단 말인가. 가슴에 싸한 통증이 쓸고 갔다. 이런 그의 마음을 아는지 모르는지 이영은 동훈의 볼을 사정없이 잡아당기며 흔들어댔다.

"차동훈, 너 맞을 소리 했잖아. 더 때려줘?"

"야, 안 놔?"

동훈이 균형을 잃고 이리저리 비틀대자 이영이 목을 팔로 꽉 끌어안고 매달려왔다. 목울대를 누르는 바람에 숨이 막혔다.

동훈은 하얗게 질려가면서도 점점 사실처럼 와 닿는 불길한 예감에 꼼짝을 할 수가 없었다. 어제 그 사람과 정말 서울로 내려간 것인지 그것조차 제대로 확인할 길이 없어 혼자서 얼마나 속을 태웠던가.

"차라리 내려놔. 떨어지겠어."

"지금 보니까 키는 안 크고 살만 쪘어. 무겁게."

그래, 난 포기하지 않을 거다. 누가 뭐라고 해도 네 옆을 지키는 사람은 내가 될 테니까.

동훈은 늘 그래 왔듯 이영에게 짓궂은 농담을 하며 놀려댔다.

"너 자꾸 그럴래?"

이영이 동훈의 머리카락을 양손으로 잡고 흔들자 동훈은 평소처럼 키득댔다.

그렇게 장난을 쳐대던 그때 엘리베이터 문이 열렸다. 동시에 돌아본 이영과 동훈, 그리고 막 내리던 재원의 눈이 마주쳤다.

올라가 있던 입꼬리가 서서히 내려왔다. 이영은 놀라움을 감추고 동훈의 등을 밀어내며 빠져나오려 했다. 그런데 어떻게 된 게 꿈쩍을 하지 않았다.

"놔. 사장님이셔."

"알아."

동훈이 꽉 잠긴 목소리로 말했다.

같은 남자이지만 감히 범접할 수 없는 위엄과 당당함을 갖춘 이 남자는 최상위 포식자처럼 군림하는 눈빛으로 그를 내려다보았다. 저절로 움찔 몸이 굳어졌다.

어째서 이 사람은 이리도 당당한가.

동훈은 치가 떨려왔다. 이제 겨우 당신은 한 달이지만, 난 6년이야. 자그마치 6년 동안 이영을 바라봐왔다고.

적의가 담긴 동훈의 눈빛을 말없이 바라보던 재원은 시선을 이영에게로 옮겼다.

"내려."

이영이 그의 말 한마디에 온 힘을 다해 동훈의 등을 밀어냈다. 결국, 팔을 풀고 이영을 내려놓았다.

재원은 거침없는 동작으로 이영을 어제처럼 안아 들었다. 그리고 동훈을 향해 나직이 내뱉었다.

"가봐."

"그래, 동훈아. 애들하고 같이 있어. 난 병원 갔다 올게."

동훈은 아무 말도 할 수가 없었다.

재원은 엘리베이터 열림 버튼을 누르고 말없이 올랐다. 서서히 닫히는 문 사이로 동훈의 노려보는 시선에 비릿한 웃음을 날렸다.

이영은 죄를 지은 것처럼 등줄기로 식은땀이 흘러내리는 경험을 해야 했다. 동훈과 아무런 사이도 아닌데, 마치 불륜을 저지르다 들킨 사람처럼 안절부절못하고 그의 눈치를 살피고 있었다. 사실 사장의 눈치를 살필 이유도 없었다.

"바쁘신데 뭐하러 오셨어요. 안 오셔도 되는데."

이영이 머뭇거리다 겸연쩍은 표정을 지으며 입을 열었다. 그러자 그가 두 눈을 맞춰왔다. 짙은 눈썹이 꿈틀대며 계속 말을 해보라는 듯 그녀를 종용했다.

"친구들이 강원도에서 내려오는 길에 병문안 왔어요. 저 병원 데리고 갈 사람 차고 넘치는데."

"나도 차고 넘치는 사람 중 한 명이야?"

"네?"

"말해봐. 너한테 나도 그런 여러 명 중 한 명이냐고."

짙게 내려앉은 눈빛에 숨을 쉴 수가 없었다. 뭐라고 대답해야 하나, 이럴 땐. 그렇다고 우리가 무슨 사이는 아니지 않은가.

"사장님과 직원 관계죠. 월급을 주고, 받는 관계."

"하! 그게 다야?"

"……."

뭐라고 해야 해요, 그럼.

이영은 시선을 떨구었다.

"앗!"

그가 이영의 아랫입술을 살짝 깨물다가 놔줬다.

"너랑 나랑은 이런 사이야. 알아?"

심장이 미친 듯이 두근댔다. 마치 벌을 받는 사람처럼 떨리기도 하고 설레기도 하는 복잡한 감정이었다.

재원은 그런 이영을 말없이 바라보다 씩 입꼬리를 올렸다. 그리고 정수리에 입술을 내렸다.

"벌 받아야지, 강이영."

"네?"

눈을 동그랗게 뜨고 다소 안심된 표정으로 그를 바라보았다. 그의 목소리가 더없이 다정했기 때문이다.

"다른 남자 등에 업혀 있는 걸 보고 나더러 참으라고?"

"아, 그, 그건."

"내가 너 말고 다른 여자 안고 있으면 네 기분은 어떨 거 같아?"

이영은 아랫입술을 깨물었다.

전혀 생각지도 못했는데, 정말 그가 이 팀장이나 김 비서를 안고 있다 생각하면 많이 속상할 것 같았다.

그런 그녀를 뚫어질 것처럼 바라보는 재원의 시선을 전혀 의식하지 못한 채 그가 던진 질문에 혼자 파르르 떨어댔다.

말간 얼굴은 제 감정을 꾸밈없이 드러내고 만다. 순수하고 아름다운 이영의 표정을 보는 것만으로도 재원의 가슴은 팽팽하게 조여왔다.

하나하나 가르치고 알려줘야 알까, 남자의 질투심이 얼마나 치졸하고 유치한지. 누가 내 여자를 쳐다보기만 해도 당장 주먹을 날리고 싶은 게 남자란 사실을 알기나 할까. 제 여자에겐 영원한 구속력을 씌우고 싶어지는 것이 남자다.

스물여섯 먹은 수컷이 남자가 아니면 뭐란 말인가. 동훈이라고 했던가. 이글대던 눈빛 속에 담긴 적개심은 단번에 간파할 수 있었다.

"말로 해서 안 되면 직접 보여주는 수밖에."

재원은 특유의 서늘한 미소를 지으며 그의 차로 향했다.

집 앞 가까운 정형외과에서 물리치료를 받은 이영은 그의 차에 태워졌다. 어제 갔던 대학병원으로 가는 줄 알고 긴장했던 이영은 가까운 동네 병원에서 치료를 받자 한결 마음이 편안해졌다. 물리치료를 받고 병원을 나오자 벌써 점심시간이 다 되어가고 있었다. 그는 이영을 달랑 안아 들고 차에 태웠다.

"아, 맞아. 그런데 오후에 온다고 했잖아요."

"내 맘이야."

"그런 게 어디 있어요. 나도 사생활이란 게 있는데."

"너랑 할 게 있어."

"그게 뭔데요?"

이영의 눈에 호기심이 일었다. 순수한 눈동자엔 궁금하면 궁금한 대로 고스란히 다 드러났다. 그게 그저 신기할 따름이었다.

"가보면 알아."

그가 데려간 곳은 근사한 레스토랑이었다. 은은한 샹들리에 조명 아래 먹음직스러운 스테이크가 테이블 가득 차려졌다. 격식 있는 이런 곳과 전혀 어울리지 않는 제 차림을 훑어보던 이영은 살짝 인상을 찌푸렸다.

"미리 말을 해줬어야죠. 이런 곳에 오려면."

"뭐가 문젠데."

그는 큼지막한 고기를 입안에 넣으며 태연하게 쳐다봤다.

"사장님은 그런대로 봐줄 만하지만, 나는 화장도 안 한 데다가 옷도 이게 뭐예요."

"뭐, 어때서."

"웨이터도 힐끔대며 쳐다보잖아요."

"어느 놈이야. 너 쳐다보는 놈이."

재원이 살벌한 눈초리로 주위를 살폈다.

"내가 말을 말아야지."

"말 안 해?"

"누군지 말하면 뭐하려고요. 가서 시비 걸게요?"

"응, 혼내주게. 난 내 걸 넘보는 놈은 그냥 놔두질 않아."

"사장님, 그거 알아요? 말 되게 이상하게 하는 거."

이영은 그의 말에 어폐가 있음을 지적하고 싶었다.

"말해봐."

그러니까 뭐가 이상한지 말해보란 건데, 이영은 막상 제 입으로 하자니 여간 쑥스러운 게 아니었다.

"됐어요."

"먹어, 많이 먹어. 넌 너무 말랐어."

그는 나직한 목소리로 말하며 이영의 접시를 가리켰다.

"네."

이영은 오물거리며 스테이크를 썰어 먹었다. 물론 제대로 넘어가질 않았지만, 맛은 상당했다.

"강이영."

그가 부르는 소리에 심장이 쿵 떨어지는 기분이었다.

"……"

"생각해봤는데. 너랑 키스까지 한 마당에 널 책임지기로 했어."

뜬금없는 소리에 이영은 캑캑거리며 물컵을 들었다.

"조심 안 해?"

"갑자기 무슨 말이에요? 책임을 지다니요? 농담도 잘하시네요."

"농담 아닌데. 우리 결혼하자."

겨, 결혼? 진지한 눈빛을 보니 농담은 아닌 듯한데, 그래도 느닷

없는 결혼이라니 기가 막혔다.

"오랜만에 맛난 음식 먹는데, 소화 안 되게 자꾸 그러실 거예요?"

"난 원래 한 우물만 파는 놈이라서. 너 찍혔어, 나한테. 그러니까 도망갈 생각 하지 마. 넌 내 거니까."

"어휴, 진짜. 간만에 맛난 거 사주면서 그러실 거예요? 얹힌 거 같아."

"내가 소화되게 해줄게."

"어, 어떻게요?"

"네가 생각하는 거. 그거 말이야."

재원이 눈썹을 장난스럽게 찡그리며 말했다.

"내, 내가 뭘 생각한다고. 자꾸 놀릴 거예요?"

이영이 얼굴을 붉히며 밉지 않게 눈을 흘겼다.

"처음부터 너랑 그러면 진짜 도둑놈 소리 듣겠지."

"아시니까 다행이에요."

"좋아, 될지 모르겠지만 조금 자제해볼게. 그러니까 최소한 밀어내진 마. 도망가지도 말고."

반듯한 눈매에 담긴 서늘함이 동공을 찔러왔다. 이영은 그의 직선적인 눈빛에 늘 가슴이 조마조마했다.

"무서워서 싫어요."

"뭐?"

기가 막힌다는 듯 헛웃음을 켠 그가 팔꿈치를 테이블 위에 올린 채 상체를 기울였다.

"다시 말해봐. 무서워?"

"네, 사장님이 얼마나 무섭다고요."

전혀 무서워하지 않을 뿐만 아니라 제 할 말을 또박또박 다 해놓고서는 인제 와서 무섭다니.

"내가 믿을 거 같아?"

"아무튼 무서워요. 그래서 사실 자신 없어요."

싫은 것도 아니고 무서워서라니. 이 기막힌 이유를 어떻게 해석해야 하나.

재원은 초조하고 애가 타서 입안이 바싹바싹 말라왔다.

"그럼 내가 전혀 무섭지 않다는 걸 증명하면 되겠네. 가자."

"어, 어딜요?"

"어디긴 결혼하기 전에 진한 연애부터 해야지."

재원은 이영을 안아 들고 레스토랑을 나왔다. 누가 보든 말든 상관 않고 저돌적으로 나오는 그를 주위 사람들이 부러운 시선으로 바라보았다. 특히 여자들이.

이영은 전혀 어울리지 않는 조합의 둘을 떠올리며 우울한 낯빛으로 한숨을 내쉬었다.

무슨 이유에서 이렇게 적극적으로 대시를 하는지 모르겠지만, 이영은 그와 깊이 사귈 마음은 추호도 없었다.

"내려."

"여긴 어디예요?"

"내가 사는 곳."

"여긴 왜 온 거예요?"

"연애하러."

"그런데 왜 집으로 가요?"

"원래 손잡고, 차 마시고, 키스하고, 그다음은 같이 자는 거 아니야?"

"네?"

재원이 쿡, 소리를 내며 웃음을 터트렸다. 그제야 농담인 줄 알아챈 이영은 퉁명스럽게 쏘아댔다.

"몰라요. 집에 갈래요."

"가면 네 친구 있잖아. 그 녀석들하고 어울리며 노는 꼴을 나더러 보라고?"

"그냥 친구들이에요."

이영이 반박하자 재원이 낮게 한숨을 내쉬며 진지하게 말했다.

"그 녀석이 너를 업고 있는 것을 보는 순간 무슨 생각을 했는지 알아? 넌 내 건데 왜 그 녀석이 너를. 이영아, 난 네 몸에 다른 남자 손이 닿는 게 싫어. 어떤 이유에서건 싫어."

"우린 그런 사이 아니에요. 진짜."

"강이영, 네가 남자를 잘 몰라서 그래. 어느 미친놈이 맘에도 없는 여자를 업어줘? 둘이 진짜 친구 맞아?"

"……!"

낮고도 서늘한 음성이 이영의 가슴에 파고들었다.

"그 녀석한테 업히는 모습이 아주 자연스러워 보이던데. 종종 그랬나 봐?"

이영은 대답 대신 그저 씩씩대며 그를 노려봤다. 무슨 말을 어떻게 해야 할지 정신이 하나도 없었다.

그는 뒤끝 작렬에 거침없는 불도저 같았다.

"아무래도 사장님은 제가 감당할 수 있는 사람이 아닌 거 같아요. 그러니까 그냥 집에 데려다줘요. 아님 여기서 저 혼자 갈게요."

이영은 차 문고리를 잡고 내리려 했다. 그가 밀어붙이는 데 도가 텄다면, 그녀는 도망치는 데 도가 텄다.

아픈 다리로 문을 열고 차에서 내려 절뚝거리며 걸어가는 그녀를 보자 정말 속이 타들어갔다. 재원은 이를 부득 갈며 이영에게 달려갔다.

"놔요. 집에 갈래요."

그가 이영을 붙잡아 세우자 이영이 소릴 질러댔다.

"저기 보여?"

"뭘요?"

"저기 설치된 카메라 말이야. 내가 치한이나 납치범인 줄 알겠어. 이제 경비실에서 봤을 거고 금방 내려올 거야. 계속 이렇게 승강이 벌일 거야?"

이영은 그제야 카메라 쪽으로 시선을 돌리며 수그러들었다.

"온통 네 생각뿐이야. 서른셋이나 먹고서는 어떻게 해야 할지 모르겠어. 그러니까 네가 이해해."

이영은 억지를 부리는 그를 새초롬한 얼굴로 바라보았다.

귀엽다, 이 남자.

사랑스럽기도 하고, 심장이 간질거리기도 하고, 자꾸만 가슴 가득 들어차서 마냥 버겁다. 어쩌지. 어떻게 해야 할까.

"업어줘요."

이영의 말에 그가 눈을 가늘게 뜨고 표정을 살폈다. 그러곤 천천히 등을 보이며 바닥에 앉았다.

"업혀."

이영은 그의 목에 팔을 두르고 등에 업혔다. 그는 그녀를 단단히 받쳐 들며 가뿐하게 일어났다.

그녀를 업고서는 천천히 주차장을 돌았다. 한 바퀴 돌고서는 또다시 한 바퀴를 돌았다. 뭐 하는 짓인가 싶어진 이영이 물었다.

"지금 뭐 하는 거예요?"

"안 해, 안 자, 안 만져."

"누가 뭐라고 했어요?"

"계속 업고 있을 거야."

"안 무거워요?"

"안 무거워. 너무 가벼워. 그래서 날아갈까 봐 겁이 나."

강이영. 넌 이 기분을 모른다. 얼마나 조바심이 나는지. 얼마나 애가 타는지. 이렇게 예쁜 너를 그냥 보고만 있자니 미치겠다.

몰랐으면 모를까, 네가 얼마나 달콤한지 알아버렸는데 나더러 어쩌라고.

널 언제 키워서 잡아먹을까.

재원은 주차장을 뱅뱅 돌며 흥분을 가라앉혔다. 그러자 이영이 그의 등에 머리를 기대며 몸을 딱 붙여왔다.

"좋아요. 꼭 아빠 같아."

"아빠 아니라니까."

"알아요. 그런데 아빠처럼 듬직하고 의지가 되는걸요."

"좋아, 기분이다. 그럼 마음대로 생각해. 대신 밀어내지만 마."

이런 남자가 밀어붙이면 어느 누가 밀어낼 수 있을까. 이영은 그의 심장 고동 소리를 들으며 흐릿한 미소를 지었다.

블랙 톤으로 인테리어를 해놓은 그의 오피스텔은 세련되고 고급스러웠다. 구석구석 구경하고 그가 주는 코코아도 먹고 DVD를 봤다. 그러다 깜박 잠이 든 모양이었다. 소파에서 담요를 덮고 있던 이영은 부스스 눈을 떴다.

"잘 잤어?"

그가 환한 미소를 보내며 쳐다봤다. 서서히 초점이 잡히고 그의 얼굴이 온전히 눈에 들어왔다.

"침 흘리더라?"

"네?"

"코도 골고."

"제가요?"

당혹감에 얼굴을 붉히자 그가 귀여워 죽겠다는 듯 뺨에 쪽 소리 나게 입을 맞추었다.

"지금 몇 시예요?"

"5시."

"저 이만 가봐야겠어요. 오늘 저녁에 아빠한테 가봐야 할까 봐요."

재원은 이영의 이마에 흘러내린 머리카락을 말없이 쓸어 넘겼다. 무수한 말을 담은 깊은 눈동자는 그저 침묵했다.

"전화하고 가. 그냥 가지 말고."

"아, 맞다. 요즘 최 여사님이랑 같이 계셔서 가면 그냥 쫓겨날 때도 있거든요."

재원은 이영의 휴대폰을 손에 쥐여 주고 잠시 자리를 비켰다.

어제, 동생 소원이 직접 알아보는 편이 낫겠다는 말로 전화를 끊어버린 탓에 아침 일찍 대학병원을 갔었다. 그가 입원한 병실을 찾아가서 주식을 만났다. 병색이 완연한 그는 순식간에 늙어버린 모습이었다.

전립선암 말기. 이미 다른 곳에 전이된 상태여서 손을 쓸 수가 없다고 했다. 그저 하나밖에 없는 딸을 놓고 가야 한다는 사실이 가장 마음에 걸린다고 했다. 결혼을 서둘러달라는 말에 재원은 그러겠다고 대답했다.

그래서 부랴부랴 반지를 사고 프러포즈를 했었다. 오히려 역효과가 나버렸지만, 중요한 건 그게 아니었다.

이영이 과연 아버지의 병을 어떻게 받아들일지, 그게 더 중요했다. 그녀가 덜 아파하고, 덜 상처받길 바랄 뿐이었다.

그는 결혼식이라도 하고 딸 곁에 든든한 남편이 있을 때, 그때 자신의 병을 말하고 싶다고 했다. 앞으로 얼마를 살지 모르지만, 비빌 언덕쯤은 만들어주고 싶다고. 그게 마지막 바람이라는 강 사장의 말에 그는 그러겠다고 굳건히 약속했다.

재원은 이영이 있는 거실로 나갔다. 통화가 끝난 모양인지 입술을 내밀고 골이 난 표정을 짓고 있었다. 보나 마나 강 사장님이 오지 말라고 했을 것이다.

"늦바람이 무섭다더니, 정말."

"잘됐네. 나랑 같이 저녁 먹자."

이영이 씁쓸한 표정을 지으며 고개를 저었다.

"온종일 먹기만 했어요. 배불러요."

"집에 데려다줄게. 아님 여기서 자도 좋고."

"그러고 싶어요?"

"응. 그러고 싶어."

그가 눈을 휘며 웃었다. 그 미소가 너무 다정해서 이영은 저도 모르게 얼굴을 붉혔다. 그런 그녀의 머리를 흩트리며 낮게 속삭였다.

"가자. 업혀."

"변태처럼 엉덩이 주물럭대려고 그러는 거죠?"

"……유혹, 하지 말라고 했지?"

열기가 은은하게 감도는 눈동자를 마주할 자신이 없어진 이영은 고개를 떨구며 몸을 일으켰다.

"누가 유혹했다고."

"주물럭대다니. 엉덩이를 만져달라는 거지?"

"아, 아니거든요."

"사양하지 마. 얼마든지 업혀."

이영은 그의 등짝에 스매싱을 날렸다.

퍽!

"변태. 완전 상변태야."

"윽, 뭐, 상변태? ……혼난다?"

재원이 눈을 가늘게 뜨고 노려보다가 씩 미소를 지었다. 그 모습에 이영의 심장이 미친 듯이 뛰어댔다.

어쩌면 다음에 그가 자자고 하면 거절하기 힘들지도 모르겠다고 생각하며 남몰래 얼굴을 붉혔다.

넓은 등에 얼굴을 기댄 채 요란하게 뛰어대는 심장박동 소리에 귀를 기울였다. 제 심장도 그 소리에 맞춰 점점 빨라졌다.

이영은 확실히 알 수 있었다. 제 심장도 분명 그와 같은 속도로 뛰고 있다는 것을.

제8화
사직 처리하도록 하지

미쳤나 봐. 심장이 왜 이렇게 뛰는 거야. 아침에 커피를 진하게 마신 탓일까?

팀장 회의를 하는 지금 이영은 이지수 팀장의 일을 대신 맡은 탓에 이 자리에 와 있었다. 물론 그녀가 맡은 것은 극히 일부분이 었지만, 회의는 꼭 참석해야 했다.

심장이 고장 난 것처럼 쿵쾅댔다. 감정을 숨기는 것에 익숙지 않은 이영의 두 눈은 오로지 그를 향해 있었다.

개성 강한 디자인팀의 팀장들은 날 선 의견을 주고받으며 신경을 곤두세웠고, 회의 중간중간에 사장이 방향을 제시하며 의견을 하나로 도출하고 있었다. 리더는 아무나 되는 게 아니라는 것을 보여주듯 그는 유감없이 카리스마를 뿜어댔다.

간간이 눈이 마주쳤지만, 마주한 눈동자는 변함없이 서늘하고 강렬했다. 다정하게 속삭이며 키스를 해대던 그 남자와 같은 사람인지 의심이 갈 정도였다.

눈부시도록 하얀 셔츠가 팽팽하게 당겨질 때마다 드러난 탄탄한 근육질의 가슴은 묘한 상상력을 부추겼다. 자꾸만 생각이 야한 쪽으로 흘러가는 탓에 혼자서 얼굴을 붉혔다.

모두 숨을 죽인 채 그의 설명을 듣는 중에 이영은 혼자 딴생각에 빠져 있었다.

아, 저 입술에 키스했었지.

이영은 홀린 듯 그의 입술을 바라보았다. 얼마나 그렇게 보고 있었을까. 그녀를 꿰뚫을 것 같은 강렬한 눈동자가 내리꽂혔다.

그는 서늘한 눈빛으로 묻고 있었다.

'너, 지금 뭐 하는 거야.'

'생각하는 중이에요.'

'무슨 생각?'

'사장님과 키스하던 생각.'

마치 그녀의 속마음을 다 알고 있다는 듯 짙은 두 눈이 이영의 입술을 더듬었다.

그는 시선을 떼지 않은 채 나직한 목소리로 말했다.

"조 팀장은 자재팀장한테 언제쯤 물건이 들어오는지 알아봐."

"네."

"그럼 시뮬레이션 수정하고, 3시간 뒤 다시 회의하도록."

"수고하셨습니다."

팀장들이 우르르 자리에서 일어났다. 그녀도 자리에서 엉덩이를 떼어냈다.

"강이영 씨, 가지 말고 잠시만 기다려."

잘못 들은 걸까. 이영이 그를 쳐다보자 그가 고개를 끄덕였다. 다시 엉거주춤 자리에 앉던 이영은 박선호 팀장이 되돌아오는 것을 보았다.

"강이영 씨, 지금 나랑 나가봐야 해."

그러고 보니 그와 함께 리노베이션 마무리 단계에 있는 신사동 가게에 가야 했다.

"어디."

재원이 비딱하게 한쪽 눈썹을 치켜세우며 선호를 쳐다봤다.

"어디긴, 신사동이지."

"혼자 가면 되잖아."

"마무리 단계에서 나 혼자 뭘 어떻게 하라고. 이영 씨 의견을 들어봐야 해. 사소한 것까지도 일일이 다 신경 써야 하는 거 알잖아. 아무래도 이영 씨가 그런 쪽에선 탁월하니까."

"다리 나은 지 얼마 안 됐는데, 밖으로 돌아다니면 어쩌자는 거야."

재원의 목소리에 날이 섰다.

"흐음, 그런가? 이영 씨, 다 나은 거 아니에요?"

그가 이영의 다리를 쳐다보며 물었다.

"네, 다 나았어요. 물리치료도 끝났고 괜찮아요."

이영의 대답에 재원이 못마땅한 눈빛으로 쳐다봤다.

"그럼 이야기는 다녀온 뒤에 하기로 해. 나가봐."

이영은 서류를 챙겨 사장실을 나섰다. 뒤를 따라 나오던 선호가 그녀의 손에 들린 서류를 뺏어 들었다.

"내가 들어줄게요."

"고맙습니다."

"가방 챙겨서 곧장 출발합시다."

"네."

선호의 두 눈에는 이영을 좋아하는 재원의 속이 훤히 보여 일부러 약을 올렸다. 붉으락푸르락하는 얼굴을 보는 재미가 쏠쏠했다. 아니나 다를까, 문을 나서기 전 돌아보니 금방이라도 달려와서 후려칠 것같이 기세가 흉흉했다.

자식, 늦바람이 무섭다더니.

선호는 코웃음을 치며 사장실 문을 닫아버렸다.

주차장에서 그의 차에 올라탄 이영은 휴대폰의 문자가 울리자 얼른 문자를 확인했다.

**[옆에 앉지 마. 뒤에 앉아.]**

재원에게서 온 문자였다. 이미 옆에 앉았는데 자리를 옮길 수도 없는 노릇이었다. 이영은 그냥 무시하기로 하고 답장을 하지 않았다.

띠링.

또다시 문자음이 울렸다.

**[말 안 듣지?]**

CCTV를 돌려 보는 걸까. 눈동자를 굴려 주변을 훑어보았다.

"주차장에 CCTV 설치되어 있죠?"

"당연히요. 총 네 개 있어요. 그건 왜요?"

"아, 아니에요."

이영은 아랫입술을 잘근거리다 휴대폰 소리를 무음으로 돌려버렸다.

"이영 씨, 사장님 어디가 마음에 들어요?"

"네?"

갑작스러운 질문에 이영의 얼굴이 발개졌다.

"재원이가 잘해주죠? 그 녀석, 말은 무뚝뚝해도 진국이죠."

"……그냥 뭐."

이영은 말꼬리를 흐렸다. 아무리 그가 사장과 친한 친구라 하더라도 이런 이야기를 주고받는 것은 불편했다.

"도둑놈이죠, 완전히."

"네에?"

"늙다리가 이영 씨랑 가당키나 해요?"

"제가 그대로 사장님한테 일러줘도 괜찮아요?"

"하하, 우리끼리 비밀인데. 그럼 취소할게요."

그가 유쾌하게 웃음을 터트렸다. 서글서글한 성격답게 농담도 잘

하고 분위기를 곧잘 띄우며 주변 사람 비위를 잘 맞추었다. 극과 극인 성격의 두 사람이 어떻게 친구가 되었는지 신기할 따름이었다.

리노베이션 장소에 도착한 이영은 건물주의 의견을 들으며 필요한 것들을 꼼꼼히 살피고 기록했다. 갤러리처럼 고급스러운 분위기의 거실은 높은 천장 때문에 클래식하면서도 격조 있어 보였다. 이영은 자신이 좋아하는 화이트와 블랙으로 꾸며진 공간에 우아한 무드를 살릴 수 있는 소품을 체크했다. 갤러리 분위기의 거실 때문에 어울릴 만한 작품이 있으면 좋겠단 생각이 들었다.

신사동에 나온 김에 그녀가 자주 다니던 소품집에 다녀와 볼까 싶었다.

"팀장님, 잠시만 나갔다 올게요."

"오래 걸려요?"

"아니에요. 바로 옆 가게에 가서 소품 좀 찾아보게요. 아직도 있나 모르겠어요. 제가 종종 찾던 곳인데, 주문이라도 해보게요."

"그래요."

이영은 서둘러 가게를 나왔다. 10미터쯤 떨어진 곳에 앙상한 나뭇가지 사이로 간판이 보였다.

아빠 일을 도우면서부터 주식의 소개로 안면을 튼 곳이었다. 가게의 독특한 분위기가 마음에 들어 종종 찾곤 했었는데, 한동안 격조했었다.

앤티크하게 꾸며진 가게 문을 열고 들어가자 맑고 청아한 종소리가 울렸다. 어디쯤에선가 있던 사장이 고개를 내밀었다.

"사장님, 안녕하세요."

"아이고, 이게 얼마 만이야. 요즘 마음고생이 심하지?"

50대 후반의 반백인 사장은 마음씨 좋은 아저씨 같은 모습이었다. 생활 한복을 입은 모습도 여전했다.

"고생은요, 무슨."

이영은 그녀가 다른 곳에 취업한 사실을 사장이 알고 있는가 보다 싶어 대충 얼버무렸다.

"그래, 강 사장이 고만고만한가 보네. 내가 병문안 간다고 해놓고 뭐가 그리 바쁜지 여태 못 가봤네."

"……병문안요? 우리 아빠를요? ……뭔가 착각하신 모양이에요. 아버지 건강하세요."

이영은 말도 안 되는 소릴 하는 가게 사장을 이상하다는 듯 쳐다보았다.

"……그래? 아, 아닌가? 나도 이제 늙어서 말이야. 하하."

그는 머쓱하다는 듯 너털웃음을 터트렸다.

"어휴, 깜짝 놀랐어요."

그제야 놀란 가슴을 쓸어내린 이영은 가게를 재빨리 둘러보았다.

"사장님, 저 구경 좀 할게요. 와, 물건 새로 해 오셨나 봐요?"

"응. 천천히 구경해."

"네."

이영은 꽃으로 된 장식품을 살펴보다 문득 드는 불길한 예감에 온몸이 얼어붙었다. 계속 그녀를 피하던 주식의 모습과 서둘러 시집을 보내려 맞선을 보게 했던 것 등, 그러한 모든 일이 무서운 생각을 불러일으켰다. 이영은 부랴부랴 가게를 나와 무작정 택시를 잡아타고 아버지 회사로 향했다.

그녀는 양손을 꽉 마주 잡고 덜덜 떨리는 것을 참아냈다.

불길한 예감은 늘 비껴가는 법이 없었다. 제발 아니길 간절히 바라며 두 눈을 감았다.


다 된 저녁, 재원은 외근을 나갔다가 혼자 돌아온 선호를 노려보며 어떻게 된 일인지 추궁하고 있었다.

"왜 너 혼자야."

"소품가게에 잠깐 보러 간다더니 그 뒤로 연락이 없더라고."

"그게 지금 말이 돼?"

"뭔가 다른 급한 일이 생겼겠지."

서류 파일을 던져버리며 자리에서 일어난 재원은 어깻숨을 내쉬며 가슴을 들썩였다.

"그 가게, 어디야."

"왜 그렇게 호들갑이야? 너무 심한 거 아니야? 이영 씨, 미성년자 아니야. 뭔가 일이 생겼겠지. 조금 기다려보는 게 어때?"

"제길, 강 사장님 암이야. 말기."

"뭐? 누구?"

"강이영 아버지. 강주식 사장님 말이야."

재원의 어조는 무섭게 냉정했다. 그는 지금 강이영이 어디에 있는지 파악하는 것이 제일 중요했다.

"이영 씨는 모르는 거야?"

"그래. 오늘 그 말을 하려고 했었는데. 만약, 알게 되었다면."

그는 선호를 똑바로 노려보았다. 선호의 얼굴에 놀라움이 스쳤다. 이내 걱정스러운 표정을 지으며 자리에서 벌떡 일어났다.

"가보자, 그럼."

"어딜."

"병원 말이야."

"가면 뭐가 달라지는데."

재원은 담배를 꺼내 물었다. 짙은 연기를 내뿜으며 허공을 노려보았다.

죽는 자보다 그 뒤에 남겨진 자의 슬픔이 더 크다.

희망, 기적을 가져보기엔 그는 지나치게 이성적인 인간이었다. 강주식 사장보다 그의 죽음을 받아들여야 할 강이영이 더 걱정되었다.

이영의 눈물을 봐 넘길 자신이 없다. 생각만으로도 심장을 후벼파는 통증이 밀려왔다.

죽음, 그 거대한 상실감과 허전함, 아픔을 견뎌낼 수 있을까. 과연 그녀가 감당할 수 있을까.

재원은 낮게 가라앉은 목소리로 말했다.

"그만 가봐. 내가 알아서 할 테니."

"내 도움이 필요하면 언제든지 말해."

"강이영이 맡은 일, 네가 더 꼼꼼히 살펴."

"그래."

분명 그녀에게서 연락이 올 것이다. 그는 꼼짝을 않고 이영에게

서 전화가 오기를 기다렸다.

늦은 밤 고요가 무섭게 내려앉은 시간, 재원은 사장실을 나섰다. 결국, 그녀에게선 연락이 없었다.

재원은 이영의 오피스텔부터 가야 할지, 병원으로 가야 할지 고민하며 비상구로 향했다. 혹시나 사무실에 그녀가 있을지도 모른 다는 생각에, 물론 그럴 리 없겠지만 그래도 그녀의 자리를 한번 보고 싶단 마음에 그리로 향했다.

사무실엔 불이 꺼져 있었다.

하긴 그녀가 있을 리가 없다. 하지만 유리문을 사이에 두고 사무실을 훑어보던 그는 순간 희미한 울음소리를 들었다.

심장이 크게 한 번 흔들렸다. 칼로 베어내는 통증이 밀려왔다.

주먹을 움켜쥔 재원은 어금니를 깨물었다.

이렇게 서글프게 우는 것은 다름 아닌 그녀였다.

문을 열고 안으로 들어섰다. 작고 어린 새 한 마리가 처참하게 떨고 있었다. 그 절박한 심경이 고스란히 전해져 왔다.

"……강이영."

꽉 잠긴 목에서 간신히 소리가 새어 나왔다. 그의 부름에 그녀 가 고개를 들었다. 천천히.

흠뻑 젖은 얼굴, 벌겋게 충혈된 눈동자. 잔뜩 쉬어버린 음성.

"……흑, 당신, 알았죠? ……아빠 그 지경인 거."

재원의 얼굴이 일그러졌다.

"아빠도 당신도 똑같아. 나 같은 건 흐흑, 아무것도 아닌 거야. 흐흑."

"이영아."

가냘픈 어깨를 끌어안고 등을 다독여도 막무가내로 그를 밀쳐 내고 할퀴었다. 내내 마음을 졸이며 연락을 기다렸던 재원은 그녀의 무너진 모습을 보자 머릿속에선 아무것도 생각나질 않았다.

이런 너를 어떻게 달래줘야 하나.

차라리 내가 아프고 말지.

그 어떤 위로도 그녀의 귀에 닿지 않을 것이다.

버텨내라, 강이영. 제발.

흠뻑 젖은 얼굴을 손으로 닦아주며 눈물이 마르길 기다렸지만, 그칠 줄 모르는 눈물은 하염없이 흘러내렸다. 심장이 저미듯 아파 왔다. 이영이 느낄 상실감과 슬픔이 그의 가슴에도 차고 넘쳐흘렀다. 재원은 그런 그녀를 말없이 끌어안고 다독였다.

마음껏 울음을 토해놓을 때까지.

재원의 검은 눈동자가 격랑처럼 세차게 흔들렸다.

부모님을 잃고 아파했던 지난날이 스쳐 갔다. 어린 동생들 몰래 혼자 눈물을 삼키며 견뎌내야 했던 지난 시간들이 심장을 후려 쳤다. 그 고통을 너무나도 잘 알기에 절대로 이영을 혼자 아파하며 힘들게 두지 않을 것이다.

하나밖에 없는 철없는 딸 때문에 아픈 것도 말하지 못하고 혼자 서 투병했을 아버지를 생각하자 이영은 가슴이 무너져 내렸다.

자식이라곤 저 하나밖에 없는데, 걱정과 짐만 안겨드리는 못난 딸이었다. 진즉에 의지가 되는 든든한 딸이 되어드리지 못한 것이

*가벼운 맞선*

한이 되고 뼈에 사무쳤다.

그렇게 밤이 깊어가고 있었다. 어두운 밤하늘처럼 암담하기만 한 앞날을 생각하며 어떻게든 버텨내고 이겨내야 한다고 다짐하지만, 종잇장보다 약한 의지력은 더욱 깊은 좌절감을 불러왔다. 송두리째 무너져 내린 삶의 축대를 어떻게든 세워야겠기에 밤새도록 무너지고 일어서기를 반복하며 죽음과도 같은 시간을 보냈다. 자신과의 싸움이었고, 처절한 홀로서기였다.

희미하게 보랏빛으로 물들기 시작하는 창밖을 바라보던 이영은 끙끙대며 몸을 일으켰다.

이렇게 울고 있어도 변함없이 세상은 바쁘게 돌아가고, 아침은 오는 법이었다. 슬픔은 오롯이 혼자서 감당해야 할 부분이었다. 울고불고 난리를 쳐도 변하는 건 아무것도 없었다.

그 사실이 지금도 죽을 만큼 무섭고 두렵지만, 이대로 있을 수는 없었다. 어떻게든 살아야 했다.

이제 아빠를 보러 가야 한다. 현실과 마주 설 각오가 되었다. 어금니가 딱딱 부딪칠 정도로 떨리고 추웠지만, 시린 마음을 추슬렀다.

그녀의 인생에서 아버지의 존재는 누구보다 강하고 절대로 무너지지 않을 강철과도 같은 존재였다.

병마와도 싸워 이기리라 믿으며 그 희망을 저버리지 않았다.

어느 때보다 화사하게 화장하고 밝게 차려입은 이영은 딱딱하게 굳어진 입매를 부드럽게 풀기 위해 몇 번이고 억지웃음을 지어야 했다.

흰 가운을 펄럭이며 다니는 의사들과 환자복을 입고 배회하는 사람들, 분주히 오가는 많은 사람 속에 이영은 오로지 앞만 보고 걸었다. 그녀가 가야 할 곳은 아버지가 입원해 있는 병실이었다.

안내 데스크에서 아버지 이름을 부르며 병실을 확인하고, 그 호수를 입속으로 되뇌었다.

공사현장에서 큰 소리로 사람들에게 지시하며 여기저기 바쁘게 뛰어다니고 있어야 할 아버지가 소독내 진동하는 이곳에 있다. 이것이 현실이었다.

엘리베이터에서 내리고 병실 호수를 확인하고 입구에 쓰인 아버지 이름을 확인했다. 노크를 하고 안으로 들어갔다. 반쪽이 되어버린 아버지의 얼굴이 눈에 들어왔다. 가슴이 와르르 무너져 내렸다. 그래도 웃어야 한다. 웃어야 한다.

"아빠, 얼마나 아픈 거야."

이영은 울음이 올라오는 것을 꾹 누르고 떨리는 입가를 휘며 미소를 보냈다.

"자식이 어떻게 말도 없이 이렇게……."

"치, 말 안 하면 내가 모를 줄 알았어?"

"회사는 어쩌고 이렇게 온 거야."

"오늘 하루 쉰다고 했어."

주식이 몸을 일으켰다. 이영의 얼굴을 똑바로 보기 위해 눈에 힘을 주며 희미하게 미소를 지었다.

그 모습에 가슴이 따끔거려 가만히 고개를 숙였다.

항암치료 때문인지 아버지의 굳건한 손이 뼈마디가 드러날 만큼 가늘어져 있었다.

이 지경이 되도록 몰랐던 자신의 무심함에 치가 떨렸다. 울 자격도 없는 딸이었다.

"이영아. 자식이, 고개 들어봐."

"응."

이영은 주르륵 흐르는 눈물을 닦을 생각도 못 하고 고개를 들었다.

"자식이 울기는."

"안 울어. 누가 운다고 그래."

"네 엄마가 죽고 나서 살 수 없을 줄 알았는데, 살아지더라. 배가 고프니 밥도 먹고, 잠이 오니 잠도 자고. 산 사람은 그렇게 살아지더구나. 아버지는 말이야 네 엄마 만나서 큰소리치려고 더 열심히 살았어. 그러니까 너도 그래야지. 아버지 딸이라면 그래야지."

"응, 그럴게. 그러니까 아빠는 치료 잘 받고, 어서 나을 생각이나 해."

"지금 형편없이 말랐지? 항암 치료 때문에 그래. 이거 끝나면 다시 괜찮아질 거야. 그러니까 너무 걱정하지 마. 자식이 울고 그래."

이영은 차마 우는 얼굴을 보여줄 수 없어 주식의 손을 잡고 다리에 얼굴을 묻었다.

따뜻한 온기가 흐르는 그의 손을 잡고 오열을 참아냈다. 격랑처럼 몰아치는 서러움이 잔잔해질 때까지 그렇게 버텨냈다.

얼마나 시간이 흘렀을까. 고른 숨을 내쉬며 잠에 빠져든 주식을 보며 그제야 몸을 일으켰다.

온몸이 땅속으로 무너져 들어가는 것처럼 어질어질했다. 간신히 정신을 차린 이영은 병실을 둘러보았다.

최 여사가 아버지 간병을 하는 모양이었다. 테이블 위에 놓인 잔은 그녀의 커피숍 로그가 새겨진 것이었다. 그뿐 아니라 그녀에게서 나는 특유의 향수 냄새가 병실에 배어 있었다.

어딜 간 걸까.

그녀를 찾아 나서려던 이영은 마침 문을 열고 들어서는 최 여사를 보며 낯빛을 굳혔다. 최 여사와는 그다지 친하게 지내질 못했었다. 아버지의 여자란 사실이 그녀 마음 깊숙한 곳에는 반감으로 자리 잡았었던 모양인지 마주하기 어색했다.

"아, 안녕하세요."

하지만 그런 이영과는 달리 최 여사는 반색하며 반겼다.

"언제 왔어? 내가 잠시 자리 비운 사이에 왔나 보네."

사람 좋아 보이는 미소를 지으며 다가와 손을 잡아주는 그녀는 누구보다 따뜻한 마음을 가진 여자였다. 아버지 혼자 투병할 때 곁에서 지켜준 사람은 다름 아닌 최 여사였다.

"고맙습니다. 저 대신 이렇게 아버지. ……제가 정말 할 말이 없어요."

"아니야, 내가 좋아서 하는 일이야."

마음씨 넉넉한 아주머니 같은 최 여사는 이영을 딱하게 바라보며 손등을 다독였다.

"얼마나 속상했으면. 세상에, 얼굴이 반쪽이네."

"아니에요."

"왜 아니야. 하나밖에 없는 아버지가 저리되셨으니, 네 마음 짐작이 가고도 남지."

"제가 곁에 있을게요. 앞으로는."

"그런 소리 마."

"그래도."

"아버지는 딸이 씩씩하게 제 할 일 열심히 하는 걸 바라실 거야. 그래야 마음 놓고 치료도 받으시지. 여긴 내가 있을 테니까 걱정하지 마."

"……고맙습니다."

"그래, 밥은 잘 챙겨 먹고 다니지? 바쁜데 어서 가봐."

"네. 아버지한테 무슨 일 생기면 저한테 먼저 연락해주세요."

"그래, 그럴게."

이영은 코트를 챙겨 입고 병실을 나섰다. 주식이 자는 모습을 한 번 더 보고 돌아서 나오는데, 그 뒤를 최 여사가 따라 나왔다.

"들어가세요. 내일 또 올게요."

"잠깐 얘길 할 수 있을까?"

"네."

이영은 최 여사와 함께 휴게실에 놓인 회색빛 의자에 나란히 앉았다. 무슨 말을 할지 듣지 않아도 짐작할 수 있었다. 아버지 병을 숨긴 것에 대해서 미안하다는 말을 꺼낼 것이다. 최 여사의 성품으로 볼 때 그러고도 남을 사람이었다. 아버지가 함구령을 내렸으니 그랬을 것이다.

"숨긴 거 미안해. 솔직히 몇 번이고 말하고 싶었는데, 어디 그게 내 마음대로 되는 것도 아니고. 아버지 고집이 워낙 세서 말이야."

"네, 괜찮아요. 그런 거로 서운해하지 않아요. 오히려 고마워요."

"그렇다니까 다행이야. 그리고 마음 잘 먹었어."

"……?"

"결혼식 최대한 빨리 올리기로 했다며. 그 사장이란 남자 말이야. 지난번에 와서 그러더라고. 그 뒤부터 아버지가 마음이 놓이시는지 잠도 잘 주무시고 그래."

"……."

"나는 한 번밖에 못 봤는데 듬직하니 좋더라고. 그 사람 동생도 아버지한테 얼마나 잘하는지 몰라. 병원에 아는 의사가 있으니까 여간 편한 게 아니야."

이영은 그제야 그의 갑작스러운 프러포즈가 이해되었다. 분명 아버지는 그에게 부탁했을 것이다. 철없는 딸이 눈에 밟혀 얼마나 애를 태우셨을까. 그렇게라도 다른 남자에게 맡겨야 안심이 될 만큼 형편없는 딸이니, 그 걱정에 잠이 제대로 오셨을까.

쓴 물이 목구멍을 치밀고 올라왔다. 그것은 누구도 아닌 자신에 대한 환멸감이었다.

"최 여사님, 고맙습니다. 그럼 내일 뵐게요."

"그래. 바쁜 사람 붙잡고 내가 지금 뭐 하는 거야. 어서 가봐."

"네."

병원을 나온 이영은 인도를 따라 하염없이 걸었다. 걸음을 내디딜 때마다 밀려오는 회한에 입술을 지그시 감쳐물었다. 전신을 옥죄어오는 고통에 숨을 쉴 수가 없었다.

왜 이렇게 어리석게 살아왔는지. 미덥지 못한 딸, 결국에는 누군가에게 맡겨야 할 짐 같은 존재인 자신이 죽도록 미웠다.

칼 같은 바람에 몸을 맡긴 채 고통을 감내해야만 했다.

꽁꽁 얼어붙은 이영은 희미하게 들려오는 벨소리에 가방에서 휴대폰을 꺼내 들었다.

그의 이름을 보자 이상하게 마음이 가라앉았다. 차분하게 말을 잘할 수 있을 것 같았다. 감각 없는 손가락으로 액정을 터치했다.

"여보세요."

-지금 어디야.

그의 목소리가 다급하게 들려왔다.

"병원 갔다가 나오는 길이에요."

-그러니까 어디냐고. 나 병원 앞이야. 버스 정류장에도 너 보이지 않고. 어디냐고.

"만나요."

-그래, 만나. 당연히 만나야지. 그러니까 지금 어디야.

"모르겠어요, 어딘지. 택시 타고 회사로 가서 전화할게요."

-말 안 해? 속 터져 죽는 꼴 볼래?

"그러실 이유 없어요. 회사 앞에서 봐요."

이영은 전화를 끊어버렸다. 눈동자가 빡빡해졌지만 마음을 다잡고 택시를 기다렸다.


재원은 눈을 뜨자마자 그녀가 갔을 곳을 떠올리며 주식이 입원한 병실을 찾아갔다. 그런데 길이 어긋나버리고 말았다. 대충 안부를 묻고 다음에 오겠다는 인사를 하고 부랴부랴 나왔다. 버스 정류장부터 찾았지만, 그녀의 모습이 보이질 않았다. 이상하게 입안이 바싹 마르고 속이 타들어갔다. 차를 정류장 근처에 세운 뒤 전화를 걸었다.

휴대폰을 통해 들려오는 그녀의 목소리는 차분했지만, 어딘가 모르게 차가운 바람이 불었다. 평소 그가 알던 그녀의 목소리가 아니었다.

어디에 있는지 말도 않고 무작정 회사 앞에서 기다린다는 말을 끝으로 전화를 끊어버렸다.

재원의 입가에 문 담배가 하얗게 타들어갔다. 툭, 떨어지는 담뱃재를 보며 낮게 욕설을 내뱉었다. 재떨이에 담배를 끈 뒤, 차를 거칠게 몰았다.

회사 입구에 장승처럼 우뚝 서 있는 여자가 보였다. 로비에 들어가 있기라도 하면 좀 좋을까. 이 추운 날 벌서는 것도 아니고 왜 저리 미련을 떠는지.

차에서 내린 그는 코트 깃이 휘날릴 만큼 빠르게 다가갔다.

"강이영."

서늘한 눈초리의 그는 이영의 꽁꽁 언 뺨을 양손으로 감쌌다. 그의 온기가 저릿하게 심장을 조여왔다.

"따라와."

그는 이영의 팔을 잡고 그의 차로 이끌었다. 힘없이 딸려오는 이영이 어딘가 못마땅했지만 성질을 꾹꾹 누르며 차에 태웠다.

"조용히 이야기할 만한 곳으로 가요."

앞만 주시하던 이영이 나직한 소리로 말했다.

"좋아."

차 안에는 무거운 침묵이 감돌았다. 돌려 말할 줄 모르는 것은 둘 다 마찬가지였다. 부디 오해 없이 받아들여주길 바라며 그녀가 해야 할 말을 정리했다.

그는 그녀를 데리고 처음 맞선을 봤던 호텔로 갔다. 그곳에 도착하고서야 맞선 봤던 곳이란 것이 떠올랐다. 커피숍으로 갈 줄 알았던 이영은 그가 엘리베이터 쪽으로 향하자 힐끔 쳐다봤다.

"조용한 곳으로 가자며."

"그렇다고 룸으로 가잔 말은 아니었어요."

"나도 대낮에 방 잡고 들어가자는 거 아니니까 걱정 마."

호텔 스카이라운지에 있는 바로 향한 그는 웨이터가 안내하는 룸으로 들어갔다. 조용하고 아늑한 룸은 조촐하게 파티를 하기 적당한 장소였다.

"여기, 내가 인테리어 했어. 마음에 들어?"

"네."

그는 느긋하게 자리에 기대앉으며 이영을 뚫어지게 쳐다봤다. 선천적으로 예민한 사람이었다. 그는 이영의 미묘한 변화를 벌써 눈치채고 어떻게 대처할지 가늠하고 있었다.

"가볍게 한잔할까? 그편이 좋겠지?"

"네."

이영은 싸하게 내리긋는 가슴의 통증을 술로 달래볼까 하는 생각에 고개를 끄덕였다.

그가 시킨 술이 테이블 위에 차려졌다. 그는 이영이 먼저 입을 열기 전까지 아무 말도 하지 않을 생각인지 침묵했다.

이영은 눈앞에 놓인 잔을 들어 단숨에 삼켰다. 와인을 음미하며 마셔야 한다는 것쯤은 알았지만, 갈증이 우선이었다.

싸하게 번지는 알코올 기운에 미간을 찌푸렸다.

"안주 먹어."

그제야 입을 열었다.

"한 잔 더 주세요."

그의 짙은 눈썹이 꿈틀댔다.

"천천히."

"네, 그럴게요."

남자다운 손에 들린 와인병이 그녀의 잔에 기울어졌다. 절반쯤 채운 붉은 와인이 핏빛처럼 흔들렸다. 그 모습을 말없이 바라보던 이영은 시선을 들어 그를 쳐다봤다. 화려한 샹들리에 조명 아래 짙은 음영을 드리운 조각 같은 얼굴은 한 치의 흔들림도 없었다.

"술을 먹고 용기를 짜내야 할 만큼 심각한 이야기인 것 같은데, 난 취한 여자 말은 믿질 않아."

그의 말에 이영은 두 눈을 똑바로 뜨고 그를 쳐다봤다.

"나. 는. 어떤 의무감이나 책임감 때문에 프러포즈하는 남잘 믿지 않아요."

그는 이영의 두 눈에 시선을 고정한 채 살짝 입매를 비틀었다.

"아빠와 어떤 약속을 하셨나 모르겠는데, 나는……."

"그만."

단호한 눈빛만큼이나 목소리가 매서웠다.

"나는, 싫어요. 나는······!"

"그만 안 해?"

100미터 달리기를 한 것처럼 가쁜 숨을 내쉰 이영은 입을 꾹 다물었다. 움켜쥔 주먹이 부들부들 떨려왔다. 사실은 이런 말을 내뱉기가 죽기보다 힘들었다. 진실을 마주할 각오로 그를 보러 온 것이다. 그리고 이젠 정말로 홀로서기를 해야 한다.

이 남자에 의지하지 말고, 이젠 저 혼자 서야 한다.

냉정한 눈동자가 차갑게 빛났다. 저 눈동자가 눈부신 햇살처럼 빛날 때도 있었단 사실이 꿈같았다.

"내가 강 사장님한테 빚진 거 있어?"

"······!"

"아니면 강 사장님이 내 돈을 떼어먹길 했어."

"······."

"무슨 의무감, 책임감? 난 그런 거 몰라. 싫으면 그냥 깨끗하게 싫다고 해. 말도 안 되는 핑계 대지 말고."

이영은 아무 말도 못 한 채 그를 노려보았다.

"내가 네 눈에 그렇게 시시한 놈으로 보였다면 내 잘못이겠지. 할 이야기가 그거야?"

"······그래요."

"그래서 뭘 어쩌겠다고. 회사 관두고 나가겠다고? 전부 다 없던 일로 하자고?"

"그래요."

단호한 동작으로 잔을 들이켠 그는 잠시 침묵했다. 굳게 닫힌

저 입술에서 무슨 말이 나올지 덜덜 떨려왔다.

"네 마음대로 해."

맥이 탁 풀렸다.

그는 날카롭게 내뱉은 뒤 시계를 힐끔 쳐다봤다.

"나 먼저 일어난다. 회의 있어."

"……."

"사직처리 하도록 하지."

서늘한 눈동자에 담긴 무수한 말들을 이영은 볼 정신이 없었다. 그저 침묵할 뿐이었다.

슬로우 모션처럼 문이 닫혔다. 정신을 차리고 보니 그는 가고 없었다. 화려한 샹들리에 아래 우두커니 혼자 앉아 있었다.

매정하게 등을 보이고 나가버린 그의 뒷모습이 인이 박이듯 뇌리에 새겨졌다. 한번 돌아서면 저리도 냉정하고 가차 없는 사람. 익히 그런 사람인 줄 알았지만, 그래도 그녀에게만은 예외일 거라 생각했었다. 이영은 가슴이 섬뜩하고 아려서 아무것도 할 수 없었다.

잘해주지나 말지.

너무 뜻밖이고 느닷없었다. 이야기가 그렇게 흘러간 것은 분명 이영의 뜻이기도 했지만, 그렇게 막무가내 이별로 몰아갈 줄 몰랐다.

'사직처리 하도록 하지.'

누군가에게 이토록 매정하게 내팽개침을 당해본 적이 있었던가. 이영은 가슴을 싸하게 내리긋는 통증에 아랫입술을 지그시 깨물었다.

하, 이렇게 쉬운데. 처음부터 없던 사람이라 생각하자.

이영은 실실 웃으며 앞에 놓인 잔을 들었다.

'천천히.'

낮게 가라앉은 그의 목소리가 귓가에 울렸다.

남이야 빨리 마시든 천천히 마시든 무슨 상관이래.

이영은 단숨에 들이켰다.

'안주 먹어.'

또다시 들려오는 목소리. 안주를 먹든 말든.

이영은 안주 대신 다시 술을 들이켰다. 와인병이 바닥을 보일 때까지 잔을 채우고 비우고를 반복했다. 마지막 한 방울까지 다 털어 마신 이영은 쓴웃음을 지었다.

역시 잘난 남자였다.

저런 남자를 어떻게 감당해. 차라리 잘된 거다.

눈을 감고 천천히 숨을 쉬었다. 숨통이 틀어막히는 기분에 제대로 호흡할 수가 없었다. 물 밖으로 내던져진 물고기처럼 아가미만 뻐끔대는 것 같았다.

손으로 쓱 눈물을 닦아냈다.

이럴 때 엄마가 있다면 얼마나 좋을까.

"……엄마."

지금까지 단 한 번도 불러본 적 없던 엄마를 조용히 입 밖으로 내뱉었다.

"……만약 아빠마저 빨리 데려가 버리면 엄마 절대로 용서 안 할 거야. 엄마 거기서 외로운 거 알겠는데, 그래도 이건 아니잖아."

눈물이 후두두 떨어지는 것을 막을 길이 없었다.

흘러내리는 눈물을 닦을 생각도 못 한 채 가슴에 맺힌 넋두리를 해댔다. 마치 눈앞에 엄마가 있기라도 하듯 혼자서 웃다가 울다가를 반복했다.

그래, 오늘만, 딱 오늘만 이렇게 울자. 그리고 다 털어버리자.

충혈된 눈자위를 들어 새카맣게 어둠이 내려앉은 창밖을 쳐다보았다. 언제부터 내린 걸까. 진눈깨비가 밤하늘을 뿌려대고 있었다.

이젠 일어나야 할 시간이었다. 진작 일어나야 했는데, 미련을 떨치지 못했었다.

행여나 그가 올까, 다시 돌아오지 않을까 기다렸다.

비참하지만 사실이었다. 하지만 그는 오지 않았다. 실낱같은 희망은 진눈깨비처럼 음산하게 얼어붙어버렸다.

해쓱하게 가라앉은 이영은 자리에서 몸을 일으켰다. 순간 몸이 휘청하며 눈앞이 하얘졌다. 테이블 모서리를 잡고 버텨내며 빨리 시야가 돌아오기를 기다렸다. 눈을 깜빡이며 심호흡을 하자 앞이 보이기 시작하며 서서히 현기증이 가라앉았다.

하아, 하아.

뒤틀리는 위장과 어지럼증 때문에 이마에 식은땀이 송골송골 맺혔다.

호텔 로비를 지나 밖으로 나오자 매서운 바람이 휘몰아쳤다. 살갗에 닿는 진눈깨비가 송곳처럼 따가웠다. 몸에 오한이 들고 부들부들 떨려왔다. 이럴 때 아프기까지 하면 큰일이었다.

서둘러 집에 가서 따뜻한 곳에 몸을 뉘고 싶었다. 그러면 이 슬픔도 나아질 것이다. 꽁꽁 얼어붙은 마음도 녹아내릴 것이다.

　이영은 움츠러드는 자신을 다독이며 위태로운 발걸음을 내디뎠다.

　지난밤, 날이 밝아오기 전까지 수십 번도 더 무너져 내렸던 참담함이 떠올랐다. 어둠이 엄습하면 나약해지는 것이 인간이지만 이제는 그럴 수 없었다. 이젠 어떻게든 살아야 했다.

제9화
너 아니면 안 돼

"강 사장님, 저 왔습니다."

재원이 병실로 들어섰다. 주식은 그런 재원을 보며 반색했다. 언제 봐도 듬직하고 믿음직스러웠다. 오후에 잠깐 다녀갔단 소릴 들었는데, 다 된 저녁에 왜 또다시 왔는지 궁금증이 일었다.

"바쁜데 왜 또 왔어."

주식은 최 여사에게 눈짓으로 잠깐 나가 있으라고 하며 몸을 일으켰다.

"편하게 누워 계십시오."

"아니야. 일어나려고. 너무 누워 있었더니 지겨워."

재원은 말없이 주식이 일어나는 것을 부축하며 침대 헤드를 단단히 고정했다. 편안하게 자리를 잡는 주식을 보며 그제야 무거운 입을 열었다.

"이영이가 저와 없던 일로 하자고 합니다."

꾸밀 줄도 모르고 돌려 말할 줄도 모르는 재원은 주식에게 있는 그대로 솔직하게 말했다. 그가 이렇게 먼저 강 사장을 찾아온 이유는 행여나 오해할까 싶어서였다.

"자식이, 내 그럴 줄 알았어."

주식은 담담한 눈동자로 재원을 쳐다봤다. 그래서 넌 어떻게 할 생각이냐고 묻는 눈빛이었다.

"지금 이영이 어떤 마음인지 짐작이 갑니다. 당분간 모른 척해 주십시오. 어떻게든 제 여자로 만들겠습니다."

"그래, 자네만 믿네."

재원을 바라보는 주식의 표정엔 믿음이 넘쳐흘렀다. 재원이 지금 얼마나 초조해하는지가 여실히 느껴졌다. 보나 마나 그 고집불통이 어지간히 애를 태우는 모양인데, 누구 딸인지 여우 짓이 장난 아니었다. 주식의 입가에 저절로 미소가 걸렸다.

"내 딸이지만 다루기 만만찮을 거야. 각오 단단히 해. 설마 어설프게 헤어지자고 한 건 아니겠지?"

"그랬습니다. 회사도 사직 처리한다고 했습니다."

"물론 자네도 보통 사람이 아니니 잘하겠지만, 아마 쉽지 않을 걸세."

"네, 노력하겠습니다."

"그나저나 내가 부탁한 일은 어떻게 돼가고 있어?"

주식은 그가 운영하는 휴먼인테리어를 이영에게 맡길 생각이었지만 건강상태가 급속도로 나빠지는 바람에 계획을 변경해야만 했다. 결국 그가 믿고 맡길 수 있는 사람은 재원밖에 없었다.

"어느 쪽이 나을지 최대한 잘 생각해서 결론이 나는 대로 다시 사장님께 의논드리겠습니다. 맡겨주신 만큼 최선을 다하겠습니다. 모쪼록 치료에 힘쓰십시오."

"그래, 자네만 믿네. 그나저나 여자는 말이야, 남자랑 달라서 한 번 헤어지기로 마음먹으면 쉽게 돌리기 어려워. 그러니까 서둘러야 할 거야."

"네."

과묵한 재원은 짧게 대답했지만, 주식을 바라보는 두 눈은 무엇보다 진중했다.

"장인어른으로 모실 날이 빨리 올 수 있도록 하겠습니다."

재원을 바라보는 주식의 두 눈에는 신뢰가 가득했다.

"고맙네."

주식이 재원의 손을 잡고 손등을 두드렸다. 그 손 위에 커다란 제 손을 올려 감쌌다.

언제 이렇게 쇠약해지셨나 싶어 가슴이 뭉클해지며 눈시울이 뜨끈해졌다. 저가 이럴진대 이영의 마음은 어떨지.

"그럼 이만 가보겠습니다."

"그래, 자주 올 필요 없어. 들어가."

"네."

병원을 나온 재원은 진눈깨비가 날리기 시작하는 하늘을 올려다보았다.

그가 우려했던 대로 이영은 그의 진심을 외면한 채 겉으로 보이는 것들만 믿고 있는 듯했다. 우는 여자를 달래주는 방법 따위를 알 리가 없었다. 그렇다고 그렇게 매정하게 말했어야 했는가.

다정하게 따뜻한 말 한마디 할 줄 모르는 자신에 대한 환멸감이 치솟았다.

"병신 새끼."

끓어오르는 화를 참지 못하고 욕설을 내뱉었다. 그것도 모자라 거칠게 머리를 쓸어 넘기며 어깻숨을 내쉬었다.

그래도 화가 가라앉지 않는다.

강 사장님이 편찮으신 것과 둘이 헤어지는 것에 어떤 상관관계가 있단 말인가.

결혼을 누군가의 부탁으로 할 수 있다고 생각하는 것 자체가 그로서는 도무지 이해가 가질 않았다. 어떻게 그쪽으로 생각이 돌아간단 말인가.

세상 어느 미친놈이 여자 아버지가 부탁한다고 마음에도 없는 여자와 결혼을 한단 말인가.

그녀를 종일 안고 다니며, 물고 빨고 싶어 환장하던 그가 아니었던가.

제 진심이 받아들여지지 않고 내쳐진 기분은 끔찍하다 못해 지독했다.

재원은 진눈깨비가 머리, 어깨 위로 내려앉아 흠뻑 젖어드는 줄도 모르고 그렇게 서 있었다.

그래, 그럴 리 없겠지만, 만에 하나라도 제 행동에 믿음이 안 가는 부분이 있다면 그건 전적으로 그의 책임이었다.

지금 이 순간부터 죽을 만큼 생각할 것이다. 정말 그녀가 아니어도 괜찮은지. 그녀가 아니어도 좋은지를.

이영은 사직을 하더라도 그의 회사에 가서 마무리를 짓고 그만두기로 했다. 이대로 무책임하게 하던 일을 그만둘 순 없었다. 이지수 팀장도 없는 마당에 그러고 싶진 않았다.

밤에 푹 잔 탓에 좀 살 만했다. 거울 속에 비친 제 모습에 미간을 찌푸렸다. 생을 다 산 여자처럼 생기라곤 하나도 없는 얼굴이었다. 이렇게 실연당한 여자의 얼굴로 다닐 순 없었다.

이영은 짙은 색의 정장을 입고 그에 어울리는 화장을 했다. 아이섀도를 바르자 깊어진 눈매가 더욱 돋보였다. 립스틱으로 마무리하자 제 모습이 아닌 것처럼 마냥 낯설었다. 기분 전환으로 화장을 짙게 하는 여자를 이해할 수 있을 것 같았다.

다시 그를 볼 자신이 없었지만, 그래도 용기를 내고 싶었다. 마지막까지 비참한 모습을 보이고 싶진 않았다.

그녀가 회사를 나가자 다들 아버지 소식을 들은 모양인지 다가와서 걱정의 말을 건넸다. 이지수 팀장 때문에 눈엣가시처럼 여기던 사람들도 그 기세가 누그러진 듯했다. 그나마 다행이라 여기며 제자리에 앉았다.

한 달도 채 되지 않은 시간 동안 그녀가 한 일은 극히 미비했다. 아빠가 이곳에 그녀를 넣었을 때는 깊은 뜻이 있었을 텐데 결국 잘린 거나 다름없었다. 아빠한테 어떻게 설명해야 할지 그것도 난감했다. 지금 휴먼인테리어에 들어가서도 그녀가 할 일은 크게 없을 것이다.

그동안 무엇을 하고 살았던 것인지 또다시 자괴감이 스멀거리며 올라왔다.

똑. 똑.

박선호 팀장이 그녀의 파티션 위로 얼굴을 내밀었다.

"이영 씨, 나랑 차나 한잔할까요?"

"네."

"내 방에서 마셔요. 맛있는 커피가 생겼거든요."

이영은 그의 뒤를 따라 들어갔다.

"거기 앉아요."

의자에 앉아 그가 커피 내리는 것을 지켜보았다. 작은 사무실 공간에 커피 향이 가득 퍼졌다. 뜨거운 김이 모락모락 나는 머그잔을 그녀 앞에 내려놓으며 그도 잔을 가지고 왔다.

이영은 양손으로 잔을 잡고 한 모금 들이켰다.

"맛있어요."

"나 바리스타 해도 될 거 같죠?"

"네, 뭐든 잘하시는 거 같아요."

이영은 힘없이 웃으며 그와 대화를 주고받았다. 결국 그가 하는 말은 위로였다. 힘내서 끝까지 최선을 다하자는 말이었다.

이영은 코끝이 찡해져 왔다. 박선호 팀장이 건네는 형식적인 호의에도 이렇게 눈물이 솟구칠 만큼 외로운 걸까.

뿌옇게 흐려진 시야에 그녀가 그만 머그잔을 놓쳐버렸다.

테이블 위로 커피가 쏟아지며 그녀의 허벅지로도 뜨거운 커피가 흘러내렸다.

"아, 죄송해요."

"괜찮아요?"

이영은 자리에서 벌떡 일어나 젖은 스커트를 허벅지 위에서 떼어놓으려 했지만, 이미 안으로 스며든 커피를 어쩔 수 없었다. 선호가 내미는 수건으로 스커트를 닦은 이영은 대충 티슈로 테이블을 정리했다.

"그냥 놔둬요. 그나저나 화상 입은 거 아닌지 모르겠네요."

"괜찮아요. 맛있는 커피를 다 쏟아버렸네요."

"커피야 다시 내리면 되지만. 어서 나가봐요. 그 상태로는 찝찝하겠어요."

"네, 그럼 나가볼게요."

이영은 스커트 자락을 살그머니 쥐고서 밖으로 나왔다. 그 순간 우뚝 서 있는 재원과 눈이 마주쳤다.

짙은 눈썹이 꿈틀대며 그녀의 모습을 훑어댔다. 마치 무슨 일이 있었던 거냐고 추궁하는 표정이었다.

이영은 말없이 고개를 숙이고 재빨리 사무실을 벗어났다. 아슬아슬하게 닿을 뻔했던 그의 손. 이영은 잘못 본 것으로 생각하며 얼른 화장실로 들어갔다.

그런 그녀의 뒷모습을 무섭게 바라보던 재원은 팀장실에서 나오는 선호를 향해 상한 기분을 고스란히 드러냈다.

"무슨 일이야."

"이영 씨가 커피를 쏟았어. 뜨거울 텐데, 괜찮을지 모르겠네."

가벼운 맞선  317

순간 발끈한 재원은 손에 들고 있던 서류를 거칠게 선호에게 던졌다.

"받아. 처리해."

그러곤 날카롭게 번뜩이는 눈빛으로 선호를 노려본 뒤 사무실을 나갔다.

화장실에서 나오는 이영을 본 재원은 그녀의 손에 들린 스타킹을 보며 어금니를 지그시 깨물었다. 추운 날씨에 고스란히 맨살을 드러낸 종아리를 노골적으로 쳐다보며 서서히 다가갔다.

그를 피해 옆으로 비켜 가는 그녀의 팔목을 거칠게 낚아챘다.

"노, 놔요."

금방이라도 덮쳐버릴 것 같은 무시무시한 기세로 바라보던 그가 그녀를 달랑 안아 들었다.

"조심 안 해?"

낮게 가라앉은 목소리가 복도에 울렸다.

"놔요."

"병원부터 가."

"그 정도는 아니에요. 소리 지르기 전에 내려놔요."

"그럼 질러."

그녀와 마주한 그의 눈동자가 날카롭게 반짝였다.

숨이 막힐 것 같은 눈동자에 이영은 얼어붙었다.

"뭐 하는 거예요? 내려놔요. 어서."

"가만히 안 있어?"

낮게 으르렁거리듯 내뱉는 말투와 달리 그의 행동은 조심스러웠다. 이영은 뻐근할 정도로 조여오는 심장 때문에 미간을 찌푸렸다.

힘으로 버티며 빠져나오려 해도 어림없었다. 이영은 흥분하는 대신 차분하게 마음을 가라앉히기로 했다.

매몰차게 버리고 가버린 남자가 왜 이렇게 다정하게 구는 것인지 그녀로서는 알 길이 없었다.

동훈이 말마따나 저는 그저 단순하고 무식해서 복잡하게 생각할 줄도 몰랐다. 내내 야속하게 돌아서던 뒷모습만이 뇌리에 남아 서운함을 더했다.

그는 그녀의 마음을 아는지 모르는지 엘리베이터에 탄 뒤 그의 사무실로 향했다. 병원에 간다면서, 물론 병원을 갈 만큼 심각한 상황은 아니었지만, 직원들이 눈을 벌겋게 뜨고 쳐다보는데도 아랑곳하지 않고 당당하게 복도를 누볐다.

안다. 지금 꼴이 얼마나 웃긴지.

어차피 그만둘 직장이었지만, 그렇다고 부끄럽지 않은 것은 아니었다. 이영은 그의 귓가에 대고 낮게 속삭였다.

"좋은 말 할 때 내려놔요. 여기서 비명 지를지도 모르니까."

그가 걸음을 우뚝 멈추었다.

"……질러."

그럴 줄 알았다. 그는 사람들 시선 따위에 연연해하는 사람이 아니었다. 이영은 주위를 둘러본 뒤 숨을 고르며 고함을 지르기 위해 입을 열었다.

"사, 으읍!"

그 순간 비명은 그의 입속으로 삼켜졌다. 단단한 입술이 이영의 보드라운 입술을 머금고 부드럽게 빨아댔다.

무슨 일이 벌어진 걸까.

그가 그녀를 안아 든 것은 장난에 불과했다. 그는 움찔 굳어버린 그녀의 입안으로 혀를 깊숙이 묻으며 입천장과 잇몸을 쓰윽 훑었다. 그러고는 얼어붙은 그녀의 혀를 휘감으며 듬뿍 빨아대다가 마지못해 놓아주었다. 입가를 따라 주르륵 흐르는 타액을 혀로 닦아내는 것도 잊지 않았다.

숨 쉬는 것조차 잊고 있던 그녀는 그가 이마를 맞댄 채 격한 숨을 내뿜으며 삼킬 듯 바라보자 그제야 정신이 들었다.

"하아…… 미쳤어. 정말."

"또 소리 질러. 이번엔 짧게 안 끝내."

들썩이는 어깻숨을 내쉬며 노려보는 그는 금방이라도 바닥에 눕혀버릴 것처럼 격해져 있었다. 짙게 일렁이는 눈동자의 의미를 제대로 파악하기도 전에 그녀가 그에게 안긴 채 사무실로 들어갔다.

파르르 떨던 이영은 몸을 빼내려던 전의마저 완전히 상실해버렸다.

김 비서는 그들의 등장에 눈을 왕방울만큼 크게 뜨고 쳐다봤다. 그런 그녀를 향해 재원이 서늘하게 내뱉었다.

"문 열어."

"아, 네. 사장님."

김 비서는 후다닥 달려와서 집무실 문을 열었다. 더는 창피할 것도 없지만, 그래도 김 비서의 시선에 자유로울 순 없었다. 그녀의 호기심 어린 눈동자가 연신 이영을 훑어댔다.

"아무도 들여보내지 마."

"네, 알겠습니다."

비서의 본분을 잊을 리 없는 김 비서는 묻지도 따지지도 않고 그저 조용히 지시에 따랐다.

"어쩌다 이렇게 된 거야."

이영을 조심스럽게 소파에 앉히며 물었다.

"미친 거죠? 아니고서야 어떻게 사람들 보는 데서 그럴 수가 있어요?"

"안 보는 데서는 되고?"

"뭐라고요?"

이영은 그의 뻔뻔함에 질려버렸다. 그토록 모질게 내팽개치고 가버렸으면서 이러는 건 또 무슨 이유란 말인가.

"커피, 왜 쏟은 거야."

"대답해야 할 이유 없고, 여기 있어야 할 이유는 더더욱 없어요."

"두 번 말하게 하지 마. 그 방에는 왜 들어갔어?"

이영은 그의 무시무시한 시선을 받아냈다. 들썩이는 팽팽한 가슴팍과 넓은 어깨가 위협적이었다. 뭔가를 꾹꾹 참아내는 듯한 표정으로 한참을 바라보던 그는 한쪽 무릎을 굽히고 그녀와 눈높이를 맞추었다.

"좋아. 일단 다리부터 봐야겠어."

미처 방어하기도 전에 그녀의 스커트를 걷어 올렸다.

"하아, 정말 왜 이러는 거예요."

이영이 스커트를 내리려 그의 팔을 밀쳐냈지만, 꿈쩍도 하질 않았다. 팬티가 보일 듯 말듯 아슬아슬했다. 아니, 어쩌면 그가 앉은 곳에서는 보일지도 모르겠다.

"아파? ……병원은 안 가도 될 거 같은데."

주의 깊게 허벅지를 살펴보던 그는 눈썹을 치켜세웠다.

이영이 다시 한 번 더 그의 손을 밀쳐내자 순순히 떨어져 나갔다. 하지만 손만 떼어냈을 뿐 그는 지나치게 가까이 있었다. 뒤로 물러날 수도 앞으로 나아갈 수도 없는 지금, 그의 짙은 시선 속에 갇혀버린 기분이었다.

강인한 턱 선과 우뚝한 콧날, 남자다운 매력을 뿜어대는 그는 깊이를 알 수 없는 눈빛으로 그녀를 바라보았다.

닿을 듯 말 듯 가까운 거리. 정면으로 그의 얼굴이 다가왔다. 눈을 헤집던 시선이 천천히 아래로 내려갔다. 기다란 속눈썹을 드리운 새카만 눈동자가 그녀의 입술을 더듬고 핥아댔다.

아슬아슬하고도 위태로운 시선에 꼼짝없이 붙들린 이영은 숨만 색색대며 노려보았다.

"……매번 날 시험하지?"

"……?"

쉰 목소리로 들릴 듯 말 듯 속삭이던 그는 벌떡 자리에서 일어났다.

"그대로 있어."

이영을 노려보던 그는 문을 열고 나가 김 비서에게 뭔가 지시를 내린 뒤 돌아왔다.

그는 내내 침착하려 했지만 쉽지 않았다. 초조한 마음을 달래려 습관처럼 머리카락을 쓸어 넘기며 창가 쪽으로 가서 섰다.

바람처럼 귓가에 내려앉은 이영의 숨결, 달콤한 내음이 심장을 조여왔다. 더는 확인해볼 필요도 없었다.

"강이영."

밤새 고민하고 고민했던 것들. 이젠 그가 풀어놓아야 할 시간이었다.

"……네 친구 녀석 아버지가 편찮으시다고 쳐. 그리고 그 아버지가 너더러 자기 아들이랑 결혼해달라고 부탁하는 상황이라면, 너는 어떡할래?"

재원은 창밖으로 시선을 고정한 채 물었다. 어젯밤 자신에게도 밤새도록 던진 질문이었다. 그는 스스로 답을 얻었으니, 그녀도 답을 내놓아야 한다.

우회 없이 직진만 하던 그가 처음으로 한발 물러섰다. 제 마음 알아달라고 호소하는 짓 따위 해본 적도 없고, 앞으로도 없을 줄 알았다. 그런 그가 지금 최대한 인내하며 참아내고 있었다.

"말이 되는 소릴 해요."

이영은 그가 묻는 말에 어이없다는 반응을 보였다.

"그럼 나는. 나는 말이 돼?"

어디까지 설명하고 풀어놔야 애타는 제 마음을 알아줄까.

그는 입안이 바싹 말라오며 담배 생각이 간절해졌다. 그녀를 향한 절박함에 목이 마른 건지도 모른다. 천천히 뒤를 돌아 그녀를 바라보았다.

커다란 눈망울이 흔들리고 있었다. 무슨 생각을 하는 걸까.

당장 달려가서 그녀를 소파에 눕혀버리고 싶은 짐승과도 같은 욕망에 정신이 혼미했다.

눈앞에 아른거리는 그녀의 새하얀 허벅지와 은밀한 다리 사이. 그곳에 당장 얼굴을 파묻고 싶은 욕망을 떨쳐내려 깊은숨을 들이쉬고 거리를 멀찍이 떼어놓았지만 쉽지 않았다.

작은 물결처럼 그의 가슴에 잔잔한 파동을 만들던 그녀가 이젠 거대한 해일처럼 그를 덮치려 했다. 그녀가 가진 위력 앞에 그는 꼼짝없이 흔들리고 마는 작은 배에 불과했다.

그의 시선을 피해 고개를 숙인 채 입술을 잘근거리며 앉아 있는 그녀.

두 눈을 마주하면 견딜 수 있을까. 참을 수 있을까.

글쎄, 그건 자신할 수 없다.

똑. 똑.

그때 마침 노크 소리가 들려왔다.

"들어와."

김 비서였다. 그녀는 그가 있는 곳으로 다가왔다. 재원은 그녀가 내미는 것을 받아 들고 그만 나가보라는 시선으로 쳐다봤다.

김 비서는 들어올 때와 마찬가지로 조용히 집무실을 빠져나갔다.

그녀 덕분에 둘 사이에 팽팽하게 흐르던 긴장감이 조금은 완화

된 것 같았다. 이영이 시선을 들어 그를 바라보았다.

뒤돌아선 채 좋아한다는 고백을 우회적으로 하는 남자.

그가 던진 질문에 서걱거리던 모래알 같은 가슴이 촉촉이 젖어들었다.

그녀가 내심 바라던 것은 그의 고백이었는지도 모른다.

이렇게. 직접적으로.

노골적으로.

좀 더 정확하게.

더 알기 쉽게.

좋아한다고.

다른 이유 다 떠나서. 너니까 좋다는 그 말.

그 한마디가 듣고 싶었던 것이다.

"내 마음을 이렇게까지 말했는데 모른다고 하진 않겠지."

그는 김 비서가 건네준 쇼핑백을 들고 한 걸음씩 다가왔다.

"강이영."

나직이 부르는 소리에 이영의 심장이 떨려왔다.

"좋아해."

진동, 아니 강력한 지진.

심장에 해일이 일었다.

"······사랑한다."

깊이를 알 수 없는 눈동자에 익사할 것만 같았다.

그가 그녀를 일으켜 세웠다. 단단한 손에 붙잡혀 일으켜 세워진 이영은 고개를 떨구었다.

그가 그녀를 품에 끌어안는 순간 이영은 그를 힘껏 밀쳤다.

조금이라도 남은 의심 떨쳐내기 위해서.

"난 이미 마음을 정리했어요."

그리고 그녀가 떨리는 입꼬리를 앙다물었다.

"나도 그래."

그가 이영의 짧은 머리카락을 헝클어뜨렸다. 커다란 손으로 쓱, 헤집는 손길에 저절로 눈이 감겼다.

"너 아니면 안 되겠다는 결론. 확고해."

밤새 몸부림치던 설움이 스르르 녹아내렸다.

"이기적이고 자기 맘대로야. 순전히."

작은 손짓 하나에도 와르르 무너져 내린다. 조금은 더 버텨보려 했는데, 안 될 것 같다.

이 남자 앞에선 항복. 무조건 항복이었다.

하지만 쉽게 넘어가 주지 않으리라 다짐했다.

"젖은 옷 벗고, 이걸로 갈아입어."

이영은 그가 내미는 쇼핑백을 물끄러미 바라보았다.

"……입혀줘요."

적어도 사랑하는 여자의 반쯤 벗은 모습을 보고서도 아무렇지 않다면, 그건 거짓말이겠지.

그의 두 눈에 섬광과도 같은 것이 번뜩였다. 강렬한 눈동자가 그녀의 동공을 파헤칠 것처럼 파고들었다. 성큼 다가선 그는 쇼핑 백에서 바지를 꺼내 소파 위에 던졌다. 그리고 그녀의 스커트 허리 부위를 더듬으며 훅과 지퍼를 찾았다. 그녀를 감싸 안 듯 팔을 뒤로 돌린 그는 단숨에 스커트를 벗겨 냈다.

허벅지를 지나 종아리 아래로 툭 떨어진 스커트. 은밀한 속살이 고스란히 드러났다. 블라우스 아래 살짝 보이는 팬티와 훤히 드러난 허벅지. 어디 쥐구멍에라도 들어가고 싶을 만큼 민망했지만 죽을힘을 다해 참아냈다. 그를 시험하고 있는 마당에 먼저 쓰러질 수 없었다.

숨이 턱까지 차오르고 가슴이 부풀어 올랐지만 태연하게 그를 바라보려 애를 썼다.

그의 짙은 눈썹이 꿈틀대며 사납게 움직였다. 이영은 주름이 잡힌 그의 미간을 검지로 살살 문질렀다.

"강이영. 몸부터 사용하는 거 어디서 배웠어?"

그가 그녀의 손목을 사납게 휘어잡으며 이마에서 떼어냈다. 낮게 가라앉은 목소리는 마치 짐승이 으르렁거리는 것 같았다.

"그런 건 배워야 아는 건가요?"

어디 죽어봐, 가가멜.

이영은 일부러 허벅지를 꼬며 살짝 몸을 흔들었다. 그 순간 그의 탄탄한 허벅지가 그녀의 다리 사이로 파고들며 몸이 맞닿았다.

부드러운 슈트의 질감이 고스란히 맨살에 느껴졌다. 야릇한 촉감에 흠칫 몸을 떨며 그의 가슴팍을 밀어냈다. 그때 노크 소리와 함께 집무실 문이 벌컥 열렸다.

그는 놀랄 만큼 재빠르게 이영을 커다란 몸으로 감싸 안으며 몸을 틀었다.

"뭐야."

탁한 음성이 서늘하게 쏟아졌다.

"아, 미안."

박 팀장일 게 분명한 목소리가 들리고, 이내 문이 닫혔다. 그는
발갛게 익은 이영의 얼굴을 보고서는 흥분을 억누르는 목소리로
말했다.

"옷부터 입자."

잔뜩 끝이 갈라진 목소리가 튀어나왔다.

팽팽한 가슴팍이 들썩일 만큼 거친 숨을 내뱉은 그는 단호하면
서도 재빠른 동작으로 이영의 바지를 입혔다.

"고, 고마워요."

이영은 단단하게 굳어진 그의 턱 선에 시선을 뒀다.

"이만 가볼게요."

그러곤 얄미울 만큼 재빨리 말한 뒤 그에게서 빠져나왔다. 그런
그녀를 허탈한 표정으로 바라본 그는 허리에 한 손을 올린 채 물
었다.

"말 안 해?"

그가 뭘 말하라고 종용하는지 알지만 쉽게 대답해주기 싫었다.

"뭘요?"

그는 넥타이를 느슨하게 당겨내며 탁자 위에 놓인 담배를 꺼내
입에 물었다. 상기된 얼굴에 흥분한 기색이 역력했다. 가늘게 뜬
눈으로 그녀의 모습을 훑어 내린 그는 이영의 살짝 벌어진 허벅지
사이에 시선을 뒀다. 타이트한 바지는 이영의 몸매를 적나라하게
드러내고 있었다.

김 비서가 눈썰미가 좋은 모양인지 그녀에게 딱 맞는 바지를 어디서 구해 왔다. 몸매가 적나라하게 드러나는 것이 흠이긴 했지만 예쁜 이영의 골반과 허벅지를 볼 수 있어 좋았다. 다만, 그 누구에게도 보여주고 싶지 않았다.

　　"저런 걸 옷이라고. 김 비서, 센스가 형편없네."

　　담배 연기를 길게 내뿜으며 속을 달랬다.

　　"좋은데요?"

　　"그게 속옷이지 겉옷이야?"

　　거칠게 머리카락을 쓸어 넘기는 그의 몸짓에 욕정이 고스란히 묻어났다.

　　"젠장, 못 참겠다."

　　"뭐, 뭘요? 전 이만 가볼게요."

　　"기다려."

　　그가 담배를 재떨이에 비벼 끄며 이영에게 다가왔다. 점점 몸을 뒤로 물린 이영은 결국 코너에 몰렸다.

　　"이래놓고 갈 거야?"

　　"뭘 말하는지."

　　"무책임한 여자네."

　　조금 전 그를 도발할 때와는 전혀 다른 모습이었다.

　　"얘 말이야."

　　그의 눈이 바지 앞섶으로 향했다. 천연덕스럽게 아무렇지도 않게 바라보는 그곳은 불룩하니 부풀어 있었다.

　　"아! ……얘는 왜 그렇게 시도 때도 없이……."

"뭐?"

그가 황당하다는 듯 낮게 웃었다.

"저 아직 마음 정한 거 아니에요. 외근 나가요, 사장님."

이영은 정색을 하며 사무실을 벗어났다. 이영의 입가에 빙그레 웃음이 매달렸다. 그의 웃음소리가 심장 떨리도록 좋았다. 진심을 확인한 이영의 발걸음은 날아오를 것처럼 가벼웠다.

그런 이영의 뒷모습에 김 비서의 시선이 집요하게 따라붙었다.

"와우, 내가 골랐지만, 저 몸매 좀 봐."

김 비서가 이영의 뒤태에 감탄사를 터트렸다.

"김 비서, 보는 눈이 그것밖에 안 돼?"

갑자기 나타난 사장 때문에 놀란 김 비서가 흠칫했다. 오늘 여러 번 사람을 놀라게 한다.

"요즘 다들 저렇게 입고 다니는데요, 사장님."

"다른 여잔 모르겠고, 내 여잔 저러면 곤란해."

"네에?"

"눈 돌아갈 만큼 예쁘잖아. 안 그래?"

냉혈남 정재원 사장이 변해도 너무 변해버린 탓에 김 비서는 어지럽기까지 했다.


한편 이영은 외근 후 곧장 주식이 입원해 있는 병원으로 향했다. 매서운 바람이 불고 코끝이 찡할 만큼 추웠지만, 그가 입혀준 바지는 따뜻했다.

이렇게 쉽게 풀어질 거면서 밤새 고민했었던가.

그가 안아 드는 순간 이미 몸과 마음은 기쁨의 환호성을 질러댔었다. 자꾸만 입꼬리가 올라가서 어떻게 표정 관리를 해야 할지 모를 지경이었다.

지하철에서 내린 뒤 병원으로 난 길을 따라 걸었다. 눈이 곳곳에 쌓여 있어 길이 미끄러웠지만, 조심해서 걸으려 노력했다. 그렇게 걷는데 가방 안에 든 휴대폰이 울렸다.

액정에 뜬 이름을 보자 다시 입꼬리가 위로 올라간다.

"네."

차분하게 일부러 목소리를 다듬으며 들뜬 기색을 들키지 않으려 했다.

-추운데 계속 밖으로 돌아다닐 거야?

좋다는 말로 설명이 부족했다. 그의 목소리가 귓가를 통해 심장으로 흘러들었다.

"잠깐 병원에 들러 아빠 얼굴 좀 보려고요."

—…….

그에게선 대답이 없었다. 횅횅 부는 바람 소리만이 수화기를 타고 흘러들었다. 이 사람도 밖인 걸까.

"여보세요?"

-어디야. 지금.

"네?"

-어디냐고.

"병원 쪽으로 가고 있어요. 지하철에서 내렸거든요."

-그럼 꼼짝 말고 거기 서 있어.

그 말을 끝으로 전화가 끊겼다.

꼼짝 말고 서 있으라고? 여기서?

이영은 어리둥절한 표정으로 주위를 둘러보았다. 설마, 여기 있으려고.

이영은 고개를 저으며 한 걸음씩 앞으로 내디뎠다. 바람도 바람이거니와, 지나다니는 사람들 통행에 방해되는 기분이었다.

"말 안 듣지."

그녀의 팔을 낚아채며 어깨를 돌려세우는 강력한 힘에 이영은 속절없이 끌려갔다. 그녀 앞으로 바짝 다가선 넓은 가슴은 정말 그였다.

"조심 안 해?"

귓가에 다정하게 내려앉는 음성도 분명했다.

"어떻게, 여길."

"눈길, 또 넘어지면 어쩌려고 혼자 이렇게 다녀?"

이영은 그녀의 어깨 위에 커다란 코트를 걸쳐주며 단단히 여미는 남자를 물끄러미 바라보았다. 코끝에 맴도는 그의 향기가 그녀를 포근히 감쌌다.

"강이영, 그러고 온종일 어딜 쏘다닌 거야?"

"네?"

저도 모르게 상기된 두 뺨을 양손으로 감싸며 올려다보았다. 심장이 터질 것처럼 두근거렸다.

"보고 싶어 미칠 뻔했다."

이마에 입술을 내리며 넓은 품 안으로 끌어당기는 그였다.

지나다니는 사람들의 시선이 둘에게 머물렀지만 그는 아랑곳하지 않고 그렇게 한참을 안고 있었다.

"사람들이 봐요."

"보면 어때."

머리카락을 헝클어뜨리며 내려다보는 그의 눈동자는 흑요석처럼 반짝였다. 새카만 눈동자가 한 치의 흔들림도 없이 그녀를 향해 있었다. 이렇게 온전히 누군가의 시선 속에 갇혀본 적이 있었을까.

눈빛만으로도 숨이 가빠오고 얼굴이 달아오르는 것은 이 남자만이 가진 위력이었다.

"가자."

"병원에요?"

"응. 같이 가."

그는 이영의 어깨에 팔을 감싸며 그의 차가 세워진 곳으로 걸었다. 갓길에 세워진 차는 비상깜빡이를 켠 채였다.

병실까지 가는 내내 그의 손은 이영의 손을 단단히 움켜잡고 있었다. 손가락 하나하나 얽어서 깍지를 낀 채 절대로 놓을 수 없다는 듯.

맞닿은 손에 땀이 차오르고 축축해지는 것이 느껴졌지만, 그는 아무렇지도 않은 모양인지 병실 앞에 도착해서도 놓질 않았다.

"자, 잠깐만요. 손은 놓고 들어가요."

"싫어."

노크와 함께 그가 먼저 병실로 들어갔다. 이영은 그의 커다란 등 뒤에 붙어서 따라 들어갔다.

"장인어른, 저 왔습니다."

그의 '장인어른'이란 호칭에 놀란 이영이 그를 올려다보았다.

"하하, 자네 왔어?"

"네. 몸은 좀 어떠십니까."

"나야 보다시피 많이 좋아졌어. 내일모레면 퇴원해도 될 것 같아."

"다행이십니다."

"그나저나 이영이 저 녀석, 아버지한테 인사도 안 하고 아주 좋아 죽나 보네."

"아빠!"

"하하, 저 녀석이 저런다니까. 좋으면 좋다고 말을 할 줄 몰라. 자네가 참 많이 답답할 거야."

"아닙니다."

자꾸만 번져가는 웃음을 참을 수 없는 재원은 입꼬리를 내리려 애를 써야만 했다.

이영은 슬그머니 손을 빼내더니 강 사장 앞으로 가서 어디 몸이 더 축나진 않았나 싶어 여기저기 살펴댔다.

"일하기도 바쁜 시간에 자꾸 여기 오지 마. 최 여사랑 둘이 있는데 방해된다니까."

주식이 최 여사 핑계를 대자 이영이 주식을 향해 밉지 않게 눈을 흘겼다.

"자식이. 저는 저렇게 든든하고 멋진 남자를 옆에 두고 있으면서."

"아빠!"

"하하하."

주식이 소리 내 웃자 옆에 서 있던 재원도 입꼬리를 올리며 조용히 미소 지었다.

"장인어른 퇴원하시면 결혼식 올리도록 하겠습니다."

"그래. 자네가 그렇게 하겠다면 그래야지."

"무슨 결혼을 번갯불이 콩 볶아 먹듯 한다는 거예요?"

이영이 못마땅한 눈으로 그에게 쏘아붙이자 주식이 재원을 거들었다.

"아버지 몸이 그나마 건강할 때 식을 올리는 게 좋지 않겠어? 난 우리 딸 손 잡고 식장에 들어가고 싶은데. 그게 아버지 소원이야. 몰라?"

"알아, 안다고. 그렇다고 당장 결혼하는 건 아니잖아."

"아니긴 뭐가 아니야. 자식이 속으로 좋으면서 꼭 저래. 자네가 이해해. 저 녀석이 날 닮아서 저래. 좋으면 좋다고 말도 못 하고 속으로 끙끙 앓는 체질이야."

애정이 뚝뚝 묻어나는 주식의 말투와 표정만으로도 이영이 얼마나 사랑을 많이 받고 컸는지 알 수 있었다. 재원은 그런 이영을 보며 속으로 재차 다짐했다.

강 사장이 퍼붓던 사랑 못지않게 그도 앞으로 한평생 그녀에게 사랑을 쏟아붓겠다고.

그런 그의 마음을 알기라도 하듯 주식이 미소를 보내왔다. 재원은 강 사장이 이영을 위해서라도 앞으로 몇 년이라도 더 사셨으면 하고 헛된 희망도 품어보았다.

다정한 부녀지간의 모습을 말없이 바라보던 재원도 그들 속으로 서서히 융화되는 기분이었다.

힘들고 아파도 씩씩하게 잘 참아내고 견뎌내는 이영이 대견했다.

"난 말이야, 아프니까 담배를 못 피워서 그게 좀 억울해."

주식이 재원을 향해 말했다.

"자네도 담배를 피우지?"

"네."

"끊어. 난 우리 딸이 일찍 혼자 되는 거 못 봐."

"네. 지금 이 시각 이후로 담배 끊겠습니다."

"이영아, 들었지?"

"응? 뭐?"

이영은 일부러 딴청을 부렸다.

"자식, 나 닮아서 저래. 그래도 다 듣고 새겨뒀다가 자네가 담배 피우면 아마 바가지 엄청 긁어댈 거야."

"네, 명심하겠습니다."

믿음직스러운 사위를 앞에 둔 주식은 곧 죽어도 여한이 없을 것 같았다. 이제야 마음 놓고 아파도 아플 수 있을 것 같다.

그때 마침, 최 여사가 병실로 들어왔다.

"왔어요? 이영이도 왔네."

"네. 고생 많으시죠?"

이영이 최 여사를 향해 고마운 마음을 담아 묻자 최 여사는 고개를 저었다.

"아니야, 고생은 무슨. 회진은 올 시간인데, 왔다 갔어요?"

"아닙니다."

"그나저나 그쪽 어르신들은 정말 아드님을 잘 두셨어요. 안 그래요?"

"별말씀을요. 아닙니다."

"아니긴. 모두 잘났지. 누가 뭐래도."

주식이 최 여사의 말을 거들었다.

"그러게요. 회진 오시는 의사 선생님도 얼마나 잘 봐주시는지."

"다 자네 덕분이야. 고맙네."

똑. 똑.

마침 노크 소리가 들리고 흰 가운을 걸친 주원이 들어섰다.

"사장님, 오늘은 컨디션이 어떠세요?"

주원이 씩씩한 목소리로 인사를 하며 주식을 향해 다가왔다. 그러다 우뚝 서 있는 재원을 보고 발걸음을 멈추었다.

"······어? 형!"

주원이 놀란 눈으로 주위를 빙 둘러보았다. 그의 눈이 이영에게서 멈추었다.

"인사해."

재원이 주원을 향해 나직한 목소리로 말했다. 그의 목소리는 거부할 수 없는 위엄이 깔려 있었다. 그러니까 형수님 대접 똑바로 하란 소리였다.

"안녕하십니까, 형수님."

주원은 귀신같이 알아듣고 구십 도로 허리를 숙여 인사를 했다.

그 모습에 당황한 이영이 얼른 허리를 숙여 인사를 했다.

"아, 네. 안녕하세요."

이영은 홍당무처럼 얼굴이 벌게져서는 고개를 푹 숙인 채로 있었다. 그러다가 주식에게 다가가서 슬쩍 귀에 대고 속삭였다.

"아빠, 나 그럼 이만 갈게. 내일 또 올게요."

"어, 갈래? 그래. 조심해서 가."

주식이 빙그레 웃으며 대답하자 이영이 재원을 힐끔 쳐다본 뒤 최 여사에게 인사를 하고 재빨리 병실을 빠져나갔다. 그 모습을 바라보던 재원이 주원의 어깨를 툭 두드리며 한마디 던졌다.

"장인어른 잘 부탁한다."

"아, 알았어, 형."

"장인어른, 저는 그럼 저도 이만 가보겠습니다."

"그래. 어디 가서 이영이랑 식사라도 해. 난 이제 피곤해서 자야겠어."

"네, 알겠습니다. 최 여사님, 그럼 다음에 뵙겠습니다."

재원이 코트를 챙겨 들고 병실을 나섰다. 그런 그의 뒷모습을 흐뭇한 미소를 머금고 바라보던 주식은 혼잣말을 내뱉었다.

"이젠 정말 죽어도 여한이 없을 것 같아."

"어르신, 무슨 소릴 하십니까. 요즘 약이 좋아서 얼마든지 오래 사실 겁니다. 손주도 보셔야죠."

"그러면 얼마나 좋겠습니다. 그래도 욕심 안 부릴 겁니다. 지금도 충분해요."

"강 사장님, 마음 약한 소리 그만하세요. 저 듣기 서운해요."

최 여사가 나서서 그를 나무라자 그제야 주식이 잘못했다고 시인했다.

"하하, 내가 우리 최 여사님 봐서라도 오래 살아야겠습니다."

"그럼요."

한편, 이영은 엘리베이터 앞으로 가서 화끈거리는 얼굴의 열기를 식히고 있었다. 곧장 그녀의 뒤를 따라 나온 재원이 이영을 불렀다.

"강이영."

"몰라요."

이영이 그에게 톡 쏘아붙였다.

"형수님이라는 소리가 듣기 싫은 거야?"

"몰라요."

"그럼, 나랑 결혼하기 싫은 거야?"

"몰라요."

기다란 속눈썹을 팔랑대며 요염하게 몸을 비비 꼬는 모습 때문에 재원은 숨을 천천히 들이켜며 흥분되는 가슴을 달래야 했다.

그런 그의 마음도 몰라주고 빤히 그를 쳐다보는 눈빛은 마냥 순진무구했다.

"……모르지?"

네가 얼마나 매력적인지. 섹시한지. 날 미치게 하는지.

"네에?"

갑작스러운 엉뚱한 질문에 이영이 황당한 표정으로 그를 쳐다봤다.

입을 벌린 채 바라보는 표정이 얼마나 교태가 흐르는지 알기나 할까.

재원은 알코올 냄새가 진동하는 병원에서 미친놈처럼 발정하는 자신이 믿기지가 않았다.

마침 도착한 엘리베이터에 그녀를 밀어 넣고 재빨리 닫힘 버튼을 눌렀다.

내내 그의 신경을 긁어대던 바지. 아니, 허벅지, 아니, 그 허벅지 사이 깊은 곳.

재원은 한 손에 잡힐 듯 올라붙은 엉덩이를 바라보며 마른침을 삼켰다. 섹시하다 못해 뇌쇄적이기까지 한 이영은 제 매력이 무엇인지 전혀 모르는 무지한 표정으로 그를 자극했다.

"너, 너무 가깝잖아요."

자꾸만 닿고 싶어 몸을 가까이 대자 그녀가 밀쳐냈다.

"그거 알아요?"

이영이 그를 보며 물었다. 재원은 한쪽 눈썹을 추켜세우며 계속하라는 표정으로 쳐다봤다.

"지하철이나 버스에 타면 있잖아요."

"그래. 말해."

목소리 끝이 갈라져서 길게 말할 수가 없었다. 재원은 연신 마른침을 삼켜대며 이영의 붉은 입술을 바라보았다.

"꼭 그 사람 같아."

"······?"

엘리베이터 숫자판을 바라보던 이영이 주차장에 멈추기 직전에 그에게 속삭였다.

"변태."

말하자면, 엉덩이에 달라붙어서 치근대는 그 치한 같단 소리였다.

그래, 변태 소리까지 들었는데, 이제 진짜 변태가 되어볼까.

재원은 두 눈을 번뜩이며 그녀에게 다가갔다.

"화, 화났어요?"

이영이 눈치를 살피며 물었다. 그는 대답 대신 차 문을 열고 운전석에 올라탔다. 이영은 조심스럽게 그의 옆에 앉으며 안전벨트를 맸다.

"아니. 내가 화난 거로 보여?"

핸들 위에 올려진 손을 까딱이며 묻는 그의 목소리가 바닥에 쫙 깔렸다.

"아니면 다행이고요."

"손."

재원이 이영을 향해 오른손을 옆으로 내밀었다. 그 손을 말없이 바라보던 이영은 꼼지락대며 영 손을 내주질 않았다.

"안 줘?"

"운전에 집중해요."

순순히 손을 주면 어찌 넘어가 볼까 했는데, 애를 바짝 태운다.

재원은 운전하면서도 그의 눈에 들어오는 간판은 죄다 그런 것뿐이었다.

……모텔, 여관, 그리고 호텔.

"이영아."

스쳐 가는 헤드라이트에 비친 그의 얼굴이 제법 진지했다. 그런 그를 보며 이영은 숨을 삼켰다.

"우리, 둘이서 분위기 좋은 곳에서 한잔할까?"

"무슨 의미로요?"

이영은 잔뜩 경계를 하고 물었다.

"형수 소리 듣고, 그냥 있을 거야?"

"이미 병원 나왔는데, 그 말 하면 뭐해요. 그렇다고 제가 어쩌겠어요. 사장님 동생인데 때리겠어요?"

이영은 그가 뭘 말하는지 알면서도 일부러 모른 척 시침을 뚝 뗐다. 그러자 답답하다는 듯 그가 머리카락을 쓸어 넘기며 한숨을 내쉬었다. 의도한 대로 흘러가지 않는 상황 때문에 꽤 속이 탈 것이다.

"나 아파."

이젠 엄살까지.

"네?"

"심각하게 아파."

"어디가요? 그럼 병원 나오기 전에 말했어야죠. 어서 차 돌려요. 운전할 수 있어요?"

그의 속이 훤히 보이는 행동 때문에 웃음이 터져 나오려 했다.

"걱정은 되나 보지?"

눈을 가늘게 뜨고 그녀의 의중을 파악하려는 듯 바라보았다. 이젠 정말 눈물이 나올 지경이었다.

"장난이죠?"

"장난 아니야."

그의 가라앉은 목소리에 이영이 입을 다물었다. 이젠 정말 그녀야말로 장난 그만 쳐야 할 것 같았다. 그녀도 그와 함께 있고 싶고, 안기고 싶었다. 나무랄 데 없이 훌륭한 이 남자가 그녀에게 매달린다는 사실이 믿기지 않을 만큼 그는 부족한 게 없는 사람이었다.

불가사의. 어째서 이렇게 좋아하는 것일까.

이영은 그의 얼굴을 바라보며 제 마음을 전했다.

그런 그녀의 마음을 알기나 하는 것일까.

재원은 짙은 눈썹을 꿈틀대며 이영의 두 눈을 바라보았다.

대책 없이 예뻐서는 어쩌자고.

그래, 강이영. 더 아껴줄게. 네가 더 원할 때까지 참을게.

"결혼 빨리하고 싶다."

우리 이영이 결혼하고 신혼여행 가서 그때 원도 한도 없이 안아보련다. 지금은 아버지 때문에 아플 테니, 아픔을 더하게 할 순 없었다.

"아빠 퇴원하면 그때 생각해봐요."

"지켜. 약속. 꼭!"

"쿡, 네."

"예쁘다. 강이영."

재원은 짙은 한숨을 내쉬며 이영에게 손을 내밀었다.

"손."

오른손을 내밀자 이영의 손이 감겨왔다.

보드랍다. 미치도록.

손을 끌어서 그의 허벅지 쪽에 올려놓자 놀란 듯 얼굴을 빤히 쳐다본다. 그래도 모른 척 심각한 표정으로 앞만 바라보며 운전했다. 이영의 오피스텔 앞에 차를 세운 재원은 이영의 손을 입가로 옮겨가서 입술을 내렸다.

"강이영, 푹 자. 아무 생각 말고. 알겠지?"

"네."

"항상 네 옆에 내가 있을 테니까, 날 의지해. 나도 널 의지할 테니까."

이영은 그의 말에 또다시 눈물이 왈칵 솟구쳤다.

"뚝."

그가 손을 뻗어 이영의 얼굴을 훔쳤다.

"네, 고마워요."

"그럴 땐 고맙다가 아니라 사랑해요, 하는 거야."

"……!"

이영이 눈물을 글썽이며 그를 쳐다봤다.

"……사랑해. 강이영."

재원의 검은 눈동자가 어두운 차 안에서 유난히 반짝였다. 그녀에게 사랑을 고백하는 그의 낮은 목소리가 심장에 잔잔히 흘러들었다. 경이로울 만큼 감동적이었다.

"어서 들어가. 이영아."

"……네."

사랑하는 거 같아요. 나도. 아주 많이.

다음에 꼭 그에게 사랑한다는 말을 해주리라 다짐하며 집으로 향했다. 지금은 혼자서 그가 고백한 사랑의 말을 음미하고 싶었다.

벅찬 떨림을 고스란히 느끼며 밤새도록 되새김질했다.

제16화

너를 사랑해

아침에 눈을 뜨면 주식에 대한 생각으로 이영의 가슴은 묵직하니 내려앉았다. 가슴이 아파서 견딜 수가 없는데, 그래도 씻고 준비를 하며 하루를 시작하기 위해 힘을 냈다.

그전과 달라진 것이 있다면 그녀의 오피스텔 앞에는 비상등을 켜고 기다리는 한 남자가 있다는 사실이었다.

이영은 환한 미소로 그에게 다가갔다.

"왔어요?"

"응. 어서 와."

살랑거리는 봄바람에 그의 머리카락이 살짝 헝클어져 있었다. 짧은 머리카락이지만 반듯한 이마를 가린 탓에 이영은 손을 뻗어 그의 머리를 쓸어 넘겼다. 차에서 내려 그녀를 기다리는 그는 지나다니는 사람들조차 시선을 떼지 못할 만큼 멋지고 잘났다.

그런데도 이 남자는 오로지 한곳만 보고 있었다.

그의 검고 깊은 눈동자에 오롯이 박힌 제 모습에 가슴이 뿌듯해왔다.

"……강이영. ……유혹하지 말랬지?"

"누가요? 아닌데."

그는 이영의 팔을 잡아당기며 팔목 안쪽을 엄지로 뭉근히 문질렀다.

"오늘 친구들 만나기로 했어요. 아빠 편찮으신 것도 말하고, 병문안도 가보게 해야 할 것 같아요."

"친구?"

"네."

"그 친구들 만날 때 나도 같이 갈까?"

"음. 나중에요. 오늘 말고."

"불안한데."

"회사 안 늦어요? 김 비서가 매일 지각한다고 흉보겠어요."

"괜찮아. 그나저나 걱정인데."

그는 이영을 차에 태우고 운전석에 올랐다. 그러곤 직접 안전벨트를 채워주고 한 번 더 얼굴을 쳐다봤다.

"이렇게 예쁜데, 다른 녀석들 눈 돌아가면 어쩌지?"

"쿡, 설마요. 몇 년이나 보던 사인데."

"아무튼, 마음에 안 들어."

"나 못 믿어요?"

이영이 샐쭉해져서 묻자 그가 낮게 으르렁거렸다.

"아니, 남자를 못 믿어. 내가 말했잖아. 남자들이 어떤 짐승인지."

"사장님도 짐승이에요?"

"아니, 난 예외."

"그런 게 어딨어."

"있어. 여기."

저럴 때면 꼭 아이처럼 천진난만해 보였다. 억지를 부려도 좋고, 심술을 부려도 좋으니 문제였다.

이영은 이렇게 이 남자와 함께 아침을 여는 이 시간이 아직은 낯설고 떨렸다. 서로 익숙해질 날이 오겠지만, 이 떨림만은 평생 간직하고 싶었다.

결혼하기 싫고 혼자 살겠다고 먹은 마음은 다 어디로 갔는지, 이젠 이 남자 없인 하루도 견디기 힘들 것 같았다.

그런 그녀의 마음을 아는지 모르는지 그가 마치 제 손처럼 그녀의 손을 꽉 잡아왔다. 하나하나 얽힌 손가락 사이로 빈틈이 꽉꽉 채워지고 서로의 체온이 넘나들었다.

"이영아."

그가 나직한 소리로 불렀다.

"네."

"우리 신혼집은 내가 사는 오피스텔로 하면 어때?"

"좋아요."

"신혼집처럼 새롭게 리노베이션 진행할게."

"안 해도 되는데."

"나한테 맡겨."

"기대되는데요?"

"그럼. 누구 작품인데."

재원은 이영의 포트폴리오를 기억했다. 그중에서 가장 인상 깊었던 작품을 생각해내고 그와 유사한 집으로 꾸밀 생각이었다.

하루빨리 식을 올리고 제 호적에 올리고 싶었다. 그래야 다른 놈들이 넘보지 않을 테니까. 그래야 조금 안심할 수 있을 것 같았다. 요즘 같아선 이영을 쳐다보는 남자들만 봐도 울컥했다. 호주머니에 넣어 다닐 수도 없고 정말 큰일이었다.

재원은 회사 앞에 다 와 가서야 손을 놓았다.

"그럼 나중에 봐요."

이영이 먼저 차에서 내리고 재원은 지하주차장으로 향했다. 회사에서도 정식으로 이영과 그가 결혼할 사이란 사실을 밝혀야 할 것이다. 대부분 직원이 눈치를 채고 있긴 했지만, 공식적인 말이 없으니 긴가민가하는 모양이었다.

맹숭맹숭한 서른셋의 남자를 이렇게 바꿔놓았으니 강이영, 평생 책임져야지. 안 그래?

재원은 조금 있으면 퇴원할 강 사장을 위해 서울 근교 공기 맑고 위치 좋은 곳에 전원주택을 마련해서 불편함이 없도록 준비하고 있었다. 오늘 그곳에 들러 입주하기에 전혀 문제가 없는지 다시 살펴볼 생각이었다.

일찍 돌아가신 아버지를 대신해서 강 사장님이 살아 계시는 동안 최선을 다해 모실 것이라 다짐했다.


재원은 결재를 마친 뒤 나가지 않고 멀뚱히 서서 자신을 바라보는 선호를 보며 미간을 좁혔다.

"왜."

"강이영 씨, 오피스텔 그 여자 맞아?"

"눈썰미하곤. 이제 알았어?"

재원이 피식 웃으며 의자에 등을 기대었다.

"그러니까 인연이 보통은 아니네. 맞지?"

"그렇지."

"알고 보면 내가 맺어준 거나 다름없잖아."

"뭐?"

"내가 등을 떠밀어서 둘이 키스하고 그렇게 된 거 아니야. 보자마자 그렇게 덮치기가 쉬운 줄 알아?"

"안 바빠?"

"바빠. 그래서 강이영 씨와 같이 외근 나갈 생각이야."

"이 자식이!"

"약 오르지?"

"……."

재원이 말없이 선호를 노려보자 짓궂게 웃으며 말없이 뒤돌아섰다.

"같이 가기만 해."

"그럼 어쩔 건데?"

선호가 걸음을 멈추고 뒤를 돌아보았다.

"이지수 팀장 내일 복귀할 건데, 더 늦춰버리는 수가 있어."

"자식! 진작 말했어야지!"

"이제부터 확실히 해. 내가 너 등 떠밀어줘? 이 팀장한테?"

"아니. 내가 정면으로 돌파할 테니까 그렇게 알아. 고맙다."

"고맙긴."

"그래도 난 이영 씨랑 나가야 해. 그렇게 알아."

"거기 안 서!"

선호는 재빨리 제 할 말을 쏟아낸 뒤 사장실을 빠져나갔다.

재원은 혈압이 오르는 걸 느끼며 뒷목을 잡았다.

저 새끼를 그냥.

재원은 자리에서 벌떡 일어나 2층 디자인실로 향했다. 그가 사무실로 내려가자 아니나 다를까, 선호가 이영에게 뭔가 말을 걸며 다정하게 웃고 있었다.

재원은 최대한 침착한 목소리를 내며 두 사람을 향해 말했다.

"거기, 뭐 하는 겁니까. 업무 시간에."

"어, 안녕하세요."

안녕 못 하니까 그만 떨어지시지, 강이영.

재원은 미간을 잔뜩 찌푸린 채 다가가서 이영의 손목을 잡아챘다.

놀란 두 이영의 눈이 커다래졌다. 옆에 서 있던 선호의 눈도 마찬가지로 튀어나올 것처럼 커졌다.

"일어나."

재원이 낮게 내뱉은 뒤 이영이 그의 곁에 서자 다른 사람들을 향해 큰 소리로 외쳤다. 손은 여전히 잡은 채였다.

"다들 주목!"

재원이 큰 소리를 내자 직원들 모두 하던 일을 멈추고 재원을 향해 시선을 돌렸다. 그리고 어김없이 그들의 눈빛이 이영과 재원의 맞잡힌 손에 가 있었다.

"오늘 중요한 사실을 하나 발표하겠습니다."

웅성거리는 소리가 커지다가 재원의 눈빛에 다들 입을 다물었다. 하지만 직원들의 시선은 여전히 그에게 잡힌 이영의 손에 가 있었다.

"보다시피, 우리 이런 사이입니다."

시선을 내리뜬 채 직원들의 시선을 피하고 있던 이영은 갑자기 그가 뒷목을 잡고서는 얼굴을 맞대어 오자 설마 하는 표정으로 그를 바라보았다. 그때 그의 입술이 위로 커브를 그리며 휘어졌다. '맞아. 그거야.'라고 속삭이며 그의 입술이 이영의 입술에 닿았다.

놀란 이영은 입을 딱 벌렸다. 그 사이로 재원의 혀가 파고들었다.

고개를 비스듬히 돌려 뒷목을 끌어안고 깊숙이 입을 맞춘 그는 이영의 입안을 훑고 혀를 건드리다 마지못해 아쉬운 듯 입술을 떼어냈다.

이영 못지않게 놀란 직원들은 숨소리조차 내질 않았다. 얼어붙어 버린 직원들을 향해 그가 나직이 말했다.

"조만간 청첩장 돌리겠습니다. 잘 부탁합니다. 정식으로 소개하겠습니다. 내 여자 강이영입니다."

짝, 짝.

"자, 박수!"

선호가 먼저 손뼉을 치며 큰 소리로 외치자 직원들 모두 그제야 정신을 차리고 박수를 보내며 환호성을 질러댔다.

사장이 이렇게나 박력 있게 키스 신까지 보여주며 선포할 줄은 꿈에도 몰랐던 직원들은 '한 번 더'를 외쳤다.

"한 번 더! 키스해! 한 번 더! 키스해!"

재원은 씩 입꼬리를 올리며 매력적인 미소를 짓더니 이영의 어깨를 감싸 안으며 귓가에 대고 속삭였다.

"어쩌지?"

"어쩌긴 뭘 어째요. 나 몰라요."

이영은 그의 가슴팍을 밀치면서 쪼르르 사무실을 뛰쳐나갔다.

"아직 애기라서 애로사항이 있습니다. 그럼 다들 일에 집중하시기 바랍니다."

재원은 싱글벙글하며 사무실을 벗어났다.

"저리도 좋을까."

"뭐야, 완전히 속은 느낌이야."

"어휴 닭살. 어째, 이를."

"너무 멋지지 않니? 아, 로맨틱해."

직원들 반응은 제각각이었다. 선호는 고개를 절레절레 저으며 누구와 외근을 나갈지 주위를 둘러보았다.

"그래, 혼자 가자. 혼자."

선호는 그길로 나가서 지수를 만나러 가야겠단 생각을 하며 마음을 굳혔다. 절친이 장가간다고 선포했는데, 이젠 제 차례였다.

비록 쉽진 않겠지만, 끈기 하면 박끈기였다.

이영은 저를 바라보는 직원들의 시선이 부끄럽긴 했지만, 그 이벤트 덕분에 차라리 행동하기가 수월해졌다.

이 팀장의 복귀 소리를 들은 탓에 이영은 그녀가 예전에 했던 일들을 다시 돌려주기 위해 정리를 하고 있었다.

그때 마침 친구 혜선에게 전화가 울렸다.

"응, 혜선아."

-너 아버지 편찮으시다며. 그런데 어떻게 우리한테 일언반구도 없는 거야. 그럴 수 있어?

"오늘 저녁에 만나면 말하려고 했어. 한발 늦었네."

-너 괜찮아? 아버님은 많이 편찮으신 거니?

"응. 괜찮기야 하겠어. 그냥 버티는 거지."

-하아, 마음 단단히 먹어. 알겠지?

"응, 고마워. 그럼 나중에 보자."

-그래.

이영은 전화를 끊은 뒤 한참을 멍하니 앉아 있었다. 가슴이 따끔거리고 심장이 조여왔다.

아버지가 원하는 대로 하루빨리 식을 올리고 귀여운 손자도 안겨 드리고 싶었다. 몇 개월 남지 않았다는 의사의 말이 심장을 후벼 파고 있어 더더욱.

기적이란 것이 있다면 정말 아버지에게 일어나길 간절히 바랐다. 이영은 제 곁에 재원이 없었다면 어땠을지 생각만으로 아찔해졌다.

지금 그나마 이렇게 버틸 수 있는 것은 그가 있기 때문이었다.

이영은 퇴근 시간이 될 무렵 재원에게 먼저 퇴근한다는 문자를 보냈다. 그리고 친구들이 모이기로 한 장소로 향했다. 거래처와 계약이 있다던 그는 퇴근 전까지 사무실에 오질 않아서 얼굴을 볼 수가 없었다. 이영은 얼마 남지 않은 휴대폰 배터리를 보며 걱정스러운 눈빛으로 바라보다 별일 있겠나 싶은 생각에 마음을 내려놓았다.

주점으로 향하는 이영은 아버지에 대한 생각과 재원과의 결혼에 대한 생각으로 머릿속이 복잡했다. 친구들에게 이 모든 사실을 밝히고 따뜻한 위로와 축하의 말, 그리고 격려의 말을 듣고 싶었다.

주점 앞에 도착해서 투박한 나무로 만든 문을 열고 들어가자 머리를 길러 뒤로 묶은 선배가 그녀를 보고서는 윙크를 했다.

"안녕하세요, 선배님."

"어서 와, 강이영. 다들 와 있어."

이영이 안쪽을 들여다보자 정말 다 모여 있었다. 다가가서 앉으니 분위기가 꽤 심각했다. 미주와 혜선의 두 눈은 붉게 충혈되어 있었고, 남자애들도 기분이 그래 보였다.

"니들 누님이 왔는데 반기지도 않고, 분위기가 어째 그렇다?"

"기지배. 그런 일 있으면 진작 말이라도 하지. 혼자서 다 감당한 거야?"

"감당하고 말고가 어디 있어. 지금 상황에선 가장 힘든 사람은 아빠니까. 그저 무사히 치료 이겨내고 견뎌주시길 바랄 뿐이야."

"그래, 반드시 회복하실 거야. 힘내."

"그런데 어떻게 알았어? 니들?"

"내가 전화를 드렸더니 병원이라고 하셔서 알게 됐어."

동훈이 말했다. 동훈과 주식은 서로 전화번호를 트고 연락을 종종 하곤 했었다. 이영은 고개를 끄덕이며 아픈 미소를 지었다. 생각만으로도 울컥 눈물이 솟구쳤다. 하지만 아픈 현실을 외면할 순 없었다. 다들 이영의 기분을 헤아리며 제 일처럼 아파했다.

웃고 떠들기만 하던 평소와 달리 분위기는 숙연했다. 이영에게 아버지 외엔 그 누구도 없다는 사실을 잘 알기 때문이었다.

"너 그리고 결혼한다며. 우리한테 언제 알릴 생각이었어?"

동훈이 덧붙여서 말했다.

"아빠가 전부 다 말했나 보네. 확실해지면 말할 생각이었는데. 그래 아빠 퇴원하는 대로 할 생각이야."

"까져서는. 쥐방울만 한 것이."

동훈이 이영의 이마에 꿀밤을 먹이며 서운한 제 마음을 그렇게 표현했다. 이영에 대한 호감이나 마음이 쉬 접어지는 게 아니었지만, 재원을 떠올리면 이영의 선택이 납득이 갔다.

"아버지 때문에 마음도 편치 않을 텐데, 기특하네! 강이영."

"고마워."

결혼하기 전 이렇게 친구들과 모이는 자리는 마지막일 것이다.

누구 하나 소홀히 할 친구가 없었다. 그녀에겐 다 소중한 친구들이었다. 애정이 듬뿍 담긴 시선으로 그들을 바라보았다.

"건축학과에 매년 장학금을 기부하는 사람이 있는데, 알고 보니까 원 인테리어 사장님이라더라고. 너랑 결혼할 사람 맞지?"

철민이 건축학과였다.

"그래? 난 모르는데. 원 인테리어 사장이란 건 맞지만 확실해?"

"응, 확실해. 그 회사 사장님이 우리 학교 건축학과를 졸업했거든. 사업 시작하면서 일정 부분을 그렇게 장학금으로 내놓으신 모양이야."

이영은 그가 지금까지 그런 선행을 하며 살아왔단 사실에 깜짝 놀랐다. 마냥 차갑고 무뚝뚝해서 그런 쪽으로 신경을 쓰고 있단 생각은 전혀 하질 못했었다.

역시 그는 멋진 남자였다. 이영은 재원의 선행에 가슴이 뿌듯했다. 돈을 벌기보다 어떻게 쓰느냐가 더 중요한데, 그는 정말 제대로 쓸 줄 아는 사람이었다.

"결국, 그렇게 맺어지게 되네. 축하해."

혜선이 진심을 담아 축하의 말을 건네자, 동훈도 한마디 거들었다.

"축하한다. 잘 살아라."

"다들 고마워."

이영은 수줍게 미소를 지으며 고마움을 표했다. 그렇게 친구들과 이런저런 이야기를 하다 보니 꽤 시간이 많이 흘렀다.

"이제 다들 일어날까?"

"내일을 위해서 다들 일어나자."

이영은 친구들에게 많은 위로를 받고 힘도 얻었다. 그녀에게는 비타민과도 같은 친구들이었다. 다들 같은 방향끼리 차를 타고 헤어졌다.

동훈은 이영과 같은 방향이라서 함께 택시를 탔다.

"행복해라. 강이영."

"고마워."

"내가 그렇게 주파수를 보내도 꿈쩍도 안 하더니 그 사람한테는 그렇게 쉽게 넘어가냐?"

"그러게. 그런 게 인연 아니겠니?"

이영이 일부러 가볍게 대꾸하자 동훈이 이영의 짧은 머리카락을 헝클어뜨리며 아련한 눈빛으로 바라보았다.

"잘 살아. 괜히 사니 못 사니 하지 말고."

"응. 너도 하루빨리 좋은 사람 만나."

"그래. 너보다 훨씬 좋은 여자 만날 테니까 걱정 붙들어 매."

"다 왔다. 나 먼저 내릴게."

"같이 내려."

택시 뒷좌석에서 함께 내린 두 사람은 저만치 보이는 오피스텔로 향했다.

"왜 바로 안 가고."

"그래도 집까진 데려다 줘야지. 뭘 새삼스럽게 그래?"

"헤헤, 그런가?"

이영은 고개를 들어 주변을 둘러보았다. 오피스텔 앞은 맞는 것 같은데 어딘가 모르게 달라 보였다.

술 때문인지, 어둠 때문인지, 낯설기도 하고 미묘하게 달라진 분위기를 느끼며 천천히 걸었다.

이제 이렇게 동훈과 걷는 것도 마지막이란 생각이 들었다.

"동훈아, 사실 너를 많이 괴롭히긴 했지만, 내가 너 좋아하는 거 알지?"

"기지배가. 병 주고 약 주고 뭐 하자는 거야. 너 행여나 어디 가서 그런 소리 하지 마. 난 유부녀한텐 관심 없으니까."

"쿡, 그래. 아, 유부녀. 말만 들어도 소름 돋는다."

"여자가 결혼하면 유부녀가 되고, 남자가 결혼하면 유부남이 되는 거야 당연한 거잖아. 좋은 사람 같은데 잘 살아. 진심이야."

"고마워, 동훈아."

"생각 같아선 너 집까지 데려다주고 싶은데 여기서 헤어져야 할 것 같다."

"그래, 조심해서 가."

"저기, 네 서방님 오신다. 괜한 오해 받기 싫으니까 오늘은 여기서 그만 갈게. 맞기 전에 튀어야겠다, 강이영."

"야! 누가 온다고 그래!"

이영의 말이 채 끝나기도 전에 쏜살같이 뒤돌아 뛰어가는 동훈을 멍하니 쳐다봤다.

"치사한 놈."

혼잣말을 하며 오피스텔 쪽으로 발걸음을 옮기던 이영은 앞을 가로막는 시커먼 남자 때문에 소스라치게 놀랐다.

"지금 오는 거야?"

낮게 울리는 목소리. 그리고 그에게서 풍기는 특유의 향기. 이영은 이 남자가 누군지 보지 않고서도 알 수 있었다. 상쾌하면서도 시원한 밤바람 같은 향기가 코끝을 맴돌았다.

"술, 많이 마셨네. 강이영."

그가 손을 뻗어 이영의 정수리를 헝클어뜨렸다. 그 손길에 이영은 녹아내리는 것만 같았다.

내내 보고 싶었다. 이 남자가.

친구들과 있는 동안에도 정말 보고 싶었었다.

이영은 양팔로 그의 허리를 감으며 품에 안겼다.

"하아, 보고 싶었어요."

재원의 가슴팍에 얼굴을 부비부비 비벼대며 뜨거운 숨결을 불어댔다.

재원은 그런 이영의 등을 감싸 안으며 토닥여주었다.

"하아, 사장님, 보고 싶었어요."

발끝을 들어 올리더니 턱 끝에 쪽 소리 나도록 키스를 한 뒤 다시 가슴팍에 얼굴을 묻고서는 비비적댔다.

"업어줘요. 네?"

"그래. 공주님이 업어달라면 업어줘야지."

재원이 얕은 한숨을 내쉬며 이영의 얼굴을 가슴에서 떼어냈다. 별처럼 초롱초롱한 눈망울이 그를 오롯이 올려다보며 배실배실 웃고 있었다.

재원은 이영의 보드라운 머릿결을 쓰다듬고 정수리에 입술을 내린 뒤 등을 돌리며 몸을 낮췄다.

"어서 업혀."

재원은 이영을 위해서라면 얼마든지 등을 내밀어 업어줄 수 있었다. 이렇게 제 눈앞에 있기만 하면 된다.

재원은 그의 차가 세워진 곳까지 천천히 걸었다. 그의 목에 팔을 감고 업힌 이영은 말 잘 듣는 아기처럼 굴었다.

"다음부터는 휴대폰 꼭 챙겨. 알겠지?"

"네. 미안해요."

걱정되고 화가 났던 자리엔 이영을 향한 사랑이 가득 들어찼다.

"평생 업고 다닐까?"

"정말요?"

"우리 이영이가 그러자면 얼마든지 그래 줄 수 있어."

"무겁잖아요."

"하나도 안 무거워."

"사랑해요."

"나도 사랑해."

"죽도록 사랑해요."

"죽어서도 사랑할 거야."

"……"

"우린 평생 헤어지지 말자."

"네, 재원 씨."

둘의 사랑 고백은 밤새도록 이어졌다.

에필로그 I. 프러포즈

재원은 그가 사는 오피스텔을 리노베이션해서 신혼집으로 완벽하게 꾸며놓은 상태였다. 오늘 이영을 데리고 그곳에서 제대로 된 프러포즈를 할 생각이었다.

최대한 이영이 가진 포트폴리오를 활용해서 좀 더 실용적이고 아늑한 공간이 되도록 꾸몄다. 과연 이영의 마음에 들지 기대되었다.

퇴근하는 차 안에서 이영의 손을 꼭 잡고 물었다.

"이영아, 보여줄 게 있어. 같이 갈 거지?"

"당연하죠. 궁금해요."

이영은 그에게서 제대로 된 프러포즈를 받은 적이 없단 생각에 내심 기대에 들떴다. 모른 척하며 시침을 뚝 떼고 있는데, 그가 이영의 손을 잡고서는 가슴에 얹었다.

"지금 터질 것 같아."

"네?"

이영이 고개를 슬쩍 아래로 내리자 재원이 눈꼬리를 접으며 웃음을 터트렸다.

"어딜 봐?"

"뭐, 뭘요."

"그렇게 안 봤는데. 안 되겠네."

"무슨 말인지 모르겠네요."

"왜 거짓말해?"

"그러니까 뭘 봤다고 그러는데요?"

"내 거기 봐놓고는."

"뭐야. 정말 그럴 거예요?"

새빨개진 뺨을 손으로 두드리며 그를 흘겨보자 재원이 이영의 머리카락을 헝클어뜨리며 사랑스러워 죽겠다는 듯 바라보았다.

"그러니까 내가 어떻게 배겨."

"자꾸 주어, 목적어 생략하고 그럴 거예요?"

"이렇게 예쁜데 내 심장이 어떻게 견디느냐고. 강이영."

짙게 일렁이는 눈빛과 시원한 바람처럼 짓는 미소에 이영의 심장도 마찬가지로 세차게 뛰고 있었다.

그는 이영을 데리고 그의 오피스텔로 향했다. 주원과 소원에게 이벤트를 부탁하긴 했는데 두 녀석이 과연 잘해낼지 걱정되었다.

그래도 명색이 한국 의대를 나온 의사가 아니던가.

믿어야지. 암.

재원은 떨리는 마음을 감추며 이영과 함께 엘리베이터에 올랐다.

"우리가 살 곳이야. 앞으로. 신혼집으로는 괜찮을 거야. 우리 둘 사이에 아이가 태어나면 더 넓은 곳으로 옮기자."

"몰라요."

프러포즈도 제대로 안 해놓고서는 말은. 흥.

이영이 새초롬히 눈초리를 치켜뜨자 재원이 이영의 뺨을 톡톡 두드리며 제게로 끌어당겼다.

"내 심장 뛰는 소리 들리지?"

큰북이 울리듯 쿵쿵대는 소리가 생생하게 들려왔다. 놀란 이영이 그를 올려다보자 재원은 이영의 정수리에 입술을 내리며 작은 소리로 말했다.

"사랑해. 강이영."

그는 어느 때보다 진지한 눈빛과 표정으로 그녀를 바라보며 속삭였다.

"자, 가자."

엘리베이터에서 내린 두 사람은 그의 집 앞에 서서 초인종을 눌렀다.

"안에 누가 있어요?"

"음."

재원은 안에서 후다닥거리며 달려 나오는 소리에 귀를 기울였다.

띠리릭. 문이 열렸다.

멋진 메이드복으로 차려입은 두 녀석은 양쪽에 서서 정중하게 두 사람을 에스코트했다.

"어서 오십시오."

"안녕하세요. 그런데 왜 그런 옷을 입고 계세요?"

이영이 그들을 향해 묻자 아무런 대꾸도 없이 안으로 안내했다.

얼떨떨한 이영은 재원의 손을 잡고 안으로 들어갔다.

"아! 세상에!"

이영은 온통 블랙 톤으로 되어 있던 예전의 오피스텔이 180도 바뀐 것을 보고 감탄사를 터트렸다. 그의 취향이 전혀 아닌, 그녀가 늘 바라던, 꿈꾸던 그런 집이 눈앞에 있었다.

넓은 공간에 가벽을 세워 은밀하고 에로틱한 분위기를 곳곳에 연출했고, 아늑하고 프라이빗한 공간으로서도 손색이 없게 꾸며져 있었다. 화이트와 핑크로 꾸며진 침실, 슬라이딩 도어를 세워 요리를 위한 키친으로 나눈 주방, 모든 것이 그녀가 꿈꾸던 설계와 같았다.

재원이 나란히 서 있는 주원과 소원에게 손가락을 탁 튕기며 소 사인을 보내자 두 사람은 분주히 움직이기 시작했다.

환한 조명 대신 조도가 낮은 은은한 조명으로 실내를 밝히고 오디오에선 잔잔한 클래식이 흘렀다.

주원이 트레이를 끌고 그들에게로 다가왔다.

그 위에는 케이크와 와인, 작은 벨벳 상자가 놓여 있었다.

재원은 벨벳 상자에 든 반지를 꺼내서는 이영의 약지에 끼웠다.

"평생 나와 함께해줘. 강이영."

"……음. 네. 그럴게요. 흑."

이영은 눈물이 흘러 말을 제대로 잇지 못했다.

"마음에 들어?"

"네."

"사랑한다, 이영아."

"저도요."

"우리 건배할까?"

재원이 와인이 담긴 잔을 들어 이영에게 건넸다. 두 사람은 건배를 한 뒤 천천히 와인을 마셨다.

그런데 두 녀석은 원래 이쯤 되면 빠지기로 했는데, 갈 생각을 않고 자리를 여전히 지키고 있었다. 재원이 눈을 부라리며 어서 꺼지라는 눈치를 줬다.

그래도 두 사람은 태연하게 못 본 척하며 자리를 지키고 있었다.

"무드 깨지 말고 이제 가지그래."

재원이 낮게 목소리를 깔며 힘을 주자 주원과 소원이 고개를 저으며 버텼다.

"아이, 그러지 말고 이리로 와서 함께 마셔요."

이영이 옆에서 재원을 말리며 두 사람에게 술을 권했다.

"감사합니다, 형수님!"

둘은 동시에 큰 소리로 인사를 하더니 재빨리 잔을 가져와서 와인을 잔에 채웠다.

로마네 콩티. 오늘을 위해 준비한 술을 저 녀석들이 벌컥 들이켜자 재원의 얼굴이 붉으락푸르락해졌다.

"역시 형수님밖에 없습니다. 앞으로 충성을 다해 모시겠습니다."

소원의 넉살에 이영이 웃음을 터트렸다.

"저야말로 잘 부탁해요, 도련님들."

"하하, 저희는 그저 형수님만 따를 뿐입니다."

결국 네 사람은 재원의 생각과는 달리 오붓하게 모여 앉아 음식을 먹고 술을 마시며 대화를 나누었다.

가족. 이제 가족이라는 이름으로 이영이 그의 삶에 들어왔다.

재원은 동생들과 잘 어울리는 이영을 보며 내심 안도했다.

그리고 넉살 좋게 형수를 떠받드는 두 녀석에게도 재원은 애정 어린 시선을 보냈다.

생각과 다른 청혼 이벤트가 되었지만 재원은 편안하게 웃으며 또 다른 기쁨을 만끽했다.

오직 일밖에 모르는 그에게 찾아든 이영은 행복과 사랑, 웃음, 기쁨이라는 단어들로 그의 삶을 바꿔놓았다. 재원에겐 더없이 기쁜 날이었다.

술잔을 든 이영의 손가락에 반짝이는 반지, 그의 손에도 똑같은 디자인의 반지가 끼워져 있었다. 재원의 가슴 가득 행복이 넘실댔다.

평생 사랑해줄게. 강이영. 그러니까 나도 사랑해줘.

에필로그 2. 아버지 퇴원하는 날

　재원은 주식이 퇴원하는 날 그를 위해 준비해둔 집으로 모시고 갔다. 넓은 마당과 공기 좋은 곳에서 편하게 쉴 수 있도록 마련된 집은 주식에게 딱이었다. 특히 최 여사도 함께 지낼 수 있도록 집과 가까운 곳에 작은 찻집도 마련했다.

　누구보다 놀란 것은 이영이었다. 자식도 해줄 수 없는 것은 그가 이렇게 아버지를 위해 해준 것이다.

　이영은 그의 사랑에 그저 눈물만 흘렸다. 닦아도 마르지 않고 계속 흘러내렸다.

　"고맙네, 정 사장."

　"아닙니다. 이제 앞으로 제가 더욱 잘하겠습니다."

　"세상에, 아내가 좋으면 처갓집 말뚝에도 절한다더니. 우리 이영이가 그렇게 좋은 모양이야."

최 여사의 말에 재원은 얼굴을 붉히며 머리를 긁적였다. 전혀 그답지 않은 모습이었지만, 그런 모습도 이영의 눈에는 멋있어 보였다.

그가 이영의 어깨에 팔을 두르며 어깨를 토닥였다.

"고마워요, 재원 씨."

사장이라고 부르면 안 된다던 그의 말에 '재원 씨'라고 부르자 그 호칭이 입에 딱 달라붙었다.

주식은 딸 내외를 보며 흐뭇한 미소를 지었다.

이제 그가 할 일은 다 한 것 같아 마음이 놓였다. 식장에 손잡고 들어갈 힘도 있으니 뭐가 걱정이겠는가.

네 사람은 재원이 따로 준비한 식사를 함께하며 오붓한 저녁 시간을 보냈다. 이제 며칠이 지나면 결혼식이었다.

"장인어른, 고맙습니다. 이렇게 귀한 따님을 제게 주셔서. 평생 행복하게 살겠습니다."

재원은 주식에게 정식으로 고맙다는 인사를 했다.

"나야말로 고맙네. 많이 부족한 딸자식 이렇게 귀하게 여겨주니 여간 고마운 게 아니야."

"그런 말씀 마십시오. 이제 장인어른은 제 아버님이나 다름없습니다. 아버님께서 훌륭하게 키우셨습니다. 제게 과분한 사람입니다."

"모쪼록 서로 아껴주고 사랑하며 살게."

"네, 명심하겠습니다."

이영은 두 사람이 나누는 대화를 들으며 결국 눈물을 훔쳤다.

지나치게 마르고 형편없어진 아빠의 얼굴을 차마 제대로 볼 수가 없었다. 그런 그녀의 마음을 잘 알고 있기라도 하듯 재원은 알아서 척척 해내고 있었다.

이영은 결혼식 전까지 당분간 아빠와 함께 이곳에서 머물기로 했다.

재원은 저녁마다 이곳에 들러 이영을 보고 갔고, 이영은 될 수 있으면 많은 시간을 아빠와 보내기 위해 늘 곁에 머물렀다.

이영은 아빠와 함께 지는 노을을 보며 차를 마시고 있었다.

무릎 담요가 흘러내리지 않도록 제대로 덮어주며 주식의 손을 꼭 잡았다.

"아빠, 결혼해도 자주 올게요."

"자주 올 필요 없다니까 그러네. 최 여사가 있는데 뭘 걱정이야."

"제가 최 여사님한테도 잘할게요."

"그래, 친정 엄마라 생각하고 힘들 거나 어려울 때 부탁해. 심성이 고운 사람이야."

"응, 그럴게요."

"이영아."

"응?"

이영을 바라보는 주식의 얼굴엔 사랑이 가득했다.

"우리 딸, 자랑스럽다. 언제 이렇게 컸는지. 정 사장한테 잘하고. 사랑 많이 받아야 해. 알겠지?"

"네."

"하늘에 있는 네 엄마도 기뻐할 거야."

주식은 노을 진 하늘을 향해 미소를 보냈다.

그런 아빠의 얼굴을 눈에 가득 새겨 넣었다. 언제든지 보고 싶을 때마다 꺼내 볼 수 있도록 단단히 새겼다.

아빠, 오래오래 사셔야 해요. 손자 재롱도 보고 그 손자가 학교에 들어가는 것도 보셔야죠.

이영은 간절히 기도하며 신께 빌었다.

이 행복이 모쪼록 오래오래 가도록.

에필로그 3. 신혼여행

결혼식을 마치고 두 사람은 신혼여행을 해외로 가는 대신 대관령 팰리스 호텔 스위트룸으로 향했다. 노란 개나리꽃이 만개한 그곳은 겨울의 풍경과는 또 달랐다. 그곳까지 가는 내내 재원은 터질 것 같은 심장을 부여잡고 욕망을 억누르느라 온 에너지를 다 소비해버린 것 같았다.

선호가 진작 한약이라도 먹으라고 하던데, 그러지 못한 게 후회가 되었다.

밤새도록 재우지 않을 생각으로 각오를 단단히 했건만, 두 사람은 결혼식과 피로연에 시달리는 바람에 사실 녹초가 된 상태였다.

하지만 재원은 미리 예약한 스위트룸에서 근사하고 로맨틱한 첫날밤을 보낼 만반의 준비를 다 해뒀었다.

세상에서 가장 아름다운 신부를 아내로 맞이하는 그는 눈부신

이영의 얼굴을 바라보며 환한 미소를 보냈다.

"사랑해, 강이영."

곤하게 자는 이영은 대답이 없었다.

그러고 보니 이 여자, 차만 타면 잠을 잔다. 맞선 본 날에도 그랬고, 그 이후 강원도에 올 때도 그랬고, 오늘도 역시나 그랬다.

어디선가 들은 적이 있었다. 차만 타면 자는 것도 차멀미의 일종이라고.

보약은 그가 먹어야 할 게 아니라 이영이 먹어야 할 것 같았다.

안 그래도 안쓰러워 죽겠는데, 무사히 첫날밤을 보낼 수나 있을지 걱정부터 되었다.

재원은 호텔에 도착해서 이영을 깨웠다.

기다란 속눈썹이 들리더니 맑고 깨끗한 이영의 눈동자가 그를 향했다.

"아, 미안해요. 또 잔 모양이네요."

"피곤하지."

"조금요."

"내리자. 다 왔어."

"네."

낮게 가라앉은 재원의 목소리에 묻어나는 욕망은 금방이라도 그녀를 덮쳐버릴 것만 같았다. 이영은 그런 그를 향해 볼을 발갛게 물들이며 상상의 나래를 펼쳤다.

재원은 엘리베이터에서부터 스위트룸에 들어갈 때까지 이영에게서 눈을 떼질 않았다. 두 사람은 눈으로 수많은 대화를 나누었다.

그런데 어째 나누는 대화 내용이 전부 19금인 것 같아 쑥스러웠다.

"알 거 다 아는 나이잖아. 강이영."

"누가 뭐래요?"

"가만 안 둘 거야."

"저도요."

"뭐?"

깜찍한 대답을 흘리는 이영을 보며 재원은 실소를 터트렸다.

앞으로 그를 얼마나 들었다 놨다 할지 짐작이 가고도 남았다. 재원은 스위트룸 안으로 들어서는 순간 이영의 볼을 붙잡고 키스를 퍼부었다.

뜨거운 키스가 이어지고 두 사람은 거친 숨을 몰아쉬었다.

"샤워부터 해요."

"기다릴 시간이 없어. 강이영."

"그럼, 사랑해줘요."

이영은 대담한 말이 떨어지기가 무섭게 재원은 그녀를 달랑 안아 들고 침실로 향했다.

재원의 머릿속은 이미 새하얗게 비워져 버렸다. 오직 강이영 이름 석 자만으로 채워나갔다.

"사랑해, 이영아."

그가 낮게 속삭일 때마다 이영의 가슴은 세차게 뛰어댔다. 평소 지나칠 만큼 말이 없던 그가 침대 위에서는 전혀 다른 사람처럼 다정하고 달콤했다.

새카만 눈동자가 맹수처럼 번뜩이며 그녀를 내려다보고 있었다. 금방이라도 삼켜버릴 것만 같았다.

턱이 잡히고 입술이 겹쳐졌다. 벌어진 틈으로 그의 혀가 파고들었다. 입안을 온통 헤집으며 서로의 타액을 삼키고 나누었다.

입술에서 멀어진 그의 입술은 목덜미를 지나 천천히 아래로 내려갔다. 혀로 길을 내듯 훑는 느낌 때문에 온몸이 오그라들었다.

"아흑, 간지러워."

이영이 몸을 뒤틀며 속삭이자, 그가 얼굴을 들어 다시 이영을 바라보았다. 어둠 속에서도 그의 두 눈은 정확하게 보였다.

"남김없이 먹을 거야. 강이영. 소리쳐도 소용없고, 도망쳐도 소용없어."

이영은 먹혀버릴 것만 같은 강렬한 눈빛에 빠져들었다. 욕망에 이글거리는 눈빛은 활활 타올랐다.

이영은 그에게 저를 온전히 맡기고 사랑을 듬뿍 받았다. 여자로 태어나는 기분을 만끽하며 행복한 고통 속에 신음했다.

재원은 이영을 품 안에 가득 끌어안고 격렬한 숨을 몰아쉬었다. 그의 몸에 감겨오는 이영을 부드럽게 어루만지며 정수리에 끊임없이 키스를 퍼부었다.

무사히 첫날밤이 끝이 나고 재원은 영광의 상처를 얻었다. 이영에게 물어뜯긴 손등엔 잇자국이 선명하게 나 있었다. 피딱지가 날 정도로 몰아붙인 증거이기도 했다. 재원은 그걸 보며 씩 입꼬리를 올렸다.

하지만 이영의 몸도 마찬가지였다. 다만 정도가 심하지 않을 뿐이지 그녀의 몸 곳곳에는 꽃이 활짝 피어 있었다.

재원은 그의 것이라고 확인하고 찍어놓은 자국을 보며 가슴 뿌듯한 감동에 전율했다.

재원은 뜨거운 열기가 듬뿍 담긴 시선을 서서히 내렸다. 희고 가느다란 목선 아래 옴푹 파인 쇄골, 그리고 그 아래 새하얀 젖무덤이 보였다. 목덜미 아래 붉게 남겨진 키스 마크는 그가 새겨놓은 것이다. 재원은 입꼬리를 올리며 만족스러운 한숨을 터트렸다.

이제 그녀를 닮은 딸과 그를 닮은 아들을 낳아 행복하게 오래오래 살아갈 것이다.

재원은 이영의 몸 깊은 곳에 그의 것을 남김없이 쏟아냈었다. 허니문 베이비가 생길 것임을 확신했다.

에필로그 4. 리틀 재원, 예찬이

"말 안 해?"

"무슨 말?"

"나 싫어?"

"몰라. 나 집에 갈래."

"가기만 해."

"으앙, 우리 엄마한테 갈 거야."

"조용히 안 해? 뚝."

정재원의 미니어처랑 다를 바 없는 리틀 재원, 예찬이 화가 나서 안절부절못하고 있었다.

아빠와 똑같은 말투로 여자에게 좋다고 고백을 하고 있으니 그게 먹힐 리가 있겠는가.

이영은 그런 아들 예찬을 보며 고개를 절레절레 저었다.

"소희 엄마, 우리 예찬이 하는 짓이 제 아빠랑 어쩜 저리 똑같은지 몰라."

"멋지네. 어린 것이. 카리스마 넘치잖아. 그리고 생긴 거 봐. 얼마나 잘생겼나."

도도하고 귀족적으로 생긴 얼굴은 어린아이지만 여자의 마음을 설레게 할 만큼 잘생겼다. 이영은 그런 예찬을 바라보며 유전자의 위대함을 새삼 실감하는 중이었다.

일부러 가르치지 않아도 하는 말투나 습관, 식성이 똑같았다.

"자기 남편은 잘하지?"

"뭘?"

"어휴, 우린 남편은 이제 영 시원찮아."

"아, 뭐, 그렇지."

이영은 그제야 소희 엄마가 무슨 말을 하는지 알아챘다. 사실 이영은 신혼여행에서부터 지금까지 하루도 빠지지 않을 만큼 그가 물고 빨고 하는 통에 누구한테 말하기도 부끄러울 정도였다.

신혼여행지에서는 바깥바람 한번 쐬어보지도 못하고 내내 침실에서 붙들려 있었다. 그는 지칠 줄 모르는 에너자이저처럼 그간 못했던 것을 한꺼번에 풀어버리기로 작정한 사람처럼 덤볐었다.

그리고 더 웃긴 것은 보약을 꼬박꼬박 챙겨 먹이는 것이다.

이영은 친구 미주나 혜선에게 어지간하면 남자 한 맺히지 않도록 제때 풀어주라고 신신당부를 할 정도였다.

"어, 저기 애 아빠 아니야?"

"그러네요."

이영은 키즈카페 안으로 들어서는 재원을 보며 손을 흔들었다.

가까운 곳에 나올 일이 있다더니 이 시간에 어디 있는지 알아내고 찾아온 모양이었다.

"아빠!"

예찬이 제 아빠를 먼저 알아보고 쪼르르 달려왔다. 그러자 예찬을 번쩍 안아 들며 뺨을 비벼댔다.

"아빠 수염 제대로 안 깎은 거야? 엄만 그런 거 싫어하잖아."

"그러게. 아빠가 깜빡했네."

"아빤 진짜. 남자는 그러면 안 돼. 내려줘. 난 소희랑 가서 놀 거야."

"그래. 어서 가봐."

재원은 예찬을 바닥에 내려놓으며 그녀가 있는 곳으로 다가왔다.

"안녕하십니까."

재원의 슈트를 입은 모습은 누가 봐도 감탄이 나올 만큼 멋졌다. 이영은 훤칠한 제 남편을 흐뭇한 마음으로 쳐다보았다.

재원은 소희 엄마를 향해 인사를 한 뒤 곧장 이영에게 시선을 돌리며 그윽한 눈길로 바라봤다.

"일은 다 끝났어요?"

"응."

재원은 의자를 당겨 이영의 옆에 앉았다.

"식사 대신 이런 빵 쪼가리 먹으면 안 좋다고 했잖아."

그는 테이블 위에 놓인 음식을 보며 미간을 찌푸렸다.

"괜찮아요. 요즘 나 살쪄서 제대로 챙겨 먹으면 그래요."

"말 안 듣지?"

"어머, 예찬이 엄마는 좋겠다. 예찬이 아빠가 이렇게 자상하니까 얼마나 좋아? 부럽네."

"예찬이 데리고 가자. 제대로 된 음식을 먹어야지."

"잠시만요."

이영은 예찬이를 부르러 갔다. 그러자 예찬이 소희랑 놀겠다고 가기 싫다며 이영의 손을 뿌리쳤다.

"내가 보고 있을 게 다녀와. 두 시간이면 충분하지?"

"그래도 미안하잖아."

"뭘 미안해. 나도 책이나 보며 모처럼 쉬고 있을게."

소희 엄마가 이영에게 눈치를 주며 어서 따라가라고 떠밀었다.

이영은 마지못해 재원을 따라나섰다.

"어딜 가는 거예요?"

"집."

"네?"

"가보면 알아."

재원은 이영을 위해 집에 음식을 준비해놓고 키즈 카페로 왔다. 유명한 맛집에 들러 혼자 먹고 오기가 그래서 포장을 해서 갖고 온 것이다.

다음에 같이 가서 먹고 오면 되지만, 당장 먹고 싶은 마음을 참지 못해 이렇게 가지고 와서 기어이 챙겨 먹였다.

이영은 그런 그의 마음이 고맙고 짠해서 코끝이 찡해왔다.

"안 그래도 되는데."

"안 그래도 되긴. 내 마누라 내가 챙겨야지."

재원은 이영이 음식을 먹는 것만 봐도 배가 부르다고 할 정도로 그녀가 맛있게 먹는 것을 좋아했다.

"왜 이렇게 예쁜 짓 하는 거예요?"

이영은 재원을 향해 슬쩍 눈을 흘기며 물었다. 그 눈빛이 꽤 요염해 재원은 마른침을 꿀꺽 삼켰다.

"그럼 상 줄 테야?"

"무슨 상요?"

"다 알면서."

재원은 갑자기 마음이 급해졌다. 키즈 카페가 집과 걸어서 오 분 거리에 있었다. 그래서 차를 두고 걸어왔는데, 괜히 그랬단 생각이 들 만큼 마음이 초조해져 왔다.

이영은 그의 눈에 어른거리는 욕망을 보자 저도 마음이 들떴다.

"화끈한 상을 줄게요. 기대해도 좋아요."

"강이영. 사람 미치게 하지."

낮게 으르렁거리는 목소리는 이미 쉬어 있었다.

"정말 미치게 해줄게요."

이영은 여우처럼 속삭이며 그를 이끌고 발걸음을 빨리했다. 아 파트 문을 열고 들어서자마자 재원은 이영을 번쩍 안아 들며 침실로 향했다.

이영은 오늘 둘째가 찾아올 것 같은 예감에 그를 더욱 오래 품고 있었다. 나른한 여운에 취해 있는 그녀를 따뜻한 수건으로 닦아 준 뒤 그가 조용히 집을 나섰다.

예찬을 데리러 가는 모양이었다.

이영은 하늘나라에 계실 엄마와 아빠를 향해 행복하다고 작게 속삭였다.

앞으로도 행복하게 잘 살게요. 아빠, 엄마.


-마침-

# 작가 후기

『가벼운 맞선』은 작년 11월에 연재를 시작하면서 봄이 오기 전에 출간하려 했는데, 이제야 세상에 내놓게 되었습니다.

노란 개나리꽃처럼 사랑스럽고 예쁜 이영과 듬직한 푸른 소나무처럼 변함없는 재원의 사랑 이야기를 쓰는 동안 내내 행복했습니다.

주변을 아무리 둘러보아도 재원 같은 남자가 없어서, 그냥 마음껏 상상의 나래를 펼치며 재원을 그렸습니다.

제 이상형이기도 한 재원 씨와 애교작렬 이영의 사랑 이야기는 제가 꿈꾸는 이야기인지도 모르겠습니다.

이젠 꿈에서 벗어나 현실을 직시해야 할 때가 온 것 같습니다.

앞으로 제 이름으로 책이 출간되고, 권수가 쌓여갈 때마다 더욱 나아진 글로 찾아뵐 수 있도록 노력하겠습니다.

사랑의 하나님 아버지, 감사합니다.

밤새워 교정하고 애써주신 와이엠 팀장님께 고마운 말씀 전하며, 더불어 책으로 세상에 내놓아주신 출판사 사장님께도 감사의 말씀을 전합니다.

그리고 무엇보다도 제 글의 원동력이자 힘이 되는 독자님들께 이 자리를 빌려 깊은 감사 인사 드립니다.


-2016년. 4월. 강영주 올림.